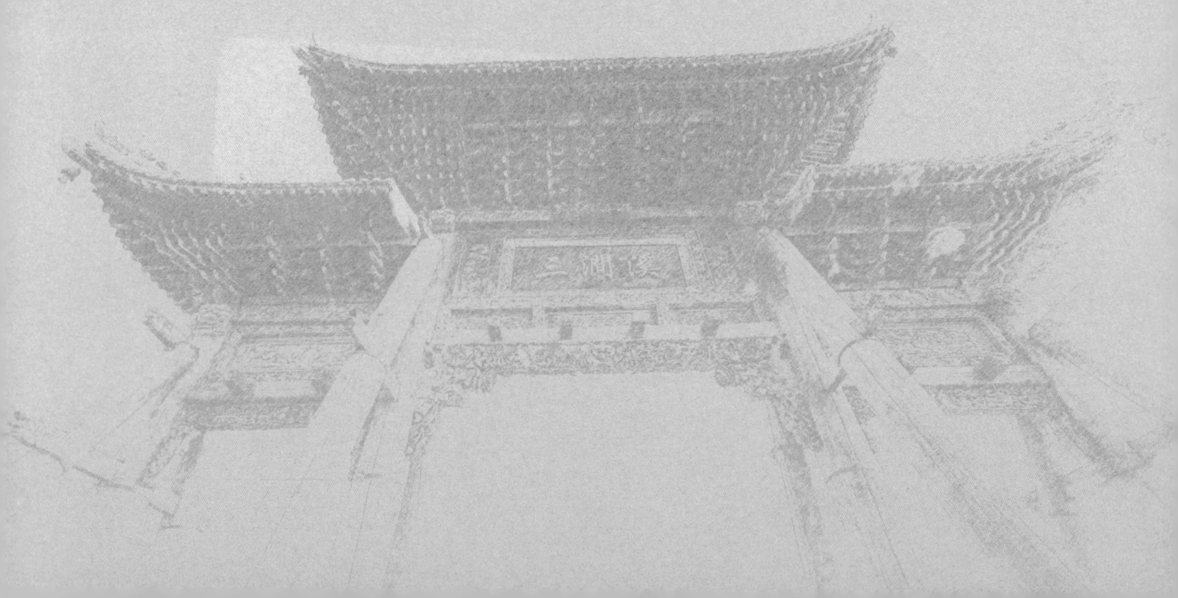

徐锦庚/著

涧溪春晓

人民文学出版社

图书在版编目(CIP)数据

涧溪春晓/徐锦庚著.—北京:人民文学出版社,2020(2022.1重印)
ISBN 978-7-02-016367-0

Ⅰ.①涧… Ⅱ.①徐… Ⅲ.①报告文学—中国—当代 Ⅳ.①I25

中国版本图书馆CIP数据核字(2020)第086072号

责任编辑	付如初 曾笑盈
装帧设计	崔欣晔
责任校对	杨益民
责任印制	任 祎

出版发行 人民文学出版社
社　　址 北京市朝内大街166号
邮政编码 100705

印　　刷 三河市宏盛印务有限公司
经　　销 全国新华书店等

字　　数 182千字
开　　本 710毫米×1000毫米 1/16
印　　张 15.5　插页11
印　　数 23001—26000
版　　次 2020年8月北京第1版
印　　次 2022年1月第6次印刷

书　　号 978-7-02-016367-0
定　　价 46.00元

如有印装质量问题,请与本社图书销售中心调换。电话:010-65233595

三涧溪鸟瞰（张仁玉 摄）

（张仁玉 摄）

2018年6月14日，习近平总书记看望村民赵顺利家。图为赵顺利（二排左四）全家

新村街景（张仁玉 摄）

旧村街景（张仁玉 摄）

村党支部书记高淑贞（张仁玉 摄）

2019年10月1日，高淑贞（右）在天安门新中国成立70周年庆典活动现场

党员大会民主决策

村两委及村务监督组扩大会议

高淑贞走访困难群众

为60周岁以上老年人发放生活补助

2005年，村党支部组织党员为贫困户捐款

女子志愿者

外国游客在村里流连忘返

2014年评比"十星级文明户"现场

焕然一新的章丘三涧小学

目　录

自序　破译乡村治理的"密码" …………001

引子　村里的变化可大了 …………001
第一章　初出茅庐 …………005
　　一　回娘家 …………008
　　二　释印把 …………015
　　三　清路障 …………020
　　四　拔穷根 …………026

第二章　招兵买马 …………031
　　一　下马威 …………031
　　二　烂摊子 …………040
　　三　换班子 …………054

第三章　当家理财 …………061
　　一　摸家底 …………061
　　二　夺资产 …………067
　　三　打官司 …………075

第四章　舒经活脉 …………083
　　一　用歪苗 …………083
　　二　砸硬壳 …………091

第五章　见招拆招 …………101

一　拔树苗……………101
　　二　补牛蒡……………105
　　三　移寿坟……………107
　　四　法与情……………114

第六章　针锋相对……………117
　　一　离间计……………117
　　二　查黑井……………123
　　三　亲友劫……………130

第七章　借力使力……………137
　　一　建公寓……………137
　　二　迁祖坟……………141
　　三　盖澡堂……………148
　　四　三建校……………154

第八章　筑巢引凤……………160
　　一　凤来栖……………160
　　二　关猪场……………166
　　三　扶猪倌……………178
　　四　荣誉贷……………186

第九章　推心置腹……………193
　　一　平医闹……………193
　　二　接皮球……………197
　　三　姐妹花……………201

第十章　冰释前嫌……………214
　　一　婆媳怼……………214
　　二　夫妻怨……………219
　　三　兄弟阋……………224

尾声　布谷催播………………228

自序　破译乡村治理的"密码"

三涧溪,山东章丘的一个村庄。一听名字,就很有诗意。

一个村庄,居然也有"八大景":北岭西望火车烟,南涧卧牛石万千。马蹄浣衣多少妇,月牙弈棋赛神仙。赵家垂柳千条线,石岗避暑月更天。砚窝留名奇石古,胡岑枝荆到顶园。景入诗,诗如画。

诗意的村名,画般的村貌,这个中国北方的村庄,表面看去,小桥流水,波澜不惊。其实,真正走进去才发现,村庄并不宁静。几乎每天,都有矛盾冲突,都有暗流涌动。

这个看似宁静、实则充满"斗争"故事的村庄,就是主人公高淑贞"唱念做打"的施政舞台。在这个舞台上,她由生涩到成熟,从"蹒跚学步"到长袖善舞。十多年,三涧溪,由穷到富,由乱到治。

三涧溪是中国乡村的缩影。《涧溪春晓》展示的,既是一位村官的奋斗历程,也是一个村庄的治理故事。

一

2020年,是脱贫攻坚收官之年。在国务院扶贫办支持下,2019年9月,中国作协启动"脱贫攻坚题材报告文学创作工程",选派25位优秀作家,深入脱贫攻坚一线,积累创作素材。我领受的任务,就是采写三涧溪。

对三涧溪,我不陌生。我在人民日报社山东分社工作12年,一直关注这个"老典型",多次安排记者去采写,还率分社党员骨干去参观学习。2011年11月,我曾陪同人民日报社副总编辑米博华先生,深入三涧溪村,调研新型农村合作医疗,在《人民日报》头版头条发表《新农合是个宝,病先看钱后掏》。2019年下半年,我又特地回访,后来在头版头条发表《村里的变化可大了》。

一个普通村庄,能够两度荣登《人民日报》头版头条(如果加上习近平总书记视察山东时的报道,可以说是3次),在《人民日报》历史上罕见。这足以说明,三涧溪可圈可点。

基于这些因缘,接到中国作家协会的采写指令后,我欣然领命。

最初,我的打算是,挖掘扶贫脱贫素材,讲好勤劳致富故事。然而,当我融入三涧溪,触摸其灵魂深处时,渐渐有了新的感知。

同其他脱贫村不同,三涧溪曾经"阔"过。老铁匠马世昆,人称"劈铁大王",在改革开放初期,组建钢铁冷断加工队,带领乡亲走南闯北,1979年,为集体创收18万元,这在当时,是个天文数字。以后年年上台阶,到1987年前后,断钢队每年为村里创收120万元,年交税25万元。多年间,三涧溪的水电、提留、摊派、日常运转等费用,均来自断钢队。在马世昆带领下,村里办起多家企业,还建有幼儿园,集体经济厚实,村民生活富裕,是远近闻名的先进村。

然而,到20世纪90年代,马世昆却受人排挤,气出脑溢血,黯然辞去村支书,最后郁郁而终。三涧溪陷入混乱,班子软弱涣散,人心一盘散沙,违法乱纪不断,村庄脏乱不堪。村支书像走马灯,6年换了6任,最短的仅干7天。村集体欠债80万元,重新堕回穷村,成了烂摊子。

2004年,在苦无良将的情况下,乡村女教师高淑贞临危受命,回到婆家村,担任村支书。15年来,她强班子,治村容,勇担当,敢亮剑,励精图治,奋发有为,敏锐把握机遇,顺势而为发展。三涧溪走出泥淖,再次脱贫致富,村集体净资产上亿元,人均收入2.8万元,还跻身全国先进行列,荣膺"全国民主法治示范村""全国平安家庭创建先进单位""全国妇联基层组织建设示范村""全国综合减灾示范社区"等殊荣。2019年底,就在我采访时,三涧溪又被评为"全国乡村治理示范村"。

三涧溪贫富交替,有迹可寻:过去贫穷,是因普遍贫困、苦无出路。脱贫致富,靠的是苦干苦熬、勤劳致富;后来返贫,乃因人心涣散、勾心斗角。脱贫攻坚,受益于国家扶持、区域优势。国家扶持显而易见:自2003年以来,连续17年,中央1号文件皆为"三农",近年更是倾力扶持,多方力量叠加,乡村躬逢甚盛。区域优势在于,作为章丘的城郊村,三涧溪被征土地多、就业机会多,脱贫水到渠成。

所以,三涧溪的脱贫攻坚,有其鲜明特点:不仅由"穷"到"富",更是由"乱"到"治"。换言之,其脱贫攻坚的主要任务,不再是寻找致富门路,而是如何提高治理能力、提升文明素养。与全国的其他乡村相比,三涧溪的脱贫进程已在前列,已开始为"后脱贫时代"探索道路。

鉴于此,我改变创作初衷,围绕8个字着墨:成风化人,由乱到治。

二

中国乡村急剧变化,处于多年未有之变局,亟待新的治理方式。

过去,人们为生计疲于奔波时,"饥寒起盗心",文明素养容易被忽略、遮掩。脱贫致富后,"仓廪实而知礼节,衣食足而知荣辱",文明素养的要求浮出水面。如何提升农民文明素养、提高乡村治理能力,既是"后脱贫时代"面临的紧迫问题,也是现代农村的主要矛盾。

随着城乡一体化推进,农村人口流动加速。改革开放初期,全国外出务工不足200万人,到2018年底,农民工总量达2.88亿人,其中外出农民工1.73亿。乡村变革和快速转型,打破封闭保守的社会格局,农村人成为社会人,乡村社会原先的同质性、封闭性、排外性,逐渐被个性化、开放性、多元性取代。人被裹挟进入现代社会,思想观念仍在缓慢转型中,"身子已住楼房,头脑还在平房"。农民受小农意识桎梏,有的安贫乐道、不思进取;有的得过且过、目光短浅;有的懒惰成性、坐等帮扶;有的铺张浪费、薄养厚葬;有的迷信封建、求神拜佛。由于缺乏利益联结,村民各种各的地,各干各的活儿,各吃各锅里的饭,乡土人情趋淡,人际关系疏离,社会凝聚力弱化。

在经济利益驱动下,一些农民唯利是图、趋利忘义,传统道德摇摇欲坠,糟粕思想趁虚而入,人生观扭曲,价值观错位,社会责任缺乏,法治观念淡薄。有的自私自利,贪占集体利益,只想索取、不想奉献,只想享受权利、不愿承担义务。有的只在乎自己一亩三分地,"老婆孩子热炕头",事不关己、高高挂起,集体意识淡化,对公共事务漠不关心,不愿为公共事务出力。有的急功近利、利欲熏心,养殖者滥用激素和抗生素,将工业品掺入食品中,影响食品安全;种植者过量使用化肥、农药和除草剂,污染作物、水体和土壤。

与此同时,人们的民主意识被唤醒,利益需求多元,对政府要求增多,监督愿望增强。当需求无法满足时,容易产生失望和焦虑,引发社会治理问题。矛盾纠纷也日趋复杂,由过去的家庭、邻里矛盾为主,转变为经济纠纷为主,涉及宅基地、土地承包、项目征地、林地收益等,加上在选举、医疗、环保、交通等方面的纠纷,导致群体性矛盾冲突,化解难度增大。多重矛盾的叠加交织,加上城乡、贫富、区域之间差距拉大,农民"不患寡而患不均",获得感打折扣。

这些情况,在三涧溪村,都或多或少存在。

还有一个现实不容忽视:大批农村精英迁入城市后,留下的多为文盲半文盲,导致农村缺乏生机活力,治理人才短缺,治理主体弱化,村官素质下降。有的年龄偏大,"七个人八颗牙",文化程度偏低,综合素质不高,缺乏乡村治理能力。有的不思进取,目光短浅,怕担责任,得过且过,缺少干事创业的激情。有的作风简单粗暴,听不进群众意见,搞一言堂,遇事拍脑袋,凭主观想象决策,缺乏民主意识。有的怕吃苦、怕吃亏,工作不深入,作风不扎实,缺乏艰苦奋斗精神。

党的十九届四中全会提出,要构建基层社会治理新格局。基层是国家治理的最末端,推进国家治理体系和治理能力现代化,必须紧紧依靠基层、聚力建强基层。乡村治理的关键,在于自治、法治、德治三位一体,以自治增活力,以法治强保障,以德治扬正气。自治属于村庄范畴,法治属于国家范畴,德治属于社会范畴,"三治"互为补充、相得益彰。

村民自治的重要目标,就是强化主体意识,提高参与公共事务积极性,让农民说事、议事、主事。乡村治理重在春风化雨,挖掘道德力量,德、法、礼并用,引导农民向上向善、孝老爱亲、重义守信、勤俭持家,增强乡村发展软实力。

"三治"能否融合,关键在于村"两委"班子。而班子坚强与否,取决于党支部书记。"雁飞千里靠头雁,船载万斤靠舵人。"

三

村官资源匮乏,权力有限,当好不易。要当好乡村领头雁,尤为不易。

领头雁,我采访过很多。在山东,"蔬菜大王"、寿光市三元朱村党支部书记王乐义,我写过。"当代保尔"、沂源县张家泉村党支部书记朱彦夫,我也写过。这些领头雁是全国典型,大名鼎鼎,各有各的经历,各有各的风采,各有各的传奇。

甚至我的老家,浙江省开化县东坑口村,小名"懒汉"的村支书,也曾触动我的神经。在返乡探亲的高铁上,我一气写下《"懒汉"治村》,为这个小人物立传,《人民日报》副刊整版刊发。

然而,相比其他村,三涧溪更复杂。相比其他人,高淑贞更立体。在乡村领头雁群体中,她是鲜明独特的"这一个"。这位别样的村官,甚至让我想起《亮剑》中的李云龙。

三涧溪是个大村,三千多人,"苗不一样齐",有占集体便宜的,有告黑状的,有暗中使绊子的,还有存心找碴儿的。歪风邪气,时不时就冒出来。历史遗留问题多,纠缠着很多人的利益。作为村支书,如果不愿得罪人,光想和稀泥,会一事无成。治村理事,要敢于斗争,敢于亮剑。高淑贞就是一路斗争过来的,她总是以昂扬向上的姿态,遇到困难不躲,遇到障碍不绕,敢碰硬,不退缩,头拱地,往前冲。比如,村里修路,冒出几个"拦路虎",其中还有丈夫的长辈,她大义凛然,毫不畏惧,剑锋所向,六亲不认;"杀猴给鸡看",果断"敲硬壳",让别的村民心存畏惧,不敢再出幺蛾子。

自古以来，人类社会每前进一步，都离不开矛盾运动，有矛盾就会有斗争。习近平总书记强调，"中华民族伟大复兴，绝不是轻轻松松、敲锣打鼓就能实现的，实现伟大梦想必须进行伟大斗争。""当严峻形势和斗争任务摆在面前时，骨头要硬，敢于出击，敢战能胜。"大到治国理政，小到治村理事，莫不如斯。只有奔着矛盾问题去，迎着风险挑战上，在大是大非面前立场坚定，在危机困难面前挺身而出，在歪风邪气面前坚决斗争，才能攻坚克难，战无不胜。

敢于斗争，不是莽撞蛮干，还须善于斗争，注重策略方法，讲求斗争艺术。高淑贞毕竟是个村官，不可能事事如意，所向披靡。为了解决问题，她能伸能屈，原则问题寸步不让，策略问题灵活机动，有时甚至妥协让步，火候拿捏到位。比如，村里迁坟时，有户人家仗着亲戚是干部，上边有人撑腰，任凭她赔笑脸、套近乎，横竖不买账。她迂回侧击，先礼后兵，祭出"敲山震虎"招数，再适当放宽条件，让这户人家心悦诚服、乖乖就范。比如征地时，一个心术不正村民，撺掇另一个"炮筒子"，合伙给村里出难题。她巧使"离间计"，除夕夜冒雪送年礼，以怀柔战术感化；在斗争中注重团结，把"炮筒子"争取过来，让心术不正者孤掌难鸣，掀不起风浪。

敢于斗争，还须善于团结。否则，一味杀伐施威，终会众叛亲离。"一个篱笆三个桩，一个好汉三个帮"。团结协作，是一切事业成功的基础。一个村官，要想干成事，就得善于用人。毛泽东同志曾精辟指出，政治就是要把我们的人搞得多多的，把敌人的人搞得少少的。

高淑贞深知，三涧溪由富返贫，症结是组织涣散、人心浮动，搞"窝里斗"。所以，她想办法把人拢起来，用人之道别具一格：人尽其才，变短处为长处。比如，让爱挑拨的人管调解，让爱打架的人管治安，让爱挑事的人管监督，让爱提意见的人出点子。有个年轻人,性子倔,脾气倔,动辄吹胡子瞪眼,好用拳头说话。一般人看他,那是一身毛病。高淑贞却发现他为人正直,原则性强,只要用到正道,会是棵好苗子,就让他组建"为民服务队",专门负责拆违、清障等棘手工作。事实证明,此人用对了。

对有缺点的年轻人,高淑贞都想法用起来,给他们戴上"紧箍",用其长,束其短。昔日人见人嫌的混混儿,成了她的座上宾。一些村民不理解,在背后讥讽她,说她用"歪苗","收破烂儿"。她说:"如果只盯着人的缺点,天下无可用之人;如果善于发现别人的优点,到处是可用之人。对这些小年轻,你推一把,就是对手;你拉一把,就是朋友。'歪苗'只要从小扶正,也能长成参天大树;'破烂儿'是放错地方的资源,可以变废为宝。"

几句平实话语,道出用人精髓。

四

习近平总书记指出:"当干部就要有担当,有多大担当才能干多大事业,尽多大责任才会有多大成就。"农村脱贫攻坚,关键在于领头雁担当作为。担当作为,正是高淑贞的亮点。

天下事,在局外呐喊议论,总是无益,必须躬身入局,挺膺负责,乃有成事之可冀。高淑贞先在娘家村,后在婆家村,一干20年,清路障、拔穷根、换班子、摸家底、夺资产、打官司、建公寓、迁祖坟、盖澡堂、修学校……一桩接一桩,一件接一件,之所以能善作善成,很大程度上,就在于她躬身入局,担当作为,不怕跑断腿,不怕磨破嘴,始终激情洋溢,就像不知疲倦的陀螺,一个人带动一村人。

高淑贞干中学、学中干,境界逐步提高。起初,她去娘家村任职,想法很朴素,"给娘家人长长脸"。随着眼界和格局打开,从自发上升到自觉,"让百姓过上好日子"成为信念。婆家村亲戚一大堆,她刚到任时,亲戚们指望能沾光。后来发现,算盘打错了。涉及村民利益,她总是一碗水端平,不偏不倚,亲不向,外不推,努力写好"公"字——公平,公正,公开,公道。遇到不好推的难事时,她不仅不优亲厚友,还"胳膊肘儿往外拐",先拿亲戚开刀。脚跟站得正,说话有人听。她能一呼百应,威信就是这样建立的。

几则抵押贷款的事,足见高淑贞的担当。

猪倌王元虎缺钱,高淑贞领着他,挨家挨户借,几年借了22家,自己签名担保,帮他筹款上百万元。担保是有风险的,万一王元虎还不出,她须代为偿还。不仅如此,她还拿出房产证,为王元虎抵押贷款。

村里有家企业,生产医疗设备,环境要求高。恰巧,旁边有个养猪场,导致环评通不过,企业同猪场闹僵。高淑贞调解无果,一跺脚,用自家住房抵押,又向姐妹借钱,凑足53万元,先把猪场买下来,这才"解扣"。

村里欲建育苗基地,需要300万元。集体账面有钱,但不能动。银行"荣誉贷"政策,她够格享受,但须以个人名义,还要押上自家房产。应该说,"荣誉贷"是把双刃剑,押的是个人信誉,搞砸了名誉受损。投资项目虽然好,也不是非做不可。不做,没人说话,做成了,村民未必领情。何况,300万元不是小数,万一搞砸了,家庭难以承担。为了村里发展,她又是一咬牙,押上房子和"荣誉",鼓动老公"以私谋公"。

最让我动容的,是高淑贞"抬尸"。

村民姚玉花脑中患瘤,手术后意外死亡。家人医闹未果,拒领尸体,打起官司;因证据不足,法院不予立案,拖了一年半,毫无进展,反而欠数万元尸体保管费,不交不让拉尸体。在高淑贞努力下,保管费免除了。雇人抬尸需500元,其家人舍不得出。高淑贞拉上副书记,硬着头皮,壮着胆子,去帮他们抬尸体。这样的活儿,即使男人也忌讳,何况女人?这得需要多大勇气!

高淑贞不仅勇于担当,还善于担当。脱贫攻坚中,她政治站位高,机遇意识强,不逞匹夫之勇,巧妙借力使力,乘势而上,顺势而为,做到事半功倍。

她是春天里的早行人,自从当了村支书,她特别喜欢春天。春天,是播撒希望的季节。在她眼里,还有一层特别含义:每年的中央1号文件,就是希望的种子。她盼春天,盼着1号文件,就像农民盼报春鸟。每年1号文件一出来,她学深悟透,活学活用,从字里行间寻找村庄发展新机遇。

比如,三涧溪因地处城郊,受城市发展规划限制,20年没获批新宅基地。2006年中央1号文件提出,加强宅基地规划和管理。高淑贞马上动念,向街道领导汇报,但遭到否定。领导说,三涧溪太乱,也没钱,干不了;她的任务是确保稳定,守住摊子,别出事就行,不要折腾。这年,街道18个村中,有4个村被列入新农村建设试点。高淑贞不甘心,主动请缨,得到上级支持,三涧溪被追加为试点村。村里没有钱,她"空手套白狼",让施工单位垫资,建起4幢楼房。当村民乔迁新居时,另4个试点村的项目还没影呢!

按照中央政策,凡被列为新农村建设示范村的,公益事业都能享受"以奖代补",政府扶持六成,村里自筹四成。三涧溪被列为示范村后,高淑贞一气列了十多项新建、改造项目,共需600多万元。街道领导担心她贪多嚼不烂,劝她少报些。但她觉得机会难得,要把优惠政策用足。最终,项目全部获上级批复,并一一建成。这么多项目,单凭一村之力,财力不逮。正是高淑贞抢抓机遇,尽心尽责,做事靠谱,谋事有基,成事有道,得到上级鼎力支持,才使村庄

"一步跨十年"。

可以说,三涧溪的脱贫致富,受益于历年中央1号文件,赶上改革开放好时代,可谓"最是一年春好处"。三涧溪的跨越式发展,受益于三涧溪人抢抓机遇,搭上国家政策的顺风车,"早起的鸟儿有虫吃"。在脱贫攻坚中,三涧溪注重提升村民素养,从"富口袋"转向"富脑袋",走在其他脱贫村的前列。鉴于此,我把书名定为"涧溪春晓"。

一位朋友看了书稿,直率提出:三涧溪获得那么多荣誉,为什么你不多写些成绩,却净揭些问题?其实,他曲解了我的本意。我写三涧溪,是想顺着高淑贞这条主线,在错综复杂的矛盾中抽丝剥茧,理清成绩背后的脉络,探寻事物发展的规律,破译乡村治理的"密码",为基层治理提供一份鲜活"样本"。

是为序。

2020年4月于济南

引子　村里的变化可大了

"瞧,总书记就坐在俺全家中间!"

敲开赵顺利家门,一股暖意拂面,开门老人精神矍铄。

赵顺利是山东省济南市章丘区三涧溪村村民,老人是他父亲赵永发。2018年6月14日上午,习近平总书记考察三涧溪村时,走进赵顺利家,同一家人围坐一起拉家常,问他们收入怎么样,搬迁花了多少钱,生活上还有哪些困难。

往事历历在目,仿佛就在昨天。回想那一天,赵顺利一家人沉浸在幸福中。

【镜头回放】

14日上午,习近平乘车前往济南市章丘区双山街道三涧溪村考察。这个村通过抓班子建设、发挥党员带动作用、以党风带家风促民风,3年时间实现了由乱到治的变化。在村党群服务中心,习近平听取这个村以党建为统领、强化班子建设、推动产业发展、保护生态环境、会聚人才资源、建设文明村风家风、壮大村级集体经济等情况介绍。习近平指出,乡村振兴,人才是关键。要积极培养本土人才,鼓励外出能人返乡创业,鼓励大学生村官扎根基层,为乡村振兴提供人才保障。要加强基层党组织建设,选好配强党组织带头人,发挥好基层党组织战斗堡垒作用，为乡村振兴提供组织保证。

习近平十分牵挂村民的居住和生活状况。他走进村民赵顺利家，同一家人围坐一起拉家常，问他们收入怎么样，搬迁花了多少钱，生活上还有哪些困难。赵顺利拉着总书记的手激动地说，这些年老百姓的生活可好了，致富路越走越宽，日子越过越红火，全靠党的政策好。习近平听了十分高兴，叮嘱随行的地方领导，农业农村工作，说一千、道一万，增加农民收入是关键。要加快构建促进农民持续较快增收的长效政策机制，让广大农民都尽快富裕起来。要把党的政策用生动通俗的形式宣传好，让广大群众听得懂、能理解。要加强村规民约建设，移风易俗，为农民减轻负担。离开三涧溪村时，闻讯赶来的村民们齐声向总书记问好，习近平挥手向大家告别。掌声在村庄上空久久回荡。

（摘自2018年6月15日《人民日报》一版头条）

虽已八十高龄，但赵永发思维清晰，手脚麻利，说话连比带画。

"总书记问俺们有几口人、几间房，搬迁花了多少钱，孩子在哪就业，一个月收入多少，生活上还有哪些困难。"赵永发没想到，当时总书记会问得那么细，"听说俺家在旧村改造时，置换了好几套房，总书记笑了，说这是农村改革发展的成果。"

赵顺利平时嘴拙，那天倒顺溜，拉着总书记的手说个不停。

赵顺利的妻子马业玲腼腆文静，回忆起来也禁不住眉开眼笑："那天上午，俺全家像做梦似的，这是俺们最幸福的时光！"

更让一家人惊喜的是，习近平总书记在2019年新年贺词里提到了赵顺利。

那天晚上，一家人正在看电视，听到总书记说："在山东济南三涧溪村,我和赵顺利一家围坐一起拉家常。"小外孙乐得直蹦跶,说:"习爷爷在说咱家哩。"

赵永发手机平时难得响,那晚却烫手,亲戚朋友打电话祝贺,街坊邻居也上门道喜。

赵家四世同堂,共18口人。赵顺利是长子,有两弟两妹,膝下一双儿女,外孙已6岁。村周围有许多企业,他啥车都会开,找份工作很容易,不用起早贪黑,活儿也轻松。五兄妹每家年收入10多万元,虽然都在农村,生活却也滋润,一点不比城里差。

"总书记离开俺家后,俺爹马上开家庭会,约法三章:一要家庭团结,不能斤斤计较;二要谦虚低调,不能趾高气扬;三要心平气顺,不能信口胡说。"赵顺利说,"去年6月14日,俺全家开了个纪念会,感恩总书记,感恩共产党!"

三涧溪村党委书记高淑贞说,这一年多来,赵顺利全家人变化很大。

2018年10月,有户残疾村民面临拆迁,一时没找好过渡房,赵顺利二弟媳刘淑美做通丈夫工作,主动让出住房,还把家具留给他们使用。前不久,又有户村民遇到同样的困难,赵永发也腾出住房,搬到儿子的另一套房里。

马业玲有个哥哥,因老年丧子,心灰意冷;旧村改造时,无论村干部咋劝,就是不肯搬迁,说要在老屋终老。她一趟趟往哥家跑,终于做通工作。

进步最大的是赵顺利。他以前是个"闷葫芦",现在能说会道,口才赶上他爹了。更可贵的是,赵顺利积极要求进步,2018年底递交了入党申请书。"总书记这一来,给咱上了一课。以前,只忙乎自家挣钱,不操心集体的事。现在咱也想入党,多为老百姓做些事。"

2018年12月,刘淑美光荣入党,赵家有了第一个党员。这事,赵永发常挂在嘴边。

赵顺利领着记者,围着村子里外转了一圈。三涧溪是个大村,现有1160户3371人。五六年前,全村尽是低矮平房。现在,22幢高楼已安置四成村民,集中供暖。房前屋后停满轿车,全村有900多辆,户均将近1辆。

村前的灯光球场、健身广场,都是2019年新建的。"那个大铁笼啥用场?那是笼式足球场,时髦吧?孩子们可喜欢了!"看记者疑惑,赵顺利"炫耀"起来。

村头的敬老院像花园,旁边是乡村振兴馆。东侧有个牌坊,后面是片古村落。三涧溪村正在建设古村旅游综合体项目,发展乡村旅游,为村民持续增收致富建立长效机制。在高淑贞鼓励下,赵家开了"赵顺利特色小吃铺",即将正式营业。

隔着马路,有片厂区,立着高烟囱,漆成红白色。"那个高烟囱?噢,那是老供暖厂,因为烧煤污染环境,现在改成乡村振兴学院,烟囱用来搞灯光秀了,晚上可漂亮啦。"

村北有个巨大基建坑,坑底正在施工。这里将建32幢高楼,到2021年完工后,全村人都能住上新房。再往北,是村里的产业园。

"要说变化,村里的变化可大了。这一年多来,村里冒出七八家新企业,多得记不住名。公交专线也开通了,可以直达章丘城里。"赵顺利越说越兴奋。

道路四通八达,路边蜡梅吐蕊,暗香浮动。村民幸福的笑脸,就像蜡梅花儿一样绽放。

(该文曾发表于2020年2月18日《人民日报》一版头条,收入书中略有改动。)

第一章　初出茅庐

> 归鸿声断残云碧,
> 背窗雪落炉烟直。
> 烛底凤钗明,
> 钗头人胜轻。
>
> 角声催晓漏,
> 曙色回牛斗。
> 春意看花难,
> 西风留旧寒。

一首《菩萨蛮》,凄婉感伤,情深意挚,道尽李清照的满腹乡愁。飘零他乡久矣,易安居士望归鸿思故里,见碧云动归心,惆怅寂寞,冷清孤单,只好寄情笔墨,抒发乡关之思,表达悲苦之情。

词人魂牵梦萦的故乡,就是济南章丘。

东出济南城,车行不远,南仰群山迤逦,脉连岱岳,倚鲁中山地;北望一马平川,腹衔黄河,接鲁北平原。"盖青济之喉襟,登泰莱之要冲",山水相连,河湖交织,万木葱茏,景色如画:千年古邑章丘到了。

让词人魂牵梦萦的章丘,绝非等闲之地。

济南之名，缘于地处古四渎之一"济水"之南。其最早得名之地，就在章丘的龙山。

在龙山，可以翻阅中华8500年文明史。考古成果证明，史前文化，大致经过西河文化—北辛文化—大汶口文化—龙山文化—岳石文化5个阶段。这一史前文化发展谱系中的两个，即西河文化和龙山文化，首先在龙山发现并命名，而龙山的4处国家级和省级文化保护遗址（西河遗址、城子崖遗址、东平陵城遗址、焦家遗址），清晰呈现了中华文明的进程，表明龙山是中华文明的重要发祥地之一。城子崖遗址、西河遗址、洛庄汉王陵、危山彩绘兵马俑、焦家遗址发掘时，都曾轰动一时，分别列入当年"全国十大考古新发现"。从西河文化、龙山文化到商周文化、齐文化、汉文化，一直延续到唐宋文化、明清文化，序列完整，堪称中华文化和齐鲁文化的典型。

西河文化历时2000余年，在漫长的历史长河中，先民走出大山洞穴，离开茂密森林，选择龙山定居。这里丘壑连绵，古树成林，土地肥沃，河湖交错，水源充沛，气候适宜，水生动物丰富，自然环境优越。

章丘是中国陶艺之乡。8500年前，先民开启陶艺之路，以多沙泥质红陶为特征。距今6500年前，制成陶器"鼎""鬲"，在中国阴阳学说中，这是象征符号。距今5000年前，创制"黑陶蛋壳杯"，在中国工艺美术史上，这是巅峰陶器。中国古代传说中，有"黄帝以宁封为陶正""舜陶于水滨"的故事。然而，西河遗址考古发掘表明，这里最早的陶器实物，要比黄帝时代早三四千年。

章丘是中国农耕文明摇篮。8500年前，先民相中"狗尾草"，选育驯化，培育成粟米，历数千年栽培，世代朝贡，至今仍广泛种植。这就是龙山小米。

章丘是工业文明发轫之地。8500年前，先民发明制陶工艺，制出大型陶壶,用以酿制"桑葚美酒"。5000年前,以粟米为原料,酿出中国第一杯"米酒",传承至今。章丘铁匠始于春秋,兴于汉,盛于唐,历2700多年。春秋初期,章丘使用铁质农具,带动矿石采掘,产生铸锻行业。战国末期,成为中国冶铁中心,章丘铁匠名扬天下,制作的宝剑,2000年前就是名产,皇帝用于赏赐公卿重臣。而欧洲直到18世纪中叶,才用炒钢法冶炼熟铁。汉武帝有鉴于铁的重要地位,下令设立专门管理机构,全国设铁官48处,山东就有12处。其中一处,就在章丘境内东平陵,即今龙山街道办事处。《山东通志》载:"唐时铁器,章丘最盛。"

章丘是中国最早的城市。8500年前,先民滨河而居,掘壕放水围城。6500年前,建成原始国家雏形,现"焦家遗址"。5000年前,建成亚洲首座大型城市——"城子崖古国",城内道路首次尝试用"石灰面"修筑。3300年前,修筑首条"高速路"——"周道"。秦末汉初,兴建山东最大城市——"济南国"。

章丘是历史悠久的古城。从距今8500多年,到西晋永嘉(307—312)年间,龙山一直是济南乃至山东的政治、经济、文化中心。魏晋以前,济南的首府,就在章丘境内的东平陵城。隋开皇十六年(596),章丘设县。1992年9月,章丘撤县设市。2011年8月,章丘被民政部、联合国地名专家组中国分部评定为千年古县。2016年9月,国务院批准章丘撤市设区,成为济南市城区的一部分。

章丘以泉水著称。民间相传,济南以趵突为魁,有72名泉,对应72地煞星;章丘以百脉为冠,有36名泉,对应36天罡星。百脉泉直上涌出,百脉沸腾,状如贯珠,历历可数。墨泉高出地面半尺,其色如墨,四季喷涌,晶莹剔透,飞花四溅,隆隆有声。梅花泉五泉齐喷,如暗香浮动的梅花花瓣,"倒喷五窟雪,散作一池珠"……诸泉昼夜喷涌,汇流成河,环绕楼宇农舍,交融稻田荷塘,滋润风物稼穑。

泉水,已成章丘的根脉和灵魂,赋予其优雅的气质和生命的律动。

　　章丘自古多名士。丰厚的历史文化,孕育造就历代英才俊彦:战国时期阴阳家代表人物、五行创始人邹衍,"尽言天事",创立"五德终始说"和"大九州说"。西汉东平陵的王莽,被看作"周公再世",称帝"新朝",推行改制。唐朝名相房玄龄,辅助李世民,"筹谋帷幄,定社稷之功",成就"贞观之治"。宋朝一代词宗李清照,独创"易安体",流芳百世,享誉"千古第一才女";其父李格非,也是北宋文学名流。元代张斯立、张友谅叔侄先后居宰相位,刘敏中、张养浩、张起岩不但官位显赫,在文学方面也各领风骚。明代戏曲家李开先,被誉为"嘉靖八才子"之一。清代"辑佚"大家马国翰,一生辑书千卷,泽被后世;刑部郎中李慎修,刚正不阿、疾恶如仇,史称"白脸包公"。近代商业资本家孟洛川创建"瑞蚨祥",以德为本,以义为先,以义制利,"祥"字号遍布全国,开创股权激励和连锁经营之先河,成为中国近代民族商业资本萌芽的标志,毛泽东称"历史的名字要保存,瑞蚨祥一万年要保存"。这些人中豪杰,薪火相传,一脉相通,留下璀璨夺目的华章,为推动社会发展贡献卓著,也为章丘积淀深厚的文化底蕴。

　　站在新时代起点上,现代章丘人秉承先贤,锐意进取,敢闯敢创,善作善成,正在谱写新的历史篇章。

　　这里讲述的,是一位女性和一个村庄的故事。

一　回娘家

　　这个故事,应该从那场运动会说起。

　　那是1994年秋天,章丘市明水镇举办农民运动会。主席台上,端坐着镇领导,当中是镇党委书记林子祥。

运动员分5个方队,鱼贯而入。前4个队,队伍松散,步伐凌乱,有的挺胸凸肚,有的抓耳挠腮,有的交头接耳,有的东张西望,像群散兵游勇。林子祥皱起眉头。

"一二一,一二一!"突然,入场口响起口令声,是个大嗓门,有些尖细,显然是女性的声音。大家伸长脖子,朝入场口张望。这时,一支方队走进场,统一穿着运动服;领头的年轻女子,身材高挑,浓眉大眼,短发及耳,显得格外精干。她的身后,是群青年男女,肤色黝黑,动作粗犷有力。

走到主席台前时,女子一声令下:"向右——看!"便举手向主席台敬礼,脚下迈起正步;与此同时,队员们齐刷刷望向主席台,正步整齐划一,胳膊孔武有力,一板一眼,煞有介事,仿佛是阅兵队伍。

一看这阵势,林子祥咧嘴乐了,问身边的镇教委主任:"这个女的是谁?"

"是王白中学的代课老师,叫高淑贞。"教委主任回答,"她既是领队,也是教练。这个方队,是10个村的农民代表,她一手调理的,很认真。"

"这样的能干事!"林子祥频频点头,"她在学校表现咋样?"

"不孬!是典型。"教委主任满意地说,"在我们农村中学,别说民办教师,就是公办教师,入党也很困难。她去年就破格入党了,很不容易,如果不是成绩突出,是不可能的。"

"噢。"望着台下的身影,林子祥若有所思。

明水镇下辖5个管理区,管理区各管10多个村。第二年冬,王白庄管理区党总支书记郭强来到学校,找高淑贞谈话。郭强也是教师出身,曾经教过高淑贞。

"淑贞,想换份工作不?是项光荣的工作。"郭强开门见山。

"啥光荣工作?"高淑贞有点诧异,"当老师挺好的,我很喜欢。"

"领导相中你了。"郭强歪着头,笑眯眯地卖起关子。

"相中我?"

"还记得去年的运动会不?"郭强兜出底子,"林书记注意上你了,想让你回娘家村当支书,你去不?"

"去!"高淑贞磕巴都不打,快言快语,"我非得把这个村治好,也给娘家人长长脸!"

"不过,"郭强打起预防针,"你娘家村可不好干,底子薄,可能会遭人欺负哩。"

"那怕啥?谁敢欺负我,我就同谁打!"高淑贞头一甩,袖一撸,"小时候,男同学欺负我姐,我把他摁在地上揍!"

"哈哈哈!你这个女汉子!"郭强两手一拍,"年底村两委换届时,你就上任!"

高淑贞生于1965年,姊妹8个,她排行老六,上有四姐一哥,下有一妹一弟。她该感谢父母,如果不是父母重男轻女,一心想再要个儿子,她也到不了这世上。为啥想多个儿?就是怕被人欺负。因为父母被欺负怕了。

父亲高家民,排行第三,上有俩哥。16岁时,国民党军队抓壮丁,要把他二哥高家林抓走。那年,高家林18岁。家里正缺劳力,当爹的寻思,老三还小,派不上用场,不如让他顶老二,出去混口饭吃,于是借口老二有病,四处托门子,居然办成了。高家民当了两年挑夫,没少吃苦,发育后身材高大,模样也俊,上司甚喜欢,让他扛枪当兵,还送他进中美特训班。

1948年,高家民所在部队吃了败仗,沿济青铁路,往青岛撤。一天夜里,火车开到一个车站,停下休整。一打听,说是呆家坡站。高家民一激灵,这不是家门口吗?瞅准一个空当儿,一猫腰,钻进谷子地溜了。炮楼里的哨兵发现后,朝他开枪,子弹跟在后面,嗖嗖地撵。高家民慌不择路,把腿摔断了,但不敢歇息,连滚带爬,逃过一劫,侥幸捡了条命;不敢回家,跑到大哥的女儿家,躲在炕洞里,直到队伍开拔。

这段传奇,"文革"时却成罪状,他被打成"历史反革命",经常挨斗,家人苦受牵连。高家林先是躲到东北,最后含辱自杀。几个孩子也跟着遭罪,不能当红小兵,不能入团,只读到初中就辍学了。

小时候,高淑贞问过爹,你怨人家不?父亲呷了口茶,眯着眼,缓缓回答:"打仗死了多少人?这一片儿,一起出去的好几个,就我一个回来。我已经很知足喽!不怨天,不怨地。"所以,生产队长无论派他啥活,他都很顺从。

"文革"结束后,高家民看到了希望,让闺女帮他写申诉信,诉说自己的冤屈。这样的申诉信,高淑贞不知写了多少封。直到1980年,父亲终于被平反,戴了十多年的"帽子",终于摘掉,高家终于摆脱厄运,抬头做人。

高淑贞一路读到高中,体育成绩很好,是济南市高中女子乙组5公里竞走冠军,"三铁"(铅球、铁饼、标枪)项目都是第三名。1987年,她高考落榜,赶上县里招聘农村代课教师,顺利入选,被招到明水镇王白中学,担任体育和生物老师。后来,与校团总支书记赵云昌相恋,1988年冬结婚。

高淑贞十分珍惜这份工作,表现很好。学校进小偷时,她不顾危险,一马当先,力擒盗贼。有年冬天,淘气的孩子玩火,把铁路枕木点着了,她带着学生扑救。学校安排她当动物学、植物学老师,她开动脑筋,把课讲得灵活生动。很快,她就脱颖而出,担任学校团总支书记、片区少先大队辅导员,被评为优秀教师;得到组织的认可,1993年5月入党,进入校委会;随后又被评为山东省"新长征突击手",荣获山东省"青春立功"一等功。

镇党委见她是棵好苗子,有意栽培她,将她树为优秀共产党员,安排在大会上发言,最后决定让她到村里任职。

高淑贞有个5岁的女儿,这时候按政策怀上第二胎,刚6个月。赵云昌担心:"你挺个大肚子,行吗?30岁的人了,好好带孩子得了,瞎折腾啥?不怕别人笑话你?"

"我身体棒着呢,哪这么娇贵?俺娘那时怀着孩子,快生了照样拉沟子种麦子,也没啥事。"高淑贞笑嘻嘻地说,"我没当过官,不知道当官的滋味,想去过把瘾,你甭管。"

"喊,官迷。"赵云昌撇撇嘴,"受了委屈,别哭鼻子,我可帮不了你,自己找罪受吧。"

"受委屈?"高淑贞一拍胸脯,豪气干云,"我是受委屈的人吗?你放心,我决不会求你。我可说好了,你干你的,我干我的,你不许干扰我。一言为定!"

"行,行,一言为定。"赵云昌苦笑一声。

高淑贞的娘家村,叫东太平。高淑贞的父亲头脑活络,在割"资本主义尾巴"的年代,就偷偷做小买卖,家里是最早的万元户。母亲性格豪爽,古道热肠,学了姥姥一手针灸、接骨的绝活,谁有个头疼脑热,请母亲扎一针就好;谁家生孩子,都会请母亲接生。可惜,母亲患了尿毒症,去世早,没来得及把绝活传给孩子。不过,她豪爽泼辣的性格,全部传给了高淑贞。

1996年元旦过后,郭强送高淑贞上任。到了村里,郭强要开党员大会,费了好大劲,才把党员叫齐。村部是3间平房,低矮破旧。高淑贞同大家见面,她原以为,都是乡里乡亲的,抬头不见低头见,大家会很热情。没想到,一见面,心就凉了半截:说是党员大会,其实仅有7名党员,个个蔫头耷脑,像霜打的茄子。

郭强宣布:"经明水镇党委研究决定,任命高淑贞同志为东太平村党支部书记。"说罢,他带头鼓掌,高淑贞也跟着鼓,鼓了两下,发现不对头:在场的人,大多表情麻木,无动于衷地坐着,有的低头吸烟,有的交头接耳,还有的阴着脸,头扭向一边;只有两位老人,面容和善,一位微笑点点头,另一位举起手欲鼓掌,见别人不动弹,也放下了手。

郭强有些尴尬,干咳一声,说道:"大家有什么意见?可以提提。"

阴脸扭头的那位,年近60,鼻子里"哼"一声,满脸不屑。他叫高文山,原是煤矿职工,退休后回村养老。

中间几位,分别叫刘秉信、高宝清、高绍雨、高绍武、高绍伟。

微笑点头的老人,便是刘秉信。另一位欲鼓未鼓的,叫苏士华,也是煤矿退休职工。

毕竟是娘家村,高淑贞还是了解的。除了刘秉信是老支书,任职多年,其他几个,任职时间都不长,都是干不下去,被迫辞职的。最后一任是高绍伟。也就是说,除2名退休工人外,全村5名党员,都轮流当过支书。高绍伟辞职后,村里实在选不出人,镇党委只好委派高淑贞。

见大家不吭声,郭强皱起眉头:"俗话说,火车要有车头带,致富要有领头羊。咱村没了领头人,人心都散了,工作停滞不前,老百姓怨声很大,要尽快运转起来。你们都是共产党员,要服从组织决定,积极配合高淑贞同志,把工作抓起来。"

说罢,郭强挨个点名,一遍遍问:"你有意见吗?"

被问者只好逐个表态:"没有。"

问了一遍后,郭强一锤定音:"都没有意见是吧?那好,通过!"

这一切，高淑贞看在眼里，但她不动声色，只是表态："我是镇党委派来的，不是我自己来的。我回到娘家村，还指望娘家人支持。"说到这里，她指着高宝清，"哥哥，还需要你支持呀。"

高宝清讪笑："那是，那是。"他是高淑贞的本家。

高淑贞转向刘秉信说："秉信，虽然你叫我小姑，但你是老支书，也是老教师，我没有经验，不会干，以后你要多教教我。"

刘秉信点点头，欠欠身，笑了笑："哪里，哪里，只要为大家伙干，都要支持。"

在东太平村，高氏家族的辈分中，高淑贞是"寿"字辈，比"绍"字、"兆"字大一辈。在座的，虽然年龄都比高淑贞大，但论辈分，都得喊她姑。所以，对他们，高淑贞换了一种口气，冲着高绍雨、高绍武、高绍伟说："你们几位，都当过支书，知道这个滋味，你们可不能给我出难题！"

几个人只得说："哪能，哪能呢，谁也不好意思的。"

高淑贞知道，苏士华老实巴交，所以只对他笑笑，没有提要求。苏士华也赶紧朝她笑笑。

至于高文山，高淑贞自始至终没有搭理。她知道此人性格，向来自视清高，谁也不在眼里，更瞧不起女性。自高淑贞进屋后，他不要说正眼看一下，连眼皮也未抬过。高淑贞明白，对这样的人，越把他当回事，他越会飘起来，不如晾一边，当他不存在。

见高淑贞停下来，郭强问："说完了？"

高淑贞说："完了。"

"那好。"郭强站起身，"会议到此结束，散会。"

这时，高淑贞注意到，高文山肩膀抖动了一下。

走马上任第一天，高淑贞有些失望。她原以为，当支书是件风光的事，她又是从村里出去的，娘家人会笑脸相迎。没想到，迎接她的,竟是一瓢冷水。她这才回过神:捧了一个烫手山芋。转念一想,自己太天真了,如果这个支书吃香,镇党委会想到她吗?

高淑贞从小就要强,虽然有些失望,但没有退缩,暗暗给自己打气:过河卒子无退路,只有头拱地,往前冲!

二 释印把

党员会结束后,接着开两委会。高宝清、高绍雨既是支部委员,也是村委会委员。村委会班子中,还有两名非党委员:一个叫高荣青,女的,计生干部;一个叫刘星田,村会计兼文书。高荣青进屋时,冲高淑贞笑笑,说了声"来了",便坐在角落里。刘星田进屋后,招呼也不打,一屁股坐下,掏出香烟,点着,顾自吸着,眼皮也没抬。

郭强宣布镇党委决定后,照例问高荣青和刘星田,你俩有啥意见?高荣青很干脆,说没意见。刘星田只顾吞云吐雾,并不吭声。

郭强直接点名:"星田,你呢?"

刘星田鼻子"哼"一声,撂出一句:"谁干都一样。"

高淑贞一愣,仔细打量刘星田,见他五十开外,两眉深锁,颧骨高耸,眼睛微眯,烟在唇间抖动,衣襟尽是烟灰;脸藏在烟雾中,冷得像把刀子,显得高深莫测。她心里一颤,知道遇上硬碴儿了。

高淑贞想,要干事,得先把班子的心拢一拢,连着开了几次会。头一两次,她挨个登门通知。后来,她让人捎话,别人都来了,唯独不见刘星田。她只好再上门请,一请二请,竟惯成毛病:开会时,须得高淑贞亲自上门请,否则他不参加。

本来,高淑贞以为,高文山会给她使绊子。过了些日子才知道,他的能耐全堆在脸上,在村里没啥根基,也没啥地位,就像小河沟里的泥鳅,掀不起大浪。真正的对手,竟是高深莫测的刘星田。

东太平是小村,只有100多户,共300多口人,原属官道店大队,后来分出来。刘星田自年轻起,就在官道店大队当会计,资格比刘秉信还老。东太平村支书像走马灯,他却岿然不动,可谓树大根深。不过,他有"命门":爱赌。所以,一直没有入党。

别看刘星田不是党员,更不是支书和主任,却是"最高实权者"——管着村两委的公章、全村土地资料、全村人的户籍册。

农村的公章有多重要?一句话:掌管村民生老病死。娶亲嫁女?先盖章;妇女生娃?先盖章;娃要上学?先盖章;儿想当兵?先盖章;杀猪卖肉?不盖章,开不出防疫证明,甭想进市场。

照理说,管公章的人,只是保管员而已。盖不盖、啥时盖,应该听村支书、村主任的。但在东太平村,公章成了刘星田私货,平时锁在家里,钥匙挂在腰上。谁想盖章,得看刘星田心情。如果他心情不好,即使村支书、村主任同意,他不掏钥匙,谁说也白搭。甚至有时管理区书记、主任上门,他照样不给盖。更过分的是,村民每盖一次章,他都要收2元钱。理由是村里没给他发工资,盖章会耽误他工夫。村民恨得牙痒痒,当面却不敢得罪,只能赔笑脸。

有一次,有户村民孩子考上中专,报到前需要开户籍证明。这天晚上,村民来盖章。刘星田家的门关着,里面亮着灯,传出几个人说话声,听得出是在打牌。然而,无论怎么叫门,里面就是不开。第二天早上孩子就要出发,村民急了,连叫带擂。这下惹恼刘星田,开门破口大骂。两户人家撕扯起来,最后闹到管理区。

高淑贞上任后,也尝到求他盖章的滋味:村民需要盖章时,她得领着村民上他家——无论是她盖章,还是管理区盖章,都须登他家门,赔着笑脸说好话,看着他拉着脸,掏出钥匙,打开橱子,取出公章,慢悠悠盖上,从不让别人碰到章。整个过程,就像他在施舍于人,公章俨然成其私有财产。这个过程,于他是权力的享受,于人却是人格轻慢,甚至是侮辱。只有一点不同,村民盖章须付费,高淑贞或管理区盖章时,他没有开口要钱。

前几任支书之所以如走马灯,与他也有直接关系。支书想办的事,凡是不合他意的,他一概不配合,把支书架空;至于其他村干部,更是被他牵着鼻子走。

以前,村办公室破败不堪,村干部很少来办公,遇事都是到家里商量。高淑贞上任后,将办公室拾掇一番,要求大家集中办公。其他人来了,唯独刘星田不来。高淑贞说了几次,他当耳边风。高淑贞有事时,只好上他家商量,倒像他是领导似的。为这,高淑贞心里憋屈,强忍着。

1996年3月,高淑贞剖腹产,生下第二个女儿,休息40天,就急着上班。这年夏天,农村开始整理土地资料,为来年的第二轮土地调整做准备。全村档案资料都在刘星田手里,村民需要频繁盖章,又遇到盖章收费的事,村民怨声载道。高淑贞决定找刘星田谈谈。

这天中午,高淑贞登门。刘星田刚吃完午饭,端着一杯茶,正嘬着牙,见高淑贞进来,抬抬下巴:"坐。"

高淑贞在他对面坐下,和颜悦色地说:"星田哥,你盖章收费的事,村民反映到管理区了,你不能再收了。盖100个章才多少钱?影响不好。今后工资会有的,钱比这多多了。"

刘星田沉下脸,茶杯重重一搁,气鼓鼓地说:"一分钱工资都没有,咋过?以后不收就是了。"

见他这么爽快,高淑贞有点意外,很高兴,寒暄几句就告辞了,边走边想:人家虽然有情绪,觉悟也不算差,只要同他讲明白道理,他还是能接受的。看来,以后要同他多沟通。

高淑贞高兴早了。自那以后,刘星田确实没再收费,但也不办事了。村民来盖章,他说要出门赶集,没时间。晚上,村民来敲门,他明明在家,就是不开门。

高淑贞想,不能再拖下去,必须解决,就向管理区副书记郭伟宏汇报,要把公章收回来。

郭伟宏沉吟道:"他管了几十年,你要收回来,他会刁难你的。"

"我不怕。"高淑贞头一扬,"他如果刁难我,我就同他干!"

"他不给咋办?你又不好抢。"郭伟宏有点担心。

高淑贞想了想,说:"我有个方案,不过,得管理区支持。"

郭伟宏来了兴趣:"你说说,只要合理,一定支持。"

高淑贞如此这般,说了"计谋"。郭伟宏频频点头。

这天,高淑贞来到刘星田家,对他说:"星田哥,管理区通知我,要审计呢。"

刘星田抬头问:"审计啥?"

高淑贞说:"我来半年了,要审计我的账目呢。"原来,高淑贞上任时,明水镇拨了10万元,用于东太平村的建设,包括修路、架电等。

刘星田皱起眉头:"我都一笔一笔记着呢。我记了30多年账,从没听说要审计。咋的?信不过我?"

高淑贞说:"那倒不是,这是新制度。以前,村里穷得叮当响,想审也没啥审。现在,不是有10万元吗?按规定,是要审计的。明天,你把账和公章拿到管理区去。"

管理区设有会计、文书和计生干部,管着10个建制村。每个月,各村会计都要去报账。

听说是管理区的要求,刘星田不敢违抗,有点不情愿,嘟囔道:"就这几笔账,我记得明白着呢,闭着眼睛都背得下来,看他们能审出个啥!"

管理区收到账本儿后,委托街道审计站,还真审计了一遍,出具了一份审计报告。过了些日子,管理区通知高淑贞,说审计好了,把账本儿拿回去。高淑贞取回账本儿后,交给刘星田。刘星田"咦"了一声:"咋只有账本儿?公章呢?"

高淑贞说:"管理区说了,公章统一管理,今后村民要盖章,我到管理区去盖。我有摩托车,去一趟很方便,反正也不远,你也省事了。"

刘星田张了张嘴,没发出声音,愣了半晌,双手一背,低着头走了。

几天后,刘星田来找高淑贞,气呼呼地质问:"我问过别的村了,公章都在村里呢,为啥咱村的公章要上交?"

高淑贞早就想好说辞:"别的村支书都是本村的,我是外面派来的。管理区要加强对我管理呀。"

刘星田无言以对,悻悻离去。

从那以后,村民要盖章、开证明时,高淑贞腚下冒烟,即去即回,一手代办。这对高淑贞来说,工作量大了,但她很乐意;因为她巧妙地夺回了权力,也化解了矛盾,理顺了关系,村民们很满意。

这事传到林子祥耳朵里,他朝高淑贞竖大拇指:"淑贞,兵不血刃,高!"

不过,刘星田从此与她结怨,放风说:"我干了这么多年会计,从来没有哪个书记敢'咋儿'(济南方言,意即'怎么着')我,就她能!"平时便消极怠工,经常找借口不参加会,土地调整需要查找资料时,不时甩脸色给她看。

高淑贞一直憋着,心想:这是娘家村,抬头不见低头见,尽量维持着;万一撕破脸,将来就不好处了。

就这么疙疙瘩瘩着,到了第二年秋天。

有一天,村里要商量土地调整的事,高淑贞照例上门请刘星田。以前,刘星田都是找借口推。这次,他干脆连借口也不找了,直接说:"咋又开会?我没空!"

高淑贞说:"星田哥,你是会计,又是文书,你不参加,会没法开呀。"

刘星田梗着脖子说:"你不是能吗?我不干了,你爱咋干就咋干!"

高淑贞等的就是这句话,当即就坡下驴:"你不干可以,把账本儿交出来,我另外找人。"

刘星田以为,村里除了他,没人能干这活,本想刁难一下,没想到高淑贞这么说,气得跳起脚:"好你个小玲玲(高淑贞小名),我知道你早就想换我了,终于说出来了。"

高淑贞不动声色:"这可是你自己说的,我尊重你的决定,不让你为难了。"

刘星田不甘被免,与高淑贞几番较量,最终败下阵来,极不情愿地交出账本儿。

村里有个年轻媳妇,叫高玲,是刘星田本家亲戚,高中毕业,嫁到东太平村。高淑贞看她责任心强,愿意为村里做事,是棵好苗子,就有意栽培她,让她当会计和文书,还培养她入党。

三 清路障

高淑贞每次进出村,最头疼的是村外小道。

东太平进出时,须经过官道店村。以前同属一个大队,没觉得咋样,外出机会不多,活动范围限于本大队。分开独立为两个村后,去官道店办事少了,外出时再经过官道店,就显得绕道。于是,在官道店村外,东太平修了条生产路。所谓生产路,就是下地干活的路。要修生产路,就得占官道店的地。当年,为了修这条生产路,东太平没少和官道店磨叽,好在原先是一个大队,又都是集体的地,难度还不算太大。包产到户后,哪怕是让出巴掌大的地,农户也像是割自己肉,没那么容易。

这是条土路,坑坑洼洼,步行时三步一晃,骑自行车经常摔跤。若遇雨天,更是泥泞难行,进出须穿雨鞋。高淑贞有辆摩托车,雨天不要说骑,连推都推不动。最初建生产路时,路基有6米宽,几十年下来,沿路两侧的农户,把弃之不用的砖石、瓦砾,随意堆在路旁,秸秆、农家肥一堆挨一堆。甚至还有种上桃树的,不断挤占路面,最窄处只剩一两米。别说汽车,拖拉机也无法通行,搬运个东西,只能肩扛板车推。

"新官上任三把火",高淑贞走马上任后,烧的第一把火,就是先修路,恢复原先路基。

要修路,就得先清障。别看尽是些垃圾,在农家眼里,就像鸡肋,食之无味,弃之可惜。沿路的地,大多是官道店的,要清障,须同官道店村打交道。高淑贞找到官道店村村支书李学进。李学进有些为难:"都是村民自个儿的,我说了不算。要砍掉桃树,你们得赔偿哩。"

高淑贞不以为然:"这是人民公社留下的路,路上咋能种树?要赔,让他们找我。"

"你就看着办吧。"李学进两手一摊,"我管不了,修路我没意见,只要老百姓愿意就行。"

两个村沾亲带故的不少。高淑贞发动村民,给官道店的亲友传话,说村里要撒灰线修路,让他们把自家的东西挪走;逾期不挪走的,村里将清运走。多数村民通情达理,也希望路能拓宽,他们上地也方便,所以能挪的都挪走了,用不上的就说不要了。随后,高淑贞找到附近的三号井煤矿,借来铲车,又从婆家雇来拖拉机,清运垃圾和杂物。

只有一户村民,就是种桃树那位,外号"小黄鼬",要求一棵树赔500元,总共六七棵,须赔3000多元。村里穷得叮当响,哪有钱赔?高淑贞托人说了多次,"小黄鼬"梗着脖子说:"不赔钱?甭想从这里过!"

"小黄鼬"为人强势,"文革"时没少折腾人。有一次批斗老支书,他把滚烫的糨糊涂在大字报背面,呼地一下贴在老支书后背上,烫得老支书惨叫连连。平时,村民都让他三分。

高淑贞打听清楚后,找高宝清、高绍雨、高荣青商议。在场的,还有高志广。高志广比高淑贞小一辈,叫她姑,人高马大,性格豪爽,好打抱不平,对高淑贞很恭敬。高淑贞上任后,村里有些人斜眼瞧她,有不服的,有不屑的。高志广听到风声,力挺高淑贞:"小姑,别听别人瞎吵吵,你只管干,咱支持你!"高淑贞说:"你跟着我干不?"高志广声高八度:"干!"高淑贞当即说:"行!你就给我当助手!"高志广爽朗回答:"行!"开始修路后,高志广就跟着跑腿。

听说"小黄鼬"耍横,高志广拍拍胸脯说:"小姑,这事好办,包在我身上!"

高淑贞乐了,知道他好喝几口,遂买来两瓶白酒,还有几样熟猪下货。落晚后,叫上高宝清、高绍雨,又拉上自己哥哥,上门犒劳高志广。高志广忙叫媳妇炒几个菜,几个人吱溜起来。

几杯酒下肚后,高淑贞停下筷子:"志广,你有啥好主意?这事不能再拖了。"

高志广酒杯一蹾,眨眨眼:"重赏之下,必有勇夫。"

"你想啥重赏?"高淑贞以为他提条件。村里一穷二白,拿啥去赏他?

"就赏这!"高志广端起酒杯,晃了晃,杯里尚剩半杯,盯着高淑贞,"小姑,我透了,你透吗?""透"是喝净的意思。

哥哥连忙拦阻:"你怀着身子呢,别喝了。"

高淑贞还有大半杯,足有一两多。她略一犹豫,端起杯,同高志广一碰,脖子一仰,杯子见底。

"爽快!"高志广喝一声彩,也一干而尽。

高淑贞放下杯子,抿抿嘴说:"志广,这条土路,老百姓已经吃够苦头,我想给村里铺条柏油路,没想到第一步就迈不开,我急啊。你别卖关子了,有啥好主意?快说说。"

高志广拿起酒瓶,给高淑贞斟满,慢条斯理:"这你别管了,今晚只管喝酒,明天早晨看结果。"

第二天上午,咣咣咣!一阵破锣声,伴随着叫骂声,打破东太平村的静谧。村民开门一看,原来是"小黄鼬",一手拿脸盆,一手拿木棒,边走边敲,边敲边骂,话语不堪入耳,尽是恶毒诅咒。

开始,村民莫名其妙,听了一会儿,终于反应过来:那六七棵桃树,昨晚不知被谁砍了,齐刷刷地躺在地上!

高淑贞家在王白庄,平时早出晚归,上午进村,听说此事后,抿着嘴偷乐。

过了几天,"小黄鼬"找上门来,怒气冲冲,要高淑贞赔偿。高淑贞装糊涂:"是谁砍的你找谁去,关我啥事?"

"小黄鼬"瞪起眼:"就怪你,你不修路,别人咋会砍?"

高淑贞端起茶杯,喝了几口水,慢悠悠放下杯,瞅着他:"那是我们全村人走的路,你种树挡道,还有理了?人家在你家门口种树,你会乐意?别说我不知道谁干的,就是我们村里人干的,也不会赔你一分钱。"

"你等着瞧,我就不让你蹚路!""小黄鼬"气得一蹦三尺高,撂下这句话,甩手而去。

几天后,"小黄鼬"又种上小树苗,东太平的村民气不平,趁夜把树苗拔了。"小黄鼬"改种蔬菜,村民路过时,故意踩踏蔬菜。来来回回,反复较量多次,拖延了3个多月。为避免冲突,高淑贞叮嘱,留下一个豁口,先平整其他路基。路基全部平整后,这个豁口像个癞疮疤,特别刺眼,过往村民路过此处时,都要痛骂"小黄鼬"。官道店的村民下地,看到这个豁口后,也在背后议论"小黄鼬"。"小黄鼬"见惹了众怒,脸上挂不住,不再那么嚣张。

第二年开春,高淑贞张罗铺柏油路,让施工队刨掉桃树根,在豁口处填上石碴压实。"小黄鼬"胳膊拧不过大腿,尽管愤愤不平,却也无可奈何。

高淑贞挺着大肚子,天天泡在工地。站久了,腿脚肿得很粗,鞋都穿不上。婆婆不乐意了,埋怨她:"为了一条路,要把孩子搭上咋地?"逼着儿子,硬把她拽到医院。

住院一检查,羊水都快没有了。医生皱起眉头:"怎么才来住院?再晚点,孩子保不住了。"紧急实施剖腹产。

因为惦记着铺路,产后40天,高淑贞就执意出院,抱着孩子上工地。

柏油路铺好后,全程6米宽,与外面的公路相连,汽车直接进村,村民纷纷说好。高淑贞想,建设新农村,先要让路四通八达。她一鼓作气,在村庄内外继续修路。

村外有段水渠,200多米长,渠旁有上百棵梧桐树,是官道店村民栽的,占的是公家荒地。要拓路,须伐树。东太平村贴出告示后,官道店村民自知不占理,见"小黄鼬"也不是对手,知道惹不起,都自觉砍掉了。想讹一把的人,不敢自讨没趣,也缩了回去。至于本村各家门前的树,只要阻了道的,都纷纷自伐。

东太平村的西侧,有个侯家庄。两村之间有条生产路,原先也是6米宽。路两侧耕地的主人,眼热那点路面,你一锹,我一镐,将路面刨成耕地,致使路面只剩2米多宽。高淑贞要把被占的路面收回来。不过,伐树还好,要想还地于路,就没那么容易了。

第一户是高兆海,原先是农民,后来顶替当了教师,老婆孩子仍在村里。头年冬天,高淑贞早早打了招呼,让他少种两垄麦子,腾出两垄地,来年开春后要修路。毕竟是老师,高兆海还算讲理,说多占的地可以退出来,但如果占他的地,就要就近调给他。

高淑贞说,可以按亩均600斤麦子、800斤玉米,折价赔给他,但高兆海不同意,坚持要补给他地。高淑贞想,来年将开始第二轮土地承包,需重新调整承包地,就答应了。

第二户是刘星田。他本来心里就有气,要从他碗里刨食,岂肯善罢甘休？开始,他让母亲和妻子出面,拔掉村里砸的木桩,坚决不让动他的地。后来,他也像高兆海那样,要求补给他相邻的地。

高淑贞来到地头,用脚丈量刘星田的地,共有190多步。这一丈量,发觉不对劲。她估算,刘星田的地南北长约180米,但查阅地亩账时,刘星田地的南北长度是150米。于是,她找了几个村民,重新测量刘星田的地,长度是181米！

明眼人一看就明白,刘星田这是以权谋私。第一轮土地承包时,就是在他手上丈量的。显然,他当年作弊了,十多年来一直贪占着。

这事惊动了管理区,找他谈话。这下子,刘星田慌了,乖乖吐出两垄地。有些村民不服气,私下找高淑贞,要求处理刘星田。高淑贞说:"乡里乡亲的,天天生活在一起,抬头不见低头见,别太较真,让他家抬不起头。既然问题已解决,得饶人处且饶人,就别再追究了,冤家宜解不宜结。"

迎面而来的拦路虎,一个个被拱开。在高淑贞奔波下,东太平村四周的路,越来越宽,越来越多。村内的断头路,也修成环形路,越走越顺畅。

从跬步出发,高淑贞开始千里之行。

四 拔穷根

东太平村不太平。

东太平是个穷村,村民除了务农就是在附近的煤窑、黏土矿打工。这些土窑小矿,安全得不到保障。煤矿常发生瓦斯爆炸,黏土矿也常坍塌,村民经常横死。高淑贞上任后就处理过多起伤亡事故。

1996年夏天,有天夜里,高淑贞给孩子喂完奶,正在沉睡中,大门被擂得咣咣响。半夜三更,这样的声音令人恐怖。夫妻俩被惊醒,赵云昌问:"谁啊?"

门外传来女人的哭腔:"高书记在吗?我家男人被车撞死了!"

高淑贞心里一沉,一骨碌起床,穿衣开门。门刚打开,一个妇人撞进来,扑通一声,跪在地上,号啕痛哭:"高书记,这可咋整啊!你要帮帮我啊!"

因动静太大,孩子被吵醒,哇哇大哭。赵云昌连忙哄孩子。

妇人哭诉道,自己男人叫郑善铎,两口子本来有俩儿子,两年前,大儿子在瓦斯爆炸中烧死。为养家糊口,男人到外村瓦窑打工,刚才去上工时,在路上被车撞死了,肇事车也跑了。

高淑贞一听,扭头对丈夫说:"孩子交给你了。"取了摩托车钥匙,对妇人说:"走!"

出了门,高淑贞载着妇人上路。深夜漆黑一团,道路高低不平,高淑贞很少夜里驾车,一路提心吊胆。

路上,妇人告诉高淑贞经过:小儿媳妇也在瓦窑打工,晚上上工时,骑电瓶车走在前面,她男人骑自行车在后。接班时,工友问小儿媳妇:"你公公爹呢?"小儿媳妇说:"来了呀,就在我后面呢。"又过不短时间,工友觉得不妙:"这么久没到,不会出啥事吧?"几个人沿路寻找,赫然发现他倒在路边。小儿媳妇赶回家报信,儿子夫妻俩往出事地点赶,她便来求助高淑贞。

出事地点在济青公路上。高淑贞用摩托车灯一照,顿时头皮发麻,全身汗毛直竖:郑善铎血肉模糊,横尸路边,半个脑袋没了,地上一大摊血。这样的惨象,即使白天也令人毛骨悚然,何况是在半夜?高淑贞吓得腿都软了。郑家人则哭得死去活来。

若是过去,目睹这样的惨景,高淑贞可能远远避开了。可是,现在不行啊,她是村支书,是村民的主心骨呢,得揽起这事。她抹了把泪,问在场的工友:"报警了没?得找车运走,不能躺在路上。"

"咋报?"几个工友傻傻站着,早已六神无主,束手无策。

那时,手机还没普及,只能找座机。高淑贞想了想,说:"我去找电话吧,你们在这儿守着。"三四里外,就是王白管理区,她独自一人,揣着恐惧,脑袋里晃着死者的惨样,骑着车,摸黑赶到管理区,叫醒值班室门卫,打通110、120。

那天晚上,高淑贞一夜没合眼,也没回家。第二天,既要处理后事,又要安慰死者家人,直到夜里10点才回家。她正在哺乳期,一天半没给孩子喂奶,奶水涨得厉害,胸襟都湿透了。

还没进家门,就听得孩子哑着嗓子哇哇哭。进门一看,赵云昌抱着孩子,正在屋里打转转,满脸焦灼。见了她,没好气地说:"你还要这个家吗?你知道孩子哭多久了?喂啥都不吃!"

高淑贞已经近24小时没合眼,浑身累得像散了架,恨不得立刻躺在床上。听到丈夫抱怨,无名火腾地上来,本想回敬几句,可看到孩子哭哑嗓子的模样,又很心疼;接过孩子,坐到角落里,边给孩子喂奶,边抹眼泪。

看到妻子的狼狈样,赵云昌立马心软了,歉意地说:"我给你下面条吧?肯定没吃饭,我也没吃,一块儿吃吧。"

高淑贞再也忍不住,嘤嘤哭出声来。正在吮奶的孩子停了下来,忽闪着大眼睛,好奇地盯着妈妈。

过了会儿,赵云昌端着面条出来,柔声说道:"你来吃点吧,我知道你累了一天。我只是心疼孩子,没有责怪你的意思。昨晚你走后,我就没合过眼,一直在挂挂(方言,意为'牵挂')着你。若不是照顾孩子,我肯定会陪你去。当村官事太多,啥事都找你,太累了,干脆别干了,回来当老师多省心。"

"你别扯后腿。"高淑贞抹把泪,叹了口气,"你不知道她有多可怜!连遭天灾人祸:前年儿子刚走,全家人还没缓过来,男人又走了,就像天塌了一样。我是支书,我不帮,谁帮?这是我的分内事,不用你帮忙,只要你能理解,不要责怪我,就够了。"

"我理解,我支持,不扯后腿。"赵云昌连忙表态,"你赶紧吃点。"

赵云昌话语不多,通情达理。高淑贞常接济困难户,他和妻子一起掏腰包。村里有个女孩,出生不久,尾骨处就长瘤,越长越大,压迫神经,两腿无法站立,只能在地上爬行。高淑贞看在眼里,疼在心上。她月工资260元,同赵云昌一合计,两人拿出300元。高淑贞又动员村民捐款,你1元,他2元,凑了五六十元,给女孩买了辆轮椅。

第二轮土地调整时,中央文件规定,村集体要保留5%的机动地,用于新增人口。很多村没有执行,地都被分光了。东太平村一些村民也嚷嚷,要把地全部分掉。

高淑贞坚决不同意。她在会上说:"中央这样规定,是考虑到咱子孙后代。今后谁家不添子孙后代?要给后代留个机动饭碗。"在她坚持下,村里保留65亩机动地,作为村集体用地,按每亩每年100元,出租给本村2家种植专业户。这6500元,是东太平村第一笔集体收入。原来的空壳村、倒挂村,终于有了第一笔收入。

高淑贞想,过去村两委没威信,很大原因是村集体穷,干不成事。所以,她琢磨着,要给村里攒点家底。从哪着手呢?她找了本《章丘县志》,想了解一下村庄周围的历史。

县志记载,东太平村原叫纸坊庄,过去是造纸的作坊,后来被一把大火烧毁,故改了村名,不再造纸,改弹棉花。纸坊庄对面,有个倒流庄,过去是烧石灰窑的,窑建在大堰上。

高淑贞想,造纸技术复杂,要想恢复很难,但烧石灰窑不难,石灰石很多。对,就烧窑!那时,环保意识还不强,高淑贞也一样。

东太平村外有条沟壑,三四米深。沟壑两岸,当地人称大堰,堰里风势很大。高淑贞领着村民,在堰下掏个窟窿,窟窿直通堰顶,顶上竖个筒子,2孔石灰窑就建成了,省事又省钱。包给本村2户村民经营,1997年当年租金3000元,这是村里的第二桶金。第二年,2孔窑租金6500元。

尝到甜头后,高淑贞想扩大规模。可是,村集体没实力投入,她就发动村民自建,向村里交租赁费。村民们正愁致富无门,纷纷响应;官道店村也效仿,两村一下子建起39孔,东太平村占一半。1998年,村集体收入达到3万元。按照农村脱贫标准,村集体达到3万元,就标志着摘掉贫困帽子了。

有了钱就好办事。过去,村里没有办公经费,须挨家挨户征收。从1997年起,村里不再征收办公费,还盖起文化大院,建起村委办公房,村道安上路灯。第二年,高淑贞见村里的孩子无处托管,就腾出村委办公房,办起幼儿园,另建2间办公房。随后,她又建卫生室、扩容变压器。

原先,村里的变压器只有50千瓦,仅够照明。高淑贞请供电部门帮忙,改为三相电,扩容到150千瓦,棉花加工很快带动起来,东太平村成为棉花加工专业村。高淑贞没停下脚,又引导村民养殖畜禽,成为养殖专业村。

产业带动脱贫。村民荷包鼓起来之后,大家纷纷盖新房,六成人乔迁新居。村子也从破旧不堪变得崭新有序。

高淑贞当4年村支书,原先的穷村、乱村,被她带成了先进村。由于她治村有方,荣誉接踵而至。1997年,她当选济南市人大代表。这一年,她的代课教师身份"转正",成为事业编制的公办教师。1999年,她被评为山东省"三八红旗手"。

镇党委十分满意,2000年2月,春节过后,提拔她到柳沟管理区任副主任。高淑贞推荐高玲任村支书,推荐高荣青为村主任人选,后来两人经村民选举当选。

听说高淑贞要调走,村民们十分不舍,家家都拉着她,要请她吃饭。临走那天,凡是在家的人,都出门送她。大家依依不舍,含着泪重复:"常回来看看啊!"

第二章　招兵买马

一　下马威

2004年3月,周末,一辆摩托车驶进章丘实验中学,下来一个小个子中年人,找到高淑贞:"高主任,听说你加班?好久不见了!"

两年前,高淑贞任管理区党总支副书记时,因上级要求教师归队,高淑贞调任柳沟中学,任党总支副书记。后来,柳沟中学并入章丘实验中学,高淑贞任女工主席、妇委会副主席,分管体育,负责女生公寓楼管理。

高淑贞热情相迎:"哟?是庆孝哥!什么风把你刮来了?"来者叫王庆孝,与高淑贞在柳沟管理区共过事,也是党总支副书记。后来,章丘市区划调整,把济青铁路以南村庄划到旭升乡,王庆孝遂到旭升乡工作。2004年,明水镇改为明水街道,旭升乡改为双山街道。

"我正好路过这里,顺道来看看你。"王庆孝说,抬腕看了下手表,"晌午了,走,我请你吃饭。"

两人步出校门,在旁边一个小饭店坐下,炒了几个菜,要了一瓶啤酒,边吃边聊。

"你到三涧溪有半年了吧?还顺利吧?"高淑贞问。她是三涧溪村的媳妇,知道王庆孝去当村支书。三涧溪村原属明水镇,区划调整后划归双山。

"刚6个月。唉!"王庆孝一声长叹,脸上阴云密布,"遭老罪了!"

"咋了?"高淑贞放下筷子,"不顺心?"

"你这个婆家村啊,像个烂摊子,尽是些不讲理的。我快被逼疯了!"王庆孝端起杯子,一仰脖子,饮尽杯中酒,倒出苦水来,"这些年,三涧溪连换5任村支书,实在选不出合适的,街道党工委觉得我还行,就把我派去。没想到,我吃尽苦头!"

"咋了?"高淑贞身子前倾。

"唉!"王庆孝重重叹口气,"市里筹建城东工业园的事,你知道吧?"

"知道,工业园不就在三涧溪一带吗?"

"是的。三涧溪要征不少地。征地方案出来后,在村民代表大会通过。但是,执行时,村民仍不买账,要么漫天要价,要么拒绝征用,还使出歪招:男人不出面,让一群老娘们撒泼打滚。有一次,一群老娘们拥到我办公室,把我堵在屋里,有的就坐在我桌上,大半天不让我上茅房。害得我……害得我……"

"害你咋样了?"高淑贞盯着问。

"害得我……尿了裤子!"王庆孝捂住脸,抽泣起来。

"啊!"高淑贞大吃一惊。

王庆孝揩了把泪,继续诉苦:"赵云贵是你小叔子吧?可没少刁难我。我一把年纪了,还受这帮刁民欺侮。真后悔当这个差!"

高淑贞赶紧说:"要不,我回去同他说说?"

"那敢情好。这个——"王庆孝欲言又止,倒了杯酒,碰碰高淑贞杯子,算是敬过,瞅着她,"我琢磨好几天,今天来找你,想同你商量一下。"

"商量啥?"高淑贞倾身问道。

"你能不能接替我,当这个村支书?"王庆孝生怕高淑贞拒绝,语气急切,"这是你婆家村,你们赵家势力大,能帮衬你;你在娘家村干那么好,有经验……"

高淑贞连连摇头,打断话头:"我在娘家村干4年,累得慌,家也照顾不上,赵云昌也有意见呢。当老师挺好的,轻松多了,我已经很知足了,不想去怄气。"

王庆孝急忙说:"王恩峰到村里摸过底,有些老党员说,你能把娘家村治好,三涧溪也能治得了。"王恩峰是双山街道党工委组织委员、副主任。

高淑贞想起来,前些日子,王恩峰打电话给她,向她了解三涧溪情况,提起过这事,当时她没在意。她问道:"凭啥说我能治得了?"

王庆孝说:"就凭你这股狠劲,准行!"

高淑贞摆摆手:"你那么有经验,都治不了,我可不啰啰(方言,意为'掺和')。不说了,来来,咱喝酒。"

"唉!"王庆孝愁云满面,放下杯子,"你这一拒绝,我喝不下去了。"

高淑贞忙把话岔开,挑些高兴的话题。但王庆孝蔫头耷脑,吃得没滋没味。

高淑贞记下王庆孝的话,当即回村,找到赵云贵劝说。赵云贵撇撇嘴,不以为然:"他是过路客,过几年就走,只会帮政府说话,哪里会照顾我们?我信不过他。政府有钱,还在乎我这仨瓜俩枣?现在这个社会,老实人吃亏,我不多向政府要点儿,不是亏了?"

高淑贞看他油盐不进,知道白费口舌。又找了几个叔婶,意思都差不多:政府的钱,不要白不要。跑了一圈回来,碰了一鼻子灰。她虽是三涧溪村的媳妇,但因夫妻俩都在外教书,平时不知道村里的事,对三涧溪村民并不了解,这回才知道,不讲理的果然多。

过了几天,闺蜜张文霞找上门来,拉她去吃饭。她是杨胡村支书。杨胡村有煤矿,经济条件好,张文霞配有桑塔纳,还有专职司机。杨胡村原属明水镇,后来调整到双山街道。当年,明水镇有3个女支书,除了她俩,还有王中村支书,三人是好朋友。论年龄,高淑贞最小。

席间,张文霞问:"淑贞,在学校干得咋样?"

高淑贞回答:"挺好的,党叫干啥就干啥呗。"

"听校长说,你干劲挺足呢。"张文霞话锋一转,"领导想让你再干书记,你干不?"

高淑贞问:"上哪去?"

"你婆家村呗。"张文霞说。

高淑贞问:"是王庆孝让你来说的?"

"喊!"张文霞嘴一撇,"他能请动我?是金书记让我来的。我是代表组织哟。"

高淑贞明白了,准是王庆孝请不动她,向街道党工委书记求助了。既然是组织的意思,高淑贞得认真对待,她沉吟半晌,说:"姐姐,让我考虑考虑。"

过了些日子,校长吕学江找高淑贞谈话:"金书记找到教育局,局里已同意。这是好事,我当然支持。关键看你态度了。"

高淑贞有点举棋不定。

吕学江趁热打铁,鼓励道:"我看,你值得去闯闯。我知道你的顾虑,请放心,我已考虑到了,继续保留你的教师身份。"

"你说到我心里了!"高淑贞眼睛一亮,"那我先去试试,最多干3年。如果失败了,就提前回来,行不?"

吕学江爽快答应。为解除她的后顾之忧,学校与街道党工委签订协议:借调高淑贞到双山街道三涧小学支教,担任三涧小学副校长。随后,街道党工委下发文件,任命高淑贞为三涧溪村党支部书记。

2004年6月1日,高淑贞带着党组织关系介绍信,离开学校,赴办事处报到。当天黄昏,王恩峰陪着她,来到三涧溪,准备召开党员大会。白天,村民要下地、务工,有啥会,只能晚上开。王庆孝也随同交接。街道党工委很重视,已提前两天向村里下通知。

进村前,高淑贞暗想:三涧溪是个大村,党员多达73人;王白中学就在三涧溪村,自己在这里教过8年书,22岁到30岁的年轻人,都曾是自己的学生;村里人对她很客气,这会儿屋里大概已坐满人,场面估计会很热闹,自己得说番亮堂话,给大伙儿鼓鼓劲。

王恩峰打头,高淑贞、王庆孝跟着,走进面粉厂南屋。村里办公场地小,借用面粉厂屋子。然而,屋里只有十几个人,正在埋头抽烟,屋里乌烟瘴气,光线昏暗。王恩峰一愣:"人呢?不是早下通知了吗?"

半晌无人应答。王恩峰转身问王庆孝:"你们没下通知?"

"我这些天没来。"王庆孝脸一红,贴近王恩峰耳边,轻声说道,"村干部已经5年没领报酬,平时使唤不动,大概没往下通知。"他干了9个月,灰头土脸,狼狈不堪,早已心灰意冷。10多天前,村民就在传他要走、高淑贞要来,更不买他的账。所以,这几天,他没到村里来,不想自讨没趣。

王恩峰沉下脸,挥挥手:"你们快去叫,我在这儿等着。"

多数人纹丝不动,只有两三个人应承一声,出门去了。

过了好一会儿,才陆续有人来。王恩峰想发作一番,转念一想:冰冻三尺,非一日之寒,如果发脾气管用,就不必换人了。

等了半个多小时,好不容易凑成37人,刚刚过半,勉强达到法定人数。面粉厂把所有能当凳使的东西,都给搬来了,五花八门,高高低低;数量还是不够,有的2人挤一块儿,勉强坐下。高淑贞暗暗观察,发现一个怪现象:当过两委干部的,大多没有到场。

王恩峰忍住气,宣布开会。他先读了街道党工委的任命。然后,新老书记交接。交接手续很简单,就一张收支表格。高淑贞这才发现,除了几笔应收款外,实际收入数额为零,却负债80多万元!

交接之后,王庆孝发表告别感言。尽管他受尽欺凌,此时此刻,他还是顾及面子,尽说感谢的话。高淑贞想起他尿裤子的事,知道他言不由衷,心里暗暗发笑。

轮到高淑贞表态了,她快言快语,说话干脆利落:"我是三涧溪的媳妇,活是村里的人,死是村里的鬼,一定会全心全意干好,希望大家支持我。"

这时,天色已暗,电灯像萤火虫,屋里光线差,看不清大家表情;只看到三五成群,互相递着烟,有的窃窃私语,有的高声谈论。过了一会儿,一个敦实老汉站起来,抻抻中山装,歪斜着大脑袋,阴阴地问:"高书记,你当,我们不反对,只想知道,你带来多少钱?你能给村干啥?"

同样这几句话,如果是正常语气,高淑贞也能接受。但此人故意拖长声调,口气冷得像块冰,不仅是质问,还带着轻视,甚至挑衅。高淑贞一听,顿生反感。

前些天,高淑贞回村里,悄悄找几个人摸底。有人担心说,这个党员会,还不知能不能开成呢。尽管她有思想准备,但今天这个冷场面,仍是始料未及。她仔细打量,发话的叫杨孝坤,早年当过几年兵,在部队入的党,自恃见过世面,是个喜欢挑事的主儿。

高淑贞想,哟,刚见面就一斧砍来?我可不吃这一套!决定正面硬刚,当即冷冷顶回去:"我没有带多少钱,只是扛两个膀子、一颗头来。"

杨孝坤听出火药味,拉长了脸,又刺出一剑:"你说话咋这么难听?"

高淑贞明白了,对方故意当众发难,是想给她下马威,如果不把他镇住,别人也会趁势欺上;遂两眉倒竖,脸色一沉,加重语气:"你提的是啥问题?我能带多少钱来?散会以后,我上你家去,你有啥意见,对着我说。党员大会上,不要再提这样的问题!"

高淑贞是大嗓门,又带着气,一番话威严十足,让人心中一凛。本来,会场嗡嗡声不绝,霎时鸦雀无声。众人的目光像聚光灯,齐刷刷望向她,又齐刷刷转向杨孝坤,看他如何应对。

高淑贞的凛冽语气,令杨孝坤措手不及。他张张嘴,没发出声音,鼻子不甘,"哼"一声,悻悻然坐下,别过脸去,呼呼喘着气,像斗败的公鸡。

这场面,让大家大感意外。看到杨孝坤败下阵来,知道遇到硬磕儿了,没人再敢发难。

不到半小时,会议草草结束,大家起身往外走。走到门外后,不知谁嘟囔一句:"大老爷们都治不了,一个娘儿们知道个啥!"大家哄堂大笑。

有人高声附和:"谁也治不了,神仙来了也白搭。"高淑贞耳尖,说话的是李大奎,原村支书。

"就是。"有人阴阳怪气,"哼,有好戏看喽,看她咋哭的!"

门外爆出一阵哄笑。

一股怒气,直冲高淑贞脑门,心里腾起一股火:咋的?瞧不起我?好!你们等着,咱们比试比试!

散会后,3人已是饥肠辘辘,来到村里的小饭店。因会议开得不顺,3人心情有些沉重。王庆孝挠挠头,同情地说:"妹妹,这碗饭不好吃啊。"

王恩峰赶紧打气:"这有啥。干不了,不是还有组织吗?"

高淑贞一摆手:"请组织放心,别看这些歪头斜眼的,我不怕!谁和我打,我就和谁打!我既然接过这军令状,决不会认输!"

王恩峰哈哈大笑,沉闷气氛一扫而光。

这家小店叫四邻饭店,老板石俊是本村村民,正在厨房炒菜。论年龄,石俊比高淑贞略小;论街坊辈分,得叫她奶奶。这时,他擦着手走出来,冲着高淑贞说:"奶奶,你来太好了。这群私孩子(方言,意为'私生子',变相骂人'没爹',或'娘不正经'),啥也不干,就知道吃喝。"边说边打开抽屉,拿出一沓白条子,"喏,这些条子,都是他们吃喝赊的账,欠好多年了。"他口中的"私孩子",指的是村干部。

"多少钱?"高淑贞瞄了一眼白条,皱起眉头。

"6万多元呢!"石俊递给高淑贞,欲请她过目。

"什么?这么多!"高淑贞跳了起来,手往后缩,仿佛那是烫手山芋,"咋不向他们要?"

"我向他们要了几次,谁都不认。"石俊一脸苦笑,"他们说是为村里的事,不是他自己的事,等村里有钱再还。村里啥时有钱呢?"

高淑贞看了眼王庆孝,王庆孝赶紧撇清:"我可没吃过。"他被村民当猴耍,哪还敢来蹭吃?

"你想咋办?"高淑贞问。

"我还能咋办?"石俊看着高淑贞的脸,小心试探,"我只能指望奶奶了。"

高淑贞把茶杯一蹾:"账上还欠着80万元债呢,这里又欠6万多元,你奶奶又不是神仙,能变出钱来?"

"这……那我……"见高淑贞不悦,石俊有些不安,望望王恩峰,王恩峰不吭声;瞅瞅王庆孝,王庆孝一脸无奈。

"这么着吧。"高淑贞缓了口气,"你也不容易。白条先收起来,等啥时村里有钱了,就还你。"

"哎,哎!"石俊点头哈腰,想了想,鼓了鼓勇气,"只是不知……啥时才有钱?"

"面包会有的,一切都会有的。"没等高淑贞回答,王恩峰打起圆场。他很清楚,这个糟头事,不是今晚能解决的,没个十年八年,石俊甭想拿到钱,遂替高淑贞解围,笑嘻嘻地对她说,"是吧?"

"是。"高淑贞勉强挤出笑容。

高淑贞的家,已搬到章丘城区明水镇。为方便孩子上学,在那儿买了一套房。那天晚上,她回到家,躺在床上,翻来覆去烙大饼,害得赵云昌睡不着,揶揄道:"咋了?新官上任第一天,太激动了?"

高淑贞叹了口气:"任命之前,我无所谓的,可干可不干。真任命了,我还真有点压力。没想到是这么个烂摊子,怪不得王庆孝死活不干。"

赵云昌哼了一声:"又没人逼你,是你自己愿意的,能怪谁?你活该。"

高淑贞拍了一下丈夫:"你是咋说话的?不给我鼓劲,反而说风凉话。我可告诉你,你别给我添乱,就像在东太平庄一样,你别问我,也别管我,我也不给家里添乱。你得照顾好孩子,管好她俩的学习。"两个女儿,一个读初中,一个读小学。

"你爱咋咋地,我才懒得操这份闲心呢,咱俩井水不犯河水。"赵云昌一翻身,后背对着妻子,"你那年去东太平庄,我是不反对。你今天去三涧溪,我是不赞成。我可提醒你啊,三涧溪可不是东太平庄,没有一盏省油灯,我太了解了。"

　　高淑贞在娘家村受的委屈,赵云昌并不知道。高淑贞有个习惯,不把公家的事带回家,无论遇到多大委屈,从不对丈夫说。所以,赵云昌以为,她在东太平顺风顺水。

　　高淑贞坐起身,郑重地给丈夫立下规矩:"我可给你说好了,今后,不管谁带礼物上门,你都要拒绝。如果你要留下,我会和你没完。"

　　"行行行,就你觉悟高。"赵云昌有点恼火,"又来给我规定这、规定那,我才不啰啰这些事呢。你爱咋整咋整,我可要睡觉了。"记得有天晚上,他同学打电话来,让他帮忙说说工程的事。高淑贞立马制止:"你只管教好你的书,工程的事,与你没有关系,与我也没有关系。"从那以后,再有人请赵云昌帮忙,他都不再吭声,不想自讨没趣。

　　黑夜中,高淑贞头枕双手,望着天花板,想着心事。明天上午,她要开村两委班子会,该说些啥呢?看今天这架势,两委班子好不到哪儿去,说不定又会刁难。刁难就刁难吧,我偏不信邪!

　　高淑贞自认心大,总是一觉睡到天明。那一夜,她才发现,原来丈夫也会打鼾。

二　烂摊子

　　初夏的早晨,田野满目葱茏,空气湿润清新,暗香浮动,让人有些躁动。高淑贞骑着摩托,在公路上奔驰,乌黑的短发上下耸动,在风中欢快起舞,两行行道树疾速后退。因上午要开会,她特地早点来,她还没去过村部呢,想先熟悉一下。村里早就知道她要来,办公桌应该早给拾掇好了吧。今天,是她走马上任第一天。这样的早晨,本来应该心情大好、意气风发,但昨晚那个下马威,像是吞下只苍蝇,破坏了她的心情。此时,她就像学生即将进考场,不知道会遇到什么难题。

对三涧溪的历史,高淑贞并不陌生。后来,她策划了一本三涧小学乡土教材。在序言中,她饱含感情地写道:

> 我们可爱的家乡——三涧溪村,钟灵毓秀,人杰地灵,自古以来就人才辈出。有着悠久历史的涧溪村,一代又一代先人们,用自己的聪明才智,创造出独具特色的涧溪文化。这一切皆是三涧文明的象征。文明需要传承,更需要发扬光大。
>
> 3600年前,在东沟西侧神仙顶子处,涧溪先人建窑制坯,烧制出精美的陶器。古朴端庄的陶器,是先人勤劳、智慧的结晶。
>
> 2500年前,青铜制造的生产工具和生活用具,在涧溪先人手里已广泛使用。紧跟时代步伐,与时代同步,涧溪人一直以来就与时代融为一体。
>
> 600年前,社会持续战乱,生灵惨遭涂炭,人人朝不保夕,涧溪人为了生存,竭尽才智和力量,用鲜血、汗水筑起一座地下"长城"——涧溪古地道。精巧的结构,恢宏的气势,充分显示出涧溪人的智慧、勤劳和勇敢。
>
> 180年前,清朝道光年间,涧溪马氏族人马国翰志向远大,呕心沥血,为官期间,披阅数十年,致力辑佚,编撰的《玉函山房辑佚书》系列,数目之大,种类之多,自宋朝以来,无人匹敌,成为辑佚大家。
>
> 150年前,为防御捻军的烧杀劫掠,马氏家族杰出人物马国华,率众人先修章丘南部屏障——长城岭上的"锦阳关""黄

石关",后督修涧溪圩子墙,保障了一方平安,周围村庄百姓也受益匪浅。由于有了圩子墙保护,几十年间,涧溪人免遭匪患之苦,"梓乡保障"名副其实。

100年前,涧溪村独特的自然景观和深厚的文化底蕴,孕育出"涧溪八大景",又有赵鸿年老先生文字的提炼、集成和升华,脍炙人口的八景佳句流传至今。

80年前,涧溪十人不甘现状,不畏艰难,勇于开拓,凭手艺、勤劳和智慧,勇闯哈尔滨,扶弱济困,患难与共,开拓出一片新天地,展示了涧溪人的大仁、大义、大勇。

70年前,在硝烟弥漫的抗日战场,涧溪人马厚盛沉着冷静,视死如归,驾飞机与敌机同归于尽,诠释了涧溪血性男儿舍生取义的英雄本色,成为三涧溪村永远的骄傲。

60多年前,三涧溪勇士马守杨、赵立海、马守侃、马素升等,随部队转战辽沈、淮海、平津几大战役,冒着枪林弹雨,强渡长江天险,见证了蒋家王朝的覆灭和新中国的诞生。

30年前,在改革开放的号角下,劈铁大王马世昆殚精竭虑,发明"钢坯冷断法",足迹几乎遍及华夏大地,既为国家节省大量资源,也为家乡父老乡亲开辟了一条致富路,一排排的红砖瓦房拔地而起,见证了三涧溪村昔日的荣耀。

从三涧溪村走出的优秀儿女陈逸云、赵芳清、赵万清、刘科,在异地勤政为民,还时刻不忘家乡养育之恩,尽自己所能为家乡效力,报效生养自己的三涧溪村。

20年前,从三涧溪村考出去的优秀学子李帅、赵连昌,如今已成为国家和社会的有用之材。

传承三涧溪文明,弘扬三涧溪精神,是时代的要求,更是三涧溪村发展的必然。历史的接力棒已经传到我们这一代人手里,干事创业,勇超前人,让三涧溪村更富裕、文明、幸福,是我们这一代人义不容辞的责任。

前方,出现一片红砖瓦房,在绿树掩映下,宛如一幅油画。三涧溪到了。在高淑贞的眼里,三涧溪是个美丽的村庄,历史上的"涧溪八大景"让村民们津津乐道,乡绅赵鸿年将其概括成诗:

北岭西望火车烟,南涧卧牛石万千。
马蹄浣衣多少妇,月牙弈棋赛神仙。
赵家垂柳千条线,石岗避暑月更天。
砚窝留名奇石古,胡岑枝荆到顶园。

前些年,高淑贞在王白中学任教时,为求证"涧溪八大景",曾经一一实地踏访。

第一景:"北岭西望火车烟"。位于西涧溪庄北、圩子墙里。从圩子墙望出去,就是胶济铁路。铁路始建于1899年,1904年建成通车,全长384.2公里,连接济南、青岛两大城市,是横贯山东的运输大动脉。受交通线路和交通工具限制,章丘南部山区和章丘城以北的人,只听说有火车,看火车却成为一种奢望。外村人来三涧溪走亲访友时,都想一睹火车开开眼界。涧溪四周有圩子墙,大门一关便出不去、进不来,于是人们就爬到北岭子往西看。因为火车由西往东时,是一段缓慢上坡,蒸汽机车必须猛加煤,煤多烟大,火车轰鸣,看的人更是兴奋不已。北岭子东首,有一棵几百年的古槐,古老与现代在此交织,此为涧溪第一景。

第二景:"南涧卧牛石万千"。过去耕田犁地全靠牛,村民家里牛很多。一群群的牛,上午在南坡吃草,下午在南沟饮水。南沟常年流水不断,牛饮水后,卧在沟中平缓处休息。南沟里,有很多状似卧牛的石头,石头、卧牛难以区分。传说,一风水先生路过此处,看到石头大且多,形似卧牛,说这个村里必出大壮汉。结果,真出了大力士叶函勤。

叶函勤出生于100多年前,留下很多传奇故事。

有一天,叶函勤去五六十里外的窑头村,要买两口大缸。老板见他扛着碗口粗枣木杠,拿着两条铁索,奇怪地问道:"路途这么远,你能挑回去吗?"叶函勤满不在乎:"别说这两口大缸,就是里边再放两口,也没问题。"老板以为他吹牛,就说:"年轻人,说大话别闪了舌头!"叶函勤一听来了气:"你随便装,如果挑不走,我付双倍的价钱!"老板一跺脚:"你要能挑走,我一分钱也不要!"叫来伙计,耳语一番。伙计依计,在大缸里放中缸,中缸里套小缸,小缸里再放碗,最后成了个实轴坨子,足有千斤。老板暗自高兴,心想今天赚大了。叶函勤不慌不忙,轻松挑起,拔腿就走。老板脸色煞白,一路跟着,直到3里外的分水岭上。叶函勤微微一笑,边走边说:"老板,您不用送,我不歇了,您还是回去吧!"说罢,大步流星而去。老板目瞪口呆,跌足叫苦。

有一次,叶函勤去相公庄赶集,经过博平河时,河水很浅,人们踩着接脚石通过。一个从南山来的妇女,骑着毛驴赶集。山里的驴没蹚过水,不敢过河,主人从前边拉、在后边打,就是不动。叶函勤便帮着拉,直到笼头拉断,驴仍然不动。叶函勤一气之下,夹住驴背就走。驴连踢带蹬,驴一蹬,他一夹。驴渐渐不蹬了。到了对岸放下,驴却一动不动,原来已被夹死,连肋骨都被夹断,叶函勤只好赔了驴钱。

第三景:"马蹄浣衣多少妇"。地点在村南门外。马蹄湾,马蹄形,堰上古树参天,沟底耐火土密不渗水,四壁石砌,方石突出。过去,村民修房盖屋、种瓜点豆、饮牛饮马,全靠此湾。东涧溪、西涧溪来此洗衣的妇女很多,你来我往,成为村中一景。

第四景:"月牙弈棋赛神仙"。地点在北门大街东侧。月牙池,因形状似月牙而得名,高于地面1米左右,石头砌成。上面架有长条石,青石镶边,中间有3块高大石碑,石碑南北两侧,各有一棵古柏,树干粗大,树枝探出月牙池外。老人们常坐在长条石上下棋,怡然自得。3块石碑,记载了村里的3段历史。中间,是涧溪修圩子墙时的捐款碑。左边,是重修马氏家祠的捐款碑。右侧记载的,是一桩惊动朝廷的诉讼案:胡氏开煤井,导致涧溪村水位下降,马步云进京告状,皇帝下旨派人查封,后立此碑,以示后人。

第五景:"赵家垂柳千条线"。此处赵家即为赵家湾,位于村南门。赵家湾并不完全归属赵家,赵家占有三分之二,马家占三分之一。湾北侧正中,斜长着一棵粗壮的垂柳,四周也有众多垂柳相拥,柳条多且长,柳梢轻拂水面,碧水绿柳,景色宜人。夏季,是孩子们戏水玩耍的好去处。

第六景:"石岗避暑月更天"。地点在村中心石岗子处,马氏家祠前,四街汇集处。石岗子过去很大,有几棵大槐树,北有马家家庙,东北面有五品官家大门,门前有上马石,庙前有两个旗杆座子。每到夏季夜晚,大人们领着孩子在此赏月纳凉,谈天说地。大人们讲故事,小孩子们围坐在跟前,有的干脆带块凉席躺在地上,说到精彩处,听者谁也不愿走,时常凉快到后半夜。村里过去有更夫,一个时辰报更一次,两人一伙,分别敲梆子和锣,与讲故事纳凉相映成趣,成为一景。

第七景:"砚窝留名奇石古"。地点在石岗子空场西南角。"奇石"高约2米,宽约1米,扁形,像文房四宝的砚台,在大石块的一角,有孔贯通。自古流传至今,没人知道它的来历。原来位于小庙前街正中,起镇街的作用,后来就地掩埋了。

第八景:"胡岑枝荆到顶园"。地点在大西门外百米处。过去,有一胡氏在此开煤井,挖出的煤矸石、土石渣堆放在一起,状如小山,被称为胡岭。因挖煤破坏环境,水位下降,村民马步云一步一叩头,先告到章丘城,后告到济南府,转而告到京城。皇帝下旨派人查封后,停井多年,土石风化,渣堆上长满茂密的枝荆,蔓延到岭顶。远看像座小山,近看像一个枝荆圆球,胡岭的枝荆直平,传说是唐王御令不准长钩。

高淑贞驶进村子。她是三涧溪媳妇,又在村里教过 8 年书,家长见到她,总是客客气气,把她当客人看。她也自认是客,感情从没真正融入村里。所以,对她来说,三涧溪既熟悉,又陌生。不过,从今天起,她必须把自己融入其中。

拐入村道,高淑贞放慢车速。村道坑坑洼洼,两旁堆满杂物。进入村庄后,空气顿时变得混浊,炊烟味、尿臊味扑面而来。她不由得缩起鼻子。

高淑贞来到村部。村部里面,有个大院子,内有多家小厂,紧挨着村部的是面粉厂。进入院内,高淑贞傻了眼:院中央尽是杂草,草丛中踩出一条小道,宽度刚够步行;四周的小平房,低矮破旧。

西屋门开着。高淑贞将车停在草丛,走进屋内。一个干瘦老头儿,正坐在桌前,低着头,认真卷着纸烟,桌上满是尘土和烟灰。他叫赵廷全,是村支委。

高淑贞认识他,主动打招呼:"廷全哥,你来了?"

赵廷全抬起头,瞟她一眼,鼻子"嗯"一声,算是答应,顾自低头卷烟,明显是冷落她。

高淑贞心里不悦,环顾四周。屋子逼仄,挤着6张桌子,都是脏兮兮的。她问:"王庆孝坐哪张桌?"

屋里没其他人,当然是问赵廷全。可是,赵廷全无动于衷,照旧慢悠悠卷着烟。

高淑贞耐着性子,又补一句:"廷全哥?"

赵廷全仍不吭声,顾自伸出舌头,舔着纸,然后抬起下巴,朝对面桌子努努嘴儿。

桌子抽屉锁着,桌面积满浮灰,斜躺着一只瓷杯,断了把手,里面有半杯烟头,桌上一摊烟头,看样子是从茶杯里掉出来的。此外,还有一个瘪烟盒、一个纸团儿、半把梳子、几颗花生米,像谁把垃圾桶扣桌上了。高淑贞同王庆孝吃过饭,记得他不吸烟,这烟头显然不是他的。看来,王庆孝有些日子没进过屋了。

高淑贞一阵恶心,强忍着,挽起袖子,本想问赵廷全抹布在哪,看他那副冷脸,打消念头。满屋子找了半天,在角落地上拾到一块,看不出原色,还没抖呢,腾起一团灰雾,她赶紧屏住鼻息。院里没有水,她来到面粉厂仓库旁,坡上有根水管。她找到一只破勺,接了水,抹布一浸入,水就变黑了。洗了多遍,水才变清。

高淑贞擦完桌椅后,赵廷全仍在卷烟,不紧不慢,边卷边吸,任她在面前晃来晃去,连眼皮都不抬。

高淑贞见他桌上也肮脏不堪,便说:"廷全哥,帮你擦一下。"

"不用,我已经惯了。"赵廷全不情愿地挪了下身子。那架势,倒像他是领导,高淑贞是手下。

高淑贞窝着火,麻利地揩了一遍桌面,本欲把其他桌子也收拾一下,想了想,放弃了。她是来治村的,不是来当清洁工的,不能惯这个毛病。见院里还没动静,她问:"他们咋还不来呢?"

"啥时候高兴,就啥时候来。"赵廷全回答。高淑贞听不出是正话还是反话。

这时,门外探进一颗脑袋,是个年轻媳妇,面容姣好,满面春风:"高书记来了?哟,一来就忙上了。"高淑贞认得她,她叫徐绍霞,是村委委员、计生干部。

"你们平时几点上班?"高淑贞放下袖子,步出门外,问徐绍霞。

"他们哪有准点儿来的?平时就我南屋几个媳妇,还有锡东叔到点来。"

高淑贞又问:"平时,你们开会吗?"

"嘻嘻。哪有会开!"徐绍霞抿嘴一乐,邀请道,"上我们屋看看?"

高淑贞跟着徐绍霞,步进南屋。这是村计生室,有4张桌子,除了徐绍霞,另仨人是办事员,室内摆设虽寒酸,但一尘不染、井井有条。高淑贞想,看来,村干部并不都是邋遢人,也有爱干净的。

徐绍霞向高淑贞介绍:旁边是总会计室,传达室用作了中队会计室;因村子大,有4个中队会计,马德均、李殿敬、马守庆、马守营。总会计叫邢锡东。

高淑贞问:"他们平时都忙些啥?"

"忙啥?"徐绍霞笑嘻嘻的,"都在咂蛤蟆(方言,意为'瞎聊天')呢。"

正说着话,3个办事员来了。她们是赵淑珍、王淑菊、孟祥芹,年龄在四五十岁间。随后,村委和会计也陆续来了。高淑贞一一对上号:村支委是马素利、赵廷全、邢锡东,缺了叶恒德;村委会主任是马素利,村委委员只有徐绍霞,同样缺了叶恒德。马素利说,恒德舅要辞职呢。

会议在村支委屋里开,大家扛着椅子过来,把屋子挤得挪不开身。会议开得平淡,该表态的,高淑贞昨晚都说了,今天主要是熟悉一下。马素利、邢锡东、徐绍霞还好,有问有答。只有赵廷全一声不吭,手下没停过,烟卷了一根又一根,似乎永远卷不完。

临结束时,高淑贞说:"散会后,你们把桌子拾掇一下,瞧瞧这屋子,这么脏,你们坐得住吗?村民来办事,你们不嫌丢脸?你们家里也这么脏吗?村部环境咋样,反映的是班子素质和精神状态。"

徐绍霞"嗯"了一声,邢锡东嘿嘿一笑,马素利脸红了,嗫嚅道:"我们平时都在家办公,不常来。"赵廷全鼻子一哼,别过脸去。

会议结束后,高淑贞对马素利说:"走,到你恒德舅家看看。"

叶恒德家是几间平房,屋内家具简陋,不过干干净净,看得出主人善持家。叶恒德年近六旬,满脸皱纹,面孔黝黑,一副饱经风霜模样。这是高淑贞第一次见他,若不是事先知道他年龄,准以为他60多了。

见高淑贞上门,叶恒德有些窘,忙给她让座,催着老伴泡茶。夫妻俩态度热情。

高淑贞刚坐定,就单刀直入:"恒德哥,你咋不干了呢?"

"咳,"叶恒德干咳一声,神情有点忸怩,"我年龄大了,身体也不好。"

高淑贞说:"恒德哥,过去我不认识你,但听人说,你人缘好、威信高、有经验、讲公道。我正缺帮手,你得帮帮我,咋能辞职呢?"

叶恒德连连摆手:"我老喽,不中用喽,帮不上你啥忙。再说,你嫂子身体有病。"

"嫂子有啥病?我陪她去看。"高淑贞说话如连珠炮,"你腿脚利索,身体硬朗,咋会不中用?你说实话,为啥要辞职?"

叶恒德抬起头,看了眼高淑贞,犹犹豫豫,欲言又止。高淑贞催促道:"我是个痛快人,这里没外人,你有啥说啥,别像个娘儿们似的。"

"这个……我说了,你别怪我。"见高淑贞点头,叶恒德鼓起勇气,"昨晚的场景,你也见识了。咱这个村,唉!不好干哩。6年换了6任书记,为啥?刁民多。若说村没能人,王庆孝是上面派来的,算能干了吧?腰杆子也硬吧?不也整得尿裤子?大老爷们都治不了,你一个娘儿们,对付得了?以前,别人对你客气,那是因为你是老师。现在你当书记,抢了他们饭碗,他们能甘心?到时候,有你哭的。这些年,为了村里的事,我没少置气。我想了一宿,泄了气,算了,我置不了这个气,还是别遭罪了。"

高淑贞默默听着,没有反驳。这些日子来,她对三涧溪摸过底,对村里"三国演义"的情况,多少知道一些。

三涧溪由东涧溪、西涧溪、北涧溪3个自然村组成,有12个村民小组,1164户,共3384人。村里的几个大姓,都是明代时山西移民的后裔。

元朝末年,受天灾战祸影响,河北、山东、江淮等地"饿殍成丘,赤地千里",东西600里、南北1000里皆成废墟。明朝廷为巩固江山,决定从人口密集的地方移民。朱元璋下令疏散山西2府、5州、51县民众,移送到京、冀、鲁、皖、苏等人烟稀少地区。据史料记载,从明初到永乐年间50年中,大规模移民18次,共数百万人。其中向山东移民11次,主要接收地是济南府、东昌府、莱州府、兖州府等92县,移民达30万人。

当时,三涧溪一带人口凋零,到处残垣断壁。马、赵、陈、叶、蔡五姓人迁徙到此,在旧村落西边安家,取名西涧溪;李、王、邢姓人等,在旧村落东边落脚,取名东涧溪;王、赵姓人等,在旧村落北边河沟沿建屋,取名北涧溪。其时,涧溪村仅二三十户,不足百人。

山西洪洞县,有棵大槐树。涧溪的先祖迁徙时,都是在此树下集合,后人为了纪念,历代皆种国槐。几十年前,涧溪村古槐树很多,最大的一株在北岭子南侧,树身数围,枯洞可容3人。逢年过节,村中老翁祭槐思乡,面朝西北方向,叩念列祖列宗。

世事变迁,东涧溪的李姓,西涧溪的马姓、赵姓,成为村里最大的三支家族,轮流在村里主事。自人民公社时期开始,东涧溪的李长洪干得最长,当了20多年大队支书,班子倒还稳定。

李长洪之后,是西涧溪的马厚滋,任6年支书,在西涧溪一呼百应。但东涧溪人不买账,特别是李大奎,没少刁难他。

接替马厚滋的马世昆,也是西涧溪人,铁匠出身,以劈铁为业,人称"劈铁大王"。早年,他带着劈铁队,当"劈铁头";出外干工程,当民工头;村里烧石灰,当"窑长"。逢年过节庄里排社戏、演节目,他当"导演"兼"演员"。行行精,样样行。

十一届三中全会后,东方风来满园春。马世昆与他的劈铁队,终于挣脱桎梏,正大光明走出三涧溪,开始走南闯北,承揽钢铁破碎业务,劈铁队更名为"钢铁冷断加工队"。1979年,为集体创收18万元。这在当时,是个天文数字。以后每年上台阶,到1987年前后,稳定在120万元,每年交税25万元。多年间,三涧溪的水电费、提留费、摊派费、日常运转费,均来自加工队。10年中,加工队由单一加工炉料、砸钢渣,发展到冷断钢板。

1982年,柳州钢厂中板厂请去马世昆,帮忙冷断钢板。试车那天,厂领导和科室人员纷纷跑去,现场围满了人。原来,按传统工艺,冷断钢板采用气割技术,但马世昆用的却是反剎口、背落锤。这项技术无人试过,是他自己发明的,不会损耗冷断钢坯。现场立着一座大铁架,高达12米,顶上悬一把巨锤,重达2吨。马世昆威风凛凛,指挥若定,一声令下,鹰钩脱开,大铁锤呼的一声落下,厚厚的钢坯应声而断，干脆利落，人们大开眼界，齐声叫好。从此，马世昆名声大振，全国20多家中板厂，争相请他出马，冶金部也知道他大名。各厂家按以前的断钢法，给厚钢板割二道口，得消耗1瓶氧气、7公斤电石，损失钢材11公斤，人工费约10元。而用马世昆创新的冷断法，费用不到2元，节省大量人力、物力、财力。几年间，这支农民队伍仅凭此项技术，就为各钢厂节省资金上千万元。

太原钢铁公司有座钢渣山，高达23米，占地2.3平方公里，总量1000万立方米，已沉睡半个多世纪。1983年，加工厂副厂长李双良从岗位退下后，主动请缨处理钢渣山，不要国家一分钱投资。李双良慕名请马世昆协助。马世昆率领断钢队，架起17个锤，将渣山团团围住，每个锤架高15米，每个锤重达2吨，将钢渣破碎成炉料，用3年时间，"啃"尽钢渣山。连清朝时垫在沟底的废钢，也掘尽砸光。李双良回收废钢铁130.9万吨，之后还自创设备，生产各种废渣衍生产品，创造经济价值3.3亿元，走出一条"以渣养渣、以渣治渣、自我积累、自我发展、综合治理、变废为宝"的治渣新路子，为治理污染、改善环境、循环经济、科学发展做出了贡献，被誉为"当代愚公"。1988年，联合国环境规划署将李双良列入《保护及改善环境卓越成果全球500佳名录》，并颁发"全球500佳"金质奖章。为此，他于1988年、1995年两次荣获全国劳模称号，1994年荣获全国五一劳动奖章，1996年荣获全国优秀共产党员称号，当选第八届、第九届全国人大代表。而马世昆和他的断钢队却默默无闻，名不见经传。

马世昆和断钢队有了积累后，把目光投向家乡建设。1985年，筹建村面粉厂、腐竹厂，马世昆个人捐3000元修建三涧学校。1986年，筹建王白联中校办工厂。1987年，投资10万元，建三涧小学石化配件厂。1988年，马世昆个人出资5.8万元，建起村幼儿园，总面积1900平方米,建筑面积290平方米,并配套齐全教学用具、办公用具、桌椅玩具。

1989年初,马世昆接任村支书。1993年,中央电视台在神州风采栏目中,介绍"马世昆和他的劈铁王国"。后来,马世昆又办起章丘县第三锻造厂、综合商店,开凿南北2处煤井,打了棉花屋抽水井,增加水浇地近千亩,还合修了从三号井到王白庄的沥青公路。三涧溪村进入鼎盛时期,周围村庄都刮目相看。

然而,这样贡献巨大、德高望重的"领头雁",在担任村书记后,却被同班子的人处处使绊子,5年后气出脑溢血,被迫辞职,由李大奎接任。2001年,马世昆郁郁而终。

李大奎当家后,三涧溪村状况一路下滑:村集体家底被掏空,四处欠债达80多万元,村干部没领过工资;几家集体企业承包给个人后,再没向集体交过钱,久而久之,企业被承包人占为己有。换届时,马厚滋坚决反对李大奎连任,说他是败家子,发动西涧溪党员,阻止李大奎连任。

西涧溪有个马绍明,原本在外经营锻造厂,见机会来了,回村竞选成功。然而,他缺乏农村经验,驾驭不住,处处被动,难以服众,仅干了一年半,就黯然下台,由西涧溪的赵廷全主持工作。

换届时,在马厚滋支持下,西涧溪的马素利上任。3年后,李大奎再次当选。马厚滋抓住李作弊的把柄,带着村民上访。李大奎仅干7天,就被罢免,仍由马素利接任。

这时,正逢章丘建设城东工业园,309国道两侧须征地、拆迁。但马素利既征不了地,也拆不了迁,寸步难行。就在这当口,街道办事处声称收到举报信,有三四十人联名,说马素利贪污60万元,找马素利谈话,勒令其辞职。村集体欠债80万元,哪来的钱贪污?马素利有口难辩,知难而退,辞去村支书,只任村主任——往常的各届班子中,村主任均由村支书兼任。于是,上级派来王庆孝,希望他能打开局面。一开始,王庆孝意气风发,渴望建功立业。未料,强龙难压地头蛇,他才干9个月,就铩羽而归。

由于班子软弱涣散,村里无人主事,党员一年开不了一次会,村务财务从来不公开。村干部没有补助,当然不愿意白使劲,整个班子一盘散沙。

这段"三国演义",让高淑贞深感棘手。她诚恳地说:"恒德哥,你是实在人,说得在理。如果之前知道是这么个烂摊子,我说啥也不来。现在,我就像是过河的卒子,没有退路,也没有后悔药,只有往前拱。不管村子多乱,我不怕!要打就打,要骂就骂!刁民再多,我还怕了不成?邪还能压倒正?我不信这个邪!我娘家村过去也是个乱村,被我治了4年,不也成了先进村?人心都是肉长的,只要我自身正、下功夫、讲感情,石头也能把它焐热。我有这个信心,你也别泄气。我正缺人手,你情况熟、人缘好,留下帮我一把。有啥难处,我顶着,不会让你为难。现在可能没有工资,但请放心,我会让你们拿到工资的。如果你实在为难,等我站稳脚跟后,你再辞。行不?"

一席话,说得叶恒德目瞪口呆。一个"女流之辈",说话比大老爷们还硬气。他有点心动,呷了几口茶,松了口:"你给我点时间,容我再想想。"

三 换班子

高淑贞第二个要拜访的人,是马厚滋。

这些天,高淑贞陷入思考:一道篱笆三个桩,一个好汉三个帮。要把村庄治好,光靠我一人不行,必须有个好班子。现在的班子人心涣散,必须换换血。连着几天,她忙着串门,先去熟悉的人家,再去他们的左邻右舍,村里的事听了一耳朵。从村民的评价中,她听出来,马厚滋为人正直、疾恶如仇,值得信赖。于是,她决定访贤问计,向马厚滋讨教用人之道。

马厚滋的家在石岗子,居西涧溪东侧,院里有棵石榴树。院子拾掇得很干净,共5间瓦房,西侧3间、北侧2间,已很陈旧,墙体有了裂缝;屋内摆设简陋,看不到啥值钱家当。马厚滋68岁,瘦高身材,一头花白短发,如板刷一般,眉毛上挑。因患有哮喘,他说话费劲,慢声细语,但从不重复,句句在点上。他的辈分高,村里很多人称他"爷",高淑贞也叫他厚滋爷爷。

说到用人,马厚滋推荐的第一人,就是叶恒德:"你必须用叶恒德,他是个非常有数的人,是村里难得的明白人,做事稳妥,有分寸。"

马厚滋推荐的第二人,叫李云宽:"东涧溪的人,你要用起来,最合适的人,是李云宽。你交给他啥任务,他绝对不会推卸。"马厚滋任大队长时,李云宽是生产队队长,后来还干过村支委。高淑贞也听村民说过李云宽,口碑很好。

他推荐的第三人,叫李东刚。

"李东刚?他不是李大奎的亲戚吗?"高淑贞脱口而出。

"别看他俩是亲戚,但不一样。李东刚为人正直,是个讲原则的人。李大奎?哼!"马厚滋神情厌恶,摆摆手,"他太邪乎,坚决不能用!"

马厚滋讲了一件事。前些年,他同李东刚在煤矿打工,李东刚管煤车过磅。运煤原本应按核定的车载量计算,但司机都想多装一些,超载的部分是多赚的。李大奎有几个朋友,运煤时超载很多,希望李东刚睁只眼、闭只眼,但李东刚丁是丁,卯是卯,只要超过一二百斤,就一定要他们卸掉。"你用上李东刚,就把李大奎给治住了。他对别人使坏,总不能对亲戚使坏吧?"

高淑贞一听乐了:"你这叫一物降一物!"

马厚滋认真地说:"这叫'兵来将挡,水来土囤'。"他接着推荐,"马素利也算一个,他没有坏心眼,做事本分,就是不太敢担责。"

第五人是徐绍霞:"徐绍霞可以重用。她是个心直口快的人,热情高,办事利落,会成为你的好帮手。"

高淑贞拜访的第三人,是李长洪。李长洪刚过七十,身材矮胖,鼻梁架副眼镜,从眼镜上面看着她,一条大黑背躺在脚边。高淑贞原以为,他任职久、经验多,可以给她教益。不料,他说话翻来覆去,尽绕着圈子,说半天不知所云,显得世故圆滑。高淑贞想,20多年风风雨雨,他能稳稳当当干下来,真不容易,肯定没少怄气,可能棱角都给磨平了。

高淑贞没同李大奎打过交道,听了别人的非议,心想:是别人对他有偏见,还是他品行不端?偏听则暗,兼听则明,她决定亲自验证一下。这天,高淑贞来到李大奎家。

李大奎个头高挑,三角眉,小眼睛,皮肤黝黑,理着平头,发间有些花白,套着件西服,皱皱巴巴,穿在身上,显得很不协调。见高淑贞登门,他使劲搓手,满脸堆笑:"哎呀呀,稀客稀客!高书记,什么风把你吹来了?"其媳妇忙不迭地让座泡茶。高淑贞注意到,李大奎说话也是颠三倒四,不得要领,给人感觉不实诚。

高淑贞客气地说:"大奎哥,你是老支书,比我有经验,我是来向你请教的。"

"这个嘛,你听我说。"一听此言,李大奎跷起二郎腿,高淑贞问啥,他似乎啥都懂,张口就是"你听我说",还拖着长调,口气像个老领导:"修路?钱哪儿来?难哩!""征地?老百姓的胃口大着呢,恨不得一口把你吞喽。"结论都是俩字:白搭。

听说要用李东刚,他皱起眉头,嘴一撇:"他?哼,白搭,没文化,没能力。"

李大奎的媳妇急了,指着李大奎说:"哎呀高书记,有现成的人你咋不用哩?你哥哥有经验,叫你哥哥帮着你吧!"

李大奎摆摆手,故作姿态:"你说这个干啥?"

高淑贞忍住笑,故作糊涂:"怎么,你都快60了,还没干够?"

"嘿嘿!"李大奎没听出话外音,居然顺着媳妇竖的竿子爬,"叫我干,我也不是不能干。你听我说,不知你能给多少工资?"

高淑贞终于憋不住,扑哧笑出声来。

走访了一圈老干部,高淑贞得出结论:只有马厚滋一心为公,建议最有价值。她做的第一件事,就是留住叶恒德。

叶恒德最苦恼的,是老伴马玉芬身体不好,眼睛看不见,说是白内障。高淑贞说:"我认识明水眼科医院院长郑秀芸,我陪嫂子去看病。"

郑秀芸一检查,吃了一惊:哪是白内障,是脑子里有颗瘤,压迫了视觉神经!郑秀芸说,为慎重起见,还是再去章丘市人民医院检查。

章丘市人民医院的诊断结果,同郑秀芸相同。

这可非同小可!叶家紧张了。高淑贞找了辆车,拉着马玉芬,直奔济南市区的齐鲁医院。医院要求马上动手术,叶家一时凑不起钱,高淑贞又借给1万元。手术很成功。

看到高淑贞跑前跑后,叶恒德心软了,痛快答应继续留任。

在一家钢球厂,高淑贞找到火炉工李云宽。李云宽是铁匠出身。章丘的铁匠特别多,自元末明初,就盛名远扬,人称"天下的章丘,遍地的'侉子'"。清朝《章丘乡土志》记载:"铁工在城乡者十之一二,在外府以及各省者甚多。每年春出冬归,习以为常,无乡镇无之。"过去,一踏入章丘,几乎村村锤头响,故章丘有"铁匠之乡"美誉。

高淑贞见到李云宽时,他正浑身污迹,满头大汗。见高淑贞进来,他急忙说:"哎呀,这么脏,你咋来了哩?"

高淑贞诚恳地说:"云宽哥,我刚回到村里工作,经验不足,人手不够,厚滋爷爷推荐你,我想请你回村,帮帮我。"

李云宽擦了把汗,直摆手:"谢谢你们高看我。我干了那么多年,力没少出,气没少受,却两手空空,连工资也没有。我还得养家糊口哩。没工资倒还罢了,主要是受不了那个气,这个滋味我尝够了。我在这里挺好,活是累了点,可工资不少挣,每月有6000多元呢,不用求人,不会受气,自由自在的,多好!"

"哟,6000多元?"高淑贞瞪大眼睛,"我可给不了这么多,只能答应给600元,而且还得先欠着,等将来有钱了再补。如果村里没钱,我就把自己的工资给你。"

李云宽很干脆:"多少钱,我不在乎。我愿意为村里做点事,就是不想置气。"

"说得好!"高淑贞称赞道,"人不能光为自己活着。我为啥放着老师不当,来村里受气受累?因为这是我婆家村,我既是做媳妇的,又是党员,有责任把村子建好。我一个娘儿们都这么想,你一个大老爷们儿,是三涧溪土生土长的,又是老党员、老干部,更有这个责任。"

说到这里,高淑贞发现,李云宽的黑脸膛红了一下,神情有点忸怩,遂趁热打铁:"再说了,厚滋爷爷为啥推荐你?因为他了解你,知道你能为村里做事,知道你群众口碑好。金杯银杯,不如老百姓的口碑。人活在世,不能光顾自己吃饱穿暖,还要挣份面子,赢得别人尊重。只要真心为老百姓做事,老百姓会拥护的。"

李云宽有点招架不住,羞赧地笑了:"你口才好,我说不过你。等我回家,和你嫂子商量商量。"

"商量啥!"高淑贞激将道,"大老爷们儿,这点事都做不了主?"

李云宽连忙说:"好好好,我答应。容我同她吱一声,行不?"

高淑贞乐了:"行!"

回村后,高淑贞征求几位长辈意见,都说李云宽合适。过了两天,高淑贞又来到李家,和盘倒出自己的想法:拓宽进村路,重修大桥,打通断头路,修成环村路,安装自来水……

一席话,把李云宽的心扇热了,答应回村。因为还没到换届,高淑贞让他先干活,同叶恒德、马素利一起,为修路的事奔波。难能可贵的是,他们仨从不提钱的事。好在高淑贞说话算数,后来村里有钱时,都按每月600元补了。

对叶恒德和李云宽,高淑贞可以开门见山。对李东刚,她没有直接言明,想先观察观察,因为他还不是党员。李东刚有支施工队,村里修路用得上,于是,她主动登门。

李东刚比高淑贞大2岁,不善言谈,见高淑贞上门,腼腆一笑:"书记来了?"就没下文了。他媳妇正在摊煎饼,热情请客人尝尝。她叫高瑞香,长相秀丽。高瑞香对高淑贞说:"听说你来干书记,俺都为你捏把汗。"

"为啥?"高淑贞拿起煎饼,边吃边问。

"不好干呗。"高瑞香快言快语,"你看看前面那些人干的,都招人骂。"

李东刚的母亲也在场。高淑贞暗中观察,夫妻俩对老人都很孝顺,婆媳关系很融洽。老人同她咬耳朵:"俺这个媳妇好啊,像闺女一样。俺就愿意住在这儿。"

高淑贞郑重问道："东刚哥,你愿意为村里做事吗?"

"我?"李东刚眼睛一亮,随即有点羞涩,"我能行吗?没文化,又不会说话。"

高淑贞说："只要你愿意为大家做事,可以边干边学。"

李东刚摸摸后脑勺："要不,我就试试?"

李东刚带队伍进场后,整天泡在工地上,能吃苦,很负责,对工程一丝不苟。高淑贞看在眼里,喜在心上,同意将他列为入党积极分子。

2004年12月,村党支部换届,84名党员投票,高淑贞全票当选,叶恒德、徐绍霞、李云宽各48票,马素利45票。高淑贞任书记,叶恒德任副书记,马素利、徐绍霞、李云宽任委员。

紧接着,村委会换届,选出第八届村委会,马素利当选村主任,李云宽、徐绍霞当选村委。

3年后的2007年12月,选举第九届村委会时,马素利、李云宽、李东刚进入班子。

第三章　当家理财

一　摸家底

高淑贞屁股还没坐热,找她的人接二连三,都是来讨债的。她两手空空,欠这么多钱,该如何还呢?

农村集体有"三资":资金、资产、资源。新班子建起来后,她派了个活:尽快摸清全村"三资"家底。

叶恒德、马素利、李云宽各带一组,成员是各中队会计。这些账,中队会计最清楚。

为啥要摸家底?因为她发现,这是笔糊涂账。一方面,三涧溪过去家底厚实,村集体每年有30万元收入,是远近闻名的富裕村,现在却成了欠债户;另一方面,村里的企业、土地承包给村民后,却收不上承包费。

村里有几家企业,原先都是村办的,被村民承包后,无人交承包费,时间一久,这些资产便形同村民私有,被无偿霸占。

有一些集体土地,被人承包后,用于养殖,租赁费并不高;然而,即使只要五六十元,也不肯交,村里要收费时,就推说赔本了。村民互相攀比,看你不交,他也不交,结果都没人交了。非但不交,时间一久,还将这些土地视为己有。

还有一些空闲的零星土地,散落在房前屋后、河旁滩边,论性质都是集体的,先是被村民开垦种植,因没人管,也被村民无偿占有。

此外,还有不少村民,见承包户不交费,心理不平衡,家庭电费也赖着不交。对每个家庭而言,数额并不大,但汇总起来,全村数额却不少。这笔账,都得由村集体垫付,否则供电部门会拉闸停电。

其实,从2004年10月起,高淑贞就想彻查这笔糊涂账,把村集体资产夺回来,但是迟迟推展不开。由于班子像走马灯,每届班子都不得善终;每次换班子时,或因交接粗糙,或因故意为之,所签承包合同,有的已不翼而飞。找不到承包合同,便没了履约证据。这给她带来很大压力。有人劝她,这是个烫手山芋,那么多届班子都没人敢碰,你这是从他们碗里夺肉,他们能甘心?别给自己惹气了。高淑贞明白,这道坎,想躲躲不了,想绕绕不过,只能硬着头皮上。

摸家底时,阻力不小。一些承包户振振有词,说某某人收了我的鸡蛋,我请某某人吃过饭了,答应不用交了,怎么现在又要交了?你们当干部的,说话咋不算数?

尽管阻力大,到2005年6月,家底终于摸清了。光是从签订的协议看,承包者就欠村集体30多万元。欠账者名单有一串,都是本村村民,最多的欠3万元。

这些欠账怎么办?一一催讨?村民个个哭穷,都说亏本了,显然收不上来。一笔勾销?其他村民不服,今后的租金怎么办?

高淑贞费尽思量,提出一个折中办法:有协议的按协议执行,没协议的丈量土地面积,重新签订协议;以2005年为界限,以前拖欠的承包费,向村民公布账目,暂作挂账处理;自2006年1月起,承包费必须每年一交,逾期不交者,轻则断水断电,重则收回承包权。但是,所有人拖欠的电费,都必须如数上交,不得挂账。

村两委会上,大家议论纷纷。

有人提出:"挂账?还能收回来吗?"

高淑贞说:"村委会保留收回来的权利。"

有人问:"如果欠债户赖账呢?"

高淑贞说:"这要看我们两委班子的魄力了。"

有人不以为然:"如果收不回来,不是便宜欠债户了吗?"

"欠账户也会这么想。"高淑贞笑了,"他们觉得挂账占了便宜,就会接受这个条件,今后不会再欠。所以,表面看,我们让了一步,实际上是进了一步,可以确保今后收费了。要不然,僵在这里,工作没法推进。"

经高淑贞这一分析,大家都觉得有理,既考虑到历史原因,又符合现实情况,于是一致通过。村民代表大会也没啥意见,高淑贞的方案最终获各方认可。

高淑贞棋高一着。她想的是,农村不同于机关企业,不能单纯用一把尺量,道德的制约、口碑的评价,往往比制度更具约束力;何况自己还没站稳脚跟,班子威信还没树起来,如果强行收欠费,不仅力不从心,而且一旦收不上来,还会激化矛盾,搞僵干群关系,也影响村两委威信;不如以退为进。

对承包户来说,人要脸,树要皮,众目睽睽下,自己的欠账被公之于众,毕竟是件丢面子的事;而挂账意味着,以前的欠债可以暂时不交,自己是占了大便宜;虽然心里不情愿交,嘴上也不好说什么。

对其他村民来说,过去大家都赖账,谁也奈何不了;挂账就有望收回欠账,只要今后有人交就是好事。

但是,有了制度,并没人自觉执行,承包户没有主动交钱。村里催了几次,没人带这个头。高淑贞决定,先拿黏土矿开刀。

黏土矿由4人承包:李方水、洪化朋、孙青松、杨万工。这天,高淑贞把4人找来,希望他们带头交钱。

"别人都没交,凭啥让我们先交?"洪化朋一愣,斜着眼问。

高淑贞不慌不忙,取出账本,一一指给他们看:"当初建这个矿时,村集体共投入9万元,购置电缆、变压器,建了配电室,是村里投入最大的企业。几家企业中,只有你们是盈利的。但是,你们承包后,一分钱也没上交过。你说,你们该不该交?"

李方水苦着脸说:"这些年,我们都做亏本买卖。哪有钱交哇?"

"亏本?哈哈!"高淑贞忍不住笑出声,"你以为我不知道?我们已经摸过底了,你们没少赚,每家每年至少一二十万元,对不?瞧你们家里,哪家不是富得冒油?"

孙青松袖着手,状似叫花子:"别听别人瞎说。你瞧我穿的,这破衣烂衫的,哪里有钱啊?"

"高书记,我们都是老实人,你可不能让老实人吃亏哩。要交,就大家一起交。"杨万工梗起脖子,软的硬的都来了。

几个人附和:"对对,别人不交,咱也不交!"

"哼,就这态度,还说你们老实?"高淑贞脸一沉,撂下一句重话,"既然这样,那就别怪我不客气了!我就不信,一个村子治不了你们几个人!"

"你能把我们咋地?"几个人鼻子哼一声,露出不屑神情,摔门而去。

高淑贞意识到,村民都看着呢,不啃下这个硬壳,制度就成了一纸空文,村集体甭想收进一分钱。她心一横,以狠治横,使出撒手锏,找到章丘供电局,让他们断掉配电室用电,说村里不需要了。配电室是村集体的,供电局当然听,很快就断了。

4人见高淑贞来真的,也摽上劲儿,花钱又自建了一个配电室。

高淑贞很清楚,如果这个时候退让,卡了壳,一切努力都白费了。她决定,釜底抽薪!她掌握了黏土矿的"命门":挂羊头,卖狗肉;名义上采黏土,其实是偷采煤,并且还越界盗采。

采煤是在地下干的,越界也是在地下。她是咋知道的?原来,很多村民在矿里打过工,叶恒德、李云宽等都干过,这已经是公开的秘密,只是大家心照不宣罢了。

这可是非法勾当。在煤炭局的干预下,黏土矿被迫停工,4人不得不退出经营。村里遂重新发包,外地一家企业中标。经协商,企业除返还村里的投入外,须每年交给村集体30万元承包费;头3年不给现金,而是为村里修条路,此路连接东涧溪和西涧溪,全长1000多米。

修路就得拓宽,拓宽就须征地。这条路,村里早就想修,因沿途有家养猪场,户主不让拆,所以一直通不开。而养殖场所用的地,本来就是集体的,从未交过承包费,户主叫王三魁。

这王三魁,是刑满释放人员,曾犯偷盗罪入狱。村干部好说歹说,他就是不肯拆,说这是以前领导同意的,却拿不出协议。几次协商不成,高淑贞决定:强拆!

这天,高淑贞带着两委干部和施工队,来到现场。王三魁光着脊梁,手握一根棍子,瞪起双眼:"这么多年了,没人敢动我,今天谁敢动?!"

其他人见状,脚步往后退,高淑贞往前一站:"这是集体的土地,这么多年来,你没交一分钱,已经占了大便宜。现在村里要用,同你好话说尽,你一点不让步,今天必须拆掉!"

王三魁指着高淑贞,恶狠狠地说:"高淑贞,我就看着你能!"

"我今天就能给你看看!"高淑贞毫不畏惧,指挥马素利,"你们上屋顶,把瓦给他卸了,一定扒了它!"

王三魁挥舞着棍子,像个疯子似的,威胁马素利:"你敢上,我就砸死你!"

高淑贞暴怒,手一挥,厉声道:"你们听好了,如果他敢动手,大伙儿一起上!"众人应一声,操起家伙,围住王三魁。

一看这阵势,王三魁媳妇慌了,害怕丈夫吃亏,死死抱住他。马素利趁机带领几人,爬上屋顶。

见高淑贞不但没被唬住,还动起硬来,王三魁先怯了场,嘴里骂骂咧咧,手上不敢动粗,眼巴巴看着猪圈被夷为平地。

高淑贞并没有赶尽杀绝,该赔偿的照样赔偿,没让他遭受经济损失。比如,猪圈旁有个沼气池,村里作价1万多元,还另给他找了块集体闲置地,让他继续养猪,前提是必须交承包费。事实上,从经济角度看,王三魁非但没吃亏,反而占了便宜。

郑宁浦的磨坊,也在修路的红线内。这个磨坊是集体的,土地归集体所有,由他承包,没交承包费。他绰号"王老虎",听说村集体征用,狮子大张口,开价6万元。

高淑贞召开村两委会,定下一计:迂回侧击。她对外放风,村里不征用了。郑宁浦原指望讹一把,听到消息后,怅然若失。

高淑贞随后找到"小东北",如此这般,交代了一番。"小东北"姓高,在村里居住多年,一直没落下户。听了高淑贞安排后,他托两个中间人,找到郑宁浦,说想买他的磨坊。郑宁浦一听,正中下怀。双方讨价还价,以3万元成交。成交后,村里按原价收回拆掉,补偿给"小东北"1000余元,并给他落了户。

高淑贞从这事上受到启发。后来的拆迁中,有的村民也觉得公家"肥",向村集体漫天要价。村干部谈僵后,高淑贞先让村集体做"放弃"状,暗托其他村民,以私人名义与对方交易,再由村里收回。

道路最终顺利修成,南北长750米,东西长200多米,路基宽10米,其中道路6米,两侧绿化带各2米。投入的75万元,全部由企业出,抵了3年承包费,村里没拿一分钱。这是高淑贞上任后,修的第一条路。

房前屋后的闲置地,原先都被各家各户占用,村里全部收回,承包给村民,用于种植和养殖。

到2005年底,邢锡东一盘算,除了黏土矿修路投资的折抵,村集体收回30万元现金。村集体空转多年后,终于有了第一笔现金收入。

二 夺资产

三涧溪村部周围,是集体用地区域,坐落着多家小企业。东侧是面粉厂,由马忠经营;东北角是机械厂,由赵胜昌经营;正北是村里的仓库;西侧紧挨着的,是理发店,由马师泉经营;再往西是锻造厂,原先是章丘县第三锻造厂,后来分成两块,由马守芳和李咸福各自经营;南侧隔着马路,正对着村部的,是赵升昌经营的商店,其东侧是马守泉的齿轮厂。这些企业,过去都是集体的,承包给个人后,除赵胜昌每年上交1万多元外,其余均未上交承包费。

此外,还有3家养殖场,过去养貂,后来养狐狸,分别由马素刚、李咸福、李云程承包,也没有上交承包费。

高淑贞上任后,成立了一个村民代表议事会,当作她的"智囊团",成员除历任村干部,都是平时爱发牢骚、提意见者。在高淑贞主持下,两委会、党员会、村民代表议事会,一个接一个开,决定仍以2005年为限,之前拖欠的承包费挂账;2006年1月起,承包费必须交。大家形成共识:不能捧着金饭碗要饭,任由个人无偿占用集体资产,要将这些流失的资产夺回来!

高淑贞分类梳理后,决定先盘活村仓库。她把两委成员、议事会成员召集来,打开库门,一股浓烈的霉腐味差点没把大家呛个跟头。这个仓库长期闲置,布满蜘蛛网,除了一堆孤零零的橡胶三角带,再无别的东西。这是多年前抵债来的,抵了6万元,本想卖给三号井煤矿,人家没看上,一直作为村里的固定资产,在账面上趴着。大家一看,七嘴八舌:

"咦?咋是一堆烂橡胶?账上不是写6万元吗?"

"这破玩意儿,越放越不值钱,不如卖掉算了。"

"对!赶紧卖了,兴许还能换几个钱。"

村两委贴出告示。但是,没人感兴趣。最后,由议事会做主,卖给了收废品的。

紧接着,高淑贞决定,先从赵胜昌开始做工作。他是赵云昌二叔的儿子,既是赵云昌的堂兄,也是高淑贞的大伯哥。他承包的机械厂,在村部大院内,与村部共用一个大门。虽然他每年交了万把元房租,但并没有按合同交足。高淑贞想,打铁先要自身硬,只有先处理好他这笔欠费,才能让别人服气。

高淑贞找到赵胜昌:"哥,仓库腾空了,你想不想租?"

赵胜昌问:"租金多少?"

高淑贞说:"两委议定,每年2万元。"

赵胜昌说可以,自己也想再添台设备。

"但有个条件。"高淑贞说,"你前几年欠的承包费,必须交齐喽。如果你不交,我只好收回你的厂,连同仓库一起对外发包。"

"你干吗盯着我?"赵胜昌有些不悦,"这些年,只有我每年交租金,别人谁交了?不能欺负老实人。"

"谁让你是我大伯哥?"高淑贞笑了,"你当然应该带头。请放心,只要你带个好头,今后不会再有人白用。"

"行!"赵胜昌是个明事理的人,态度爽快,"只要你公平公正,我就带这个头!"此后,加上仓库的新租金,他每年上交4万元,后来租金又上涨。

第二家是面粉厂,原先由赵明俊承包,后来转给马忠。高淑贞找到马忠,要求他重新与村里签合同,向村里交租金。

马忠不干:"我已经向赵明俊付过钱了。咋让我交两份?"

"这是集体资产。"高淑贞说,"你们是私下交易,不受法律保护。如果你不交,你就必须搬出去。"

马忠不以为然,仍拒交。高淑贞一声令下,村里锁了面粉厂大门。

马忠见高淑贞动真格了,只好妥协,从其接手开始算起,每年交纳承包费3000元。之前赵明俊所欠承包费,做挂账处理。

西侧的理发店,原先是饭店,由王永杰经营,欠村里承包费2万多元,后来转给马师泉。在高淑贞的督促下,王永杰与村里解除承包关系,其所欠的2万多元,暂作挂账处理。当要求马师泉交承包费时,他断然拒绝,说别人不交他也不交。高淑贞态度坚决:"你是党员,不能同群众一个标准。如果你不交,就别想使用!"

马师泉以为吓唬他,没当回事。没想到,高淑贞动真格的,还使出一招"釜底抽薪":先在两委会上决定,然后在村民代表大会上宣布,建设老年活动中心,地点就在理发店!村里的老年人平时无处娱乐,听到这个消息兴高采烈,天天追着问,活动中心啥时开张啊?

高淑贞快刀斩乱麻,让人搬出理发用具,把3间屋子粉刷一新,放上棋牌桌,一群老年人闻风而至,打牌、下棋、唱歌,玩得不亦乐乎。

马师泉一看傻了眼,本欲滋事阻挠,但惧于众怒难犯,只得气咻咻退出,另找一处房屋,租店继续经营。

从这件事上,高淑贞受到启发,找到应对之策:用公益事业挤走赖账户,获得群众的支持。

路南的商店,也是集体房屋,经营的赵升昌夫妇,是赵云昌本家,因生意不好,一直没交承包费。高淑贞对他们说,村卫生室要搬过来,你们另外找地方吧。

看到高淑贞六亲不认,赵升昌知道多说白搭,苦着脸说:"我们也不想经营了,只是这些货底子,不好处理。"货底子是指卖剩的商品,都是些生活日用品。

高淑贞想了想,说:"你们算一下,货底子值多少钱?"

赵升昌算了一遍,说值3000多元。

高淑贞说:"我都盘下来。"

"你盘下来?"赵升昌很惊讶,"派啥用场?"

"那你别管了。"高淑贞将货款如数给他,拉走货底子,挨家挨户,给每个亲戚送。亲戚们奇怪,不过年不过节的,咋送起油盐酱醋了?高淑贞撒了个谎:朋友送的,太多,吃不了。

赵云昌讥笑她:"就你这脑子,还想做买卖?净做亏本生意。"

高淑贞认真地说:"你就知道算经济账,咋不算算政治账?"

赵云昌举起双手:"就你觉悟高,我服了!"

村卫生室原先在村外,只有一间破屋子,村民看病不方便,搬到村中心后,村民都叫好。

经营齿轮厂的马守泉,当过第六生产队队长。王庆孝任书记时,因村里缺钱交电费,向他借了2万多元,双方新签一份协议,商定用借款抵交今后的承包费。高淑贞上任时,马守泉已不管事,厂子交由女婿臧进鹏打理。

齿轮厂在一栋大瓦房里,房是村集体所建。高淑贞核账时,发现一些漏洞:会计账目里的瓦房面积,比新协议中齿轮厂使用的面积大很多;村集体房屋、机械设备的投入,价值9万多元,也没有在新协议中体现。去现场核实时她还发现,齿轮厂虽只用东侧房,但西侧堆放着厂里的钢材,停着车子。

高淑贞想,这些投入如果不在协议中体现,将来会成为一笔糊涂账,导致集体资产流失,就向臧进鹏提出来。

臧进鹏说,协议里没写进。马守泉也说,是王庆孝答应的,让他无偿使用。

高淑贞不让步:"如果你们要全部用,必须加租赁费。如果不交,我们就砌墙分隔。"

好在臧进鹏通情达理,答应重签协议,租下剩余面积。

锻造厂最让高淑贞头疼。马守芳是马世昆长子,因经营管理不善,借债过日子,已难以翻身,自然付不了承包费。要保住村集体资产,唯一的对策,就是收回锻造厂房子。但是,马世昆是三涧溪的大功臣,这个厂是他一手创建,强制收回于心不忍。

要收回锻造厂,马守芳当然不愿意。对他而言,锻造厂已形同鸡肋,继续经营亏损可能更大,转产力不从心,放弃经营又不甘心。然而,对村集体而言,拖得越久损失越大,只有尽快收回房子,才能让资产止损。

高淑贞想出一招:拓宽村部门前道路,两侧改造成商业街,征用锻造厂部分厂房。村两委开会时,大家都说这主意好。

村民们听说要建商业街,纷纷叫好。他们进城时,都爱逛城里的商业街,如果村里有条商业街,不仅购物方便,还可聚集人气呢。一些头脑活络的人，盘算着买房做买卖。

马守芳是个厚道人，虽不情愿，无奈民意难违，只好同意退房。李咸福也一起退出了。一切依计而行，高淑贞信心倍增。

村里有个刘大洲，是建筑企业老板，听说要建商业街，主动来揽活，愿意垫资施工。村两委会研究同意后，刘大洲便找村民冯小奇，让他负责工程。

按设计，共建9套商住房，分上下2层，一楼是店面，二楼可居住。这些商住房，建筑成本为每平方米600元，产权属于村集体，村民可认购使用权，价格为每平方米800元。工程开工后，村里贴出预售告示，需要者可以预交定金。刚贴出不久，9套房就被一抢而空。邢锡东一算，竣工后，除去建筑成本，村集体可望挣30万元。

高淑贞很有成就感。村里要发展，有钱才能办事，一大堆死资产，都给盘活了，好日子在后头哩！

然而，高淑贞的高兴劲还没过，问题就来了。

一天早上，路边电线杆上，出现一张大字报，说工程偷工减料、质量危险。村里迅速传开，村民议论纷纷。

高淑贞分析，这准是对她不满的人贴的，故意找碴儿，便安排两个人加强监理，一个是郭三强，一个是退休教师李其家。李其家年轻时干过泥工，做事认真，晚上经常上工地检查，没发现问题。高淑贞放心了，更认定是有人搅浑水。

过了些日子，有村民悄悄告诉高淑贞，施工队的冯小奇、卞常宝，经常在四邻饭店喝得醉醺醺的，还请郭三强客。高淑贞一愣：他俩都是打工的，家境并不富裕，卞常宝甚至穿得很寒酸，当然不会吃自己的钱，羊毛出在羊身上，肯定是揩工程的油。

为探实情，这天中午，她约了马素利和李其家，到四邻饭店吃饭。席间，她在饭店转悠了一遍，没撞见他们。后门外的墙根上，摞着一堆钢筋。四邻饭店并没有施工,哪来的钢筋?这时,一个村民路过,她随口问道:"这钢筋哪来的?"

那村民哼一声:"偷的!换酒喝的。"

高淑贞觉得不对头,反身来到厨房,指指窗外,问石俊:"工地上的人常来喝酒吗?"窗外不远,就是商业街工地。

石俊皱着眉头:"天天泡在这里。"对饭店来说,来者都是客,他应该欢迎才是,但是这些年,他被村干部坑苦了,手头的6万元白条,还没法兑现呢。

高淑贞又问:"你这钢筋从哪买的?"

石俊朝高淑贞看一眼,笑而不语。

高淑贞又追问一句。

石俊犹豫了一下,回答道:"他们捣鼓来的。"

"从哪里捣鼓来的?"高淑贞紧追一句。

石俊躲躲闪闪:"谁知道呢。"

高淑贞指指窗外,沉下脸:"是不是从工地上捣鼓来的?"

石俊见她面色愠怒,赶紧低下头忙乎,不敢再接话茬。

高淑贞捅破窗户纸:"是不是他们监守自盗?"

石俊没说是,也没说不是。

高淑贞明白了:外人不可能这么蠢,偷来钢筋后,还敢就地换酒喝,定是内部所为!怪不得李其家看不出来。看来,偷工减料并非栽赃,这张大字报应是知情者的揭发,未必是不满她的人所写。

第二天,高淑贞又来到四邻饭店,果然堵住了冯小奇、卞常宝。她勃然大怒,将他俩痛骂了一顿,勒令刘大洲立刻辞退他俩,也不让郭三强继续监工。

偷工减料的事被查实后,村里就炸开了锅,已预交定金的9户村民,担心工程质量受影响,纷纷要求退房。

村集体眼看到手的30万元,一眨眼就要鸡飞蛋打,高淑贞急了,赶紧开会研究对策。大家商议,还是请监理公司评估质量,如果确有安全隐患,就勒令刘大洲砸掉重建,损失自负。监理公司取样检测后,认为没有安全隐患。

高淑贞向购房户说明情况,购房户不信,坚决要求退房。她一时无措,只好向办事处汇报。领导说,这是你们村的内部事,你们自己处理吧。腊月二十三,9户村民堵住高淑贞,说再不退房,就要到章丘、济南上访。

高淑贞无奈,又开两委碰头会,决定全部退款。她让村委会张贴公告,谁家愿意要,可以报名。

无论是投资,还是消费,"买涨不买落"是普遍心态,村民也不例外。本来,有几户村民也曾想买,前些日子还为买不着懊恼呢,这会儿见别人都退房了,庆幸自己没买。无论村干部磨破嘴唇说破天,就是没人要。有的还将一军:"既然这么好,你干吗不买?"

无奈,高淑贞只好找刘大洲,给他施压:"你管理不严,把好事办成孬事,你有直接责任。这些房子现在砸在手里,你得负责销出去。否则,你别想拿到工程款。"

刘大洲自知理亏,四处托朋友帮忙,费了半天劲,才推销出去5套,还剩下4套,再也销不动。

高淑贞召开两委会,动员大家想办法找下家。与会者挠了半天脑袋,也没想出一条良策。

散会后,高淑贞留下马素利、徐绍霞:"工程管理出问题,我们身为支委,有不可推卸的责任。我看,咱们仨,每人认购一套吧?"

徐绍霞面露难色,买房需要近15万元,她凑不出这笔钱。可是,看到马素利答应了,她觉得应该分担责任,决定向弟弟借。

高淑贞再开两委会,说明了情况,问大家有啥意见?大伙一听,求之不得,都说没意见,同意同意!

高淑贞又问:"还剩1套,你们谁愿意要?"

在场的人,你瞅我,我瞅你,没人吭声。

高淑贞想了想,说:"虽然大家都同意我们买,但这件事没这么简单,我们还要走程序,向街道党工委打报告,说明情况,请示同意。否则,将来会有人嚼舌头,说我们以权谋私。"

大家都说有理。

街道党工委批准同意后,3人向村里交了定金。房子交付后,高淑贞简单装修了一下,自己搬到二层居住,不再每天骑车往返,赵云昌和俩孩子仍住在城区;一层则租给别人,经营餐饮。

村里一位老党员自告奋勇,帮忙推销了最后一套。

一起风波,终于尘埃落定。村集体的30万元失而复得,所有的集体资产也都盘活了。村集体所欠的外债一一还清,让石俊心心念念的6万元白条,也都兑现了。新班子的形象,在村民中也树了起来。

商业街建成后,高淑贞环顾破旧的村庄,闪过一个念头:假如把这些破旧房子都拆掉,建成城里那样的楼房小区,就像自己在城里的家一样,那该多好!

这个念头一闪而逝。她明白,像三涧溪的基础,凭她一己之力,那只是梦想而已。

三　打官司

三涧溪北面,有个三号井煤矿,原是乡镇企业,后归章丘市属企业东风集团所有。从三号井运煤的载重车,每天进进出出,都要经过三涧溪村的道路。这些载重超负荷的车辆,把道路压得凹凸不平,晴天尘土飞扬,雨天满地泥泞,连胜利桥也压坏了。

　　胜利桥位于东涧溪,是大车进出东涧溪唯一的桥。其实,附近还有一座平浪桥,民国时期建的,连通三涧溪和上皋村。因年久狭窄,只能通行小车。运煤车重达数十吨,年复一年,日复一日,胜利桥不堪重负,破损严重。

　　不仅如此,煤井紧挨着三涧溪耕地,部分耕地受矿井影响,已经出现塌陷,耕地呈波浪形,无法正常浇灌;受影响的面积达500亩,其中300亩是基本农田,涉及东涧溪200多户。村民怨声载道。

　　三号井存在多年了,村民意见这么大,村两委为什么不管?知情者向高淑贞抱怨,说这么多年来,村里掌权的早就被买通了,一直白用着矿上送的煤炭,吃吃喝喝更不在话下;这些都是明的,暗地里有啥交易,就更不知道了;至于村集体,却无任何补偿。

　　高淑贞决定,同三号井交涉。她先派村两委干部去,接连找了几次,矿领导要么推说没空,要么爱理不理。高淑贞只好自己出马。

　　其实,早在2004年12月,煤矿就对高淑贞示好过。有位矿领导还对高淑贞说,今后你家取暖不用买煤,让矿上的铲车铲一铲来,足够用一个冬天。高淑贞婉言谢绝。

　　这次,虽然照了两次面儿,但没讲几句话,高淑贞就受到冷落。一个女支书嘛,对方没放眼里。她一怒之下,使出强硬一招:让村民开着铲车,堵住煤矿大门,不让煤车进出。

　　这一招,还真管用,煤矿答应商谈。谈了几次,效果不明显。高淑贞察觉,煤矿是有意拖延,思忖着,光这么耗着不行,得想个法子。"对,找杨孝坤去!"她一拍脑袋,有了主意。

　　为啥找杨孝坤?原来,杨孝坤喜欢法律,买了不少法律书,平时经常琢磨。以前,每当村民同村两委闹矛盾时,他会帮着村民找碴儿,怂恿村民上访,还帮着写告状信。就拿这事儿来说,他家的耕地并没受影响,但他一直抱怨村两委不作为,私下得了煤矿好处,嚷嚷着要上访打官司。高淑贞决定,扬他所长,借力使力,两面夹击,给煤矿施压。

杨孝坤有个爱好:喝茶。整天端着紫砂壶,含着壶嘴。高淑贞花65元,买了一斤茉莉花茶,这在当地算是好茶。

登门拜访这天上午,杨孝坤正端着茶壶,吱吱有声地喝着。自那晚被高淑贞回怼后,他就知道这个娘儿们不好惹,再当着她面说话时,收敛了不少。高淑贞做的这些事,他也看在眼里,知道她没私心,是为集体好,心里多了几分尊重,并没怎么为难她。

这会儿,见高淑贞上门,还拎着礼物,杨孝坤既意外,又惊喜,赶紧起身:"哟,是高书记!今天啥风把你刮来啦?"边说,边把客人迎到客厅,忙不迭地叫老伴泡茶。他老伴脾气好,见人笑眯眯,说话温软。杨孝坤高门大嗓同别人吵时,她会提醒一句:"声音小点不行吗?"

高淑贞放下茶叶,亲热地说:"孝坤哥,今天我是来讨教的,你得帮帮我。"

"嘿嘿!"杨孝坤一听,有些把持不住,嘴巴咧得老大,"哪能,哪能哩。我这把老骨头,能有啥用场?"

高淑贞就把原委细说一遍,指指桌上的法律书:"大哥,你懂得这么多法律,比我强多了;我光会教书,对农村情况一窍不通,两眼乌黑。就说这事,找办事处吧?这是章丘的企业,办事处哪敢说话?所以,我得自己想办法。我想请你帮村民打官司,让煤矿给耕地受影响的村民赔偿,村里给你付工钱。你摩托车的油钱,村里给你出。"

杨孝坤乐不可支:"不用不用,我是为人民服务,等打赢官司再说。"

以前,杨孝坤帮人支招,都是暗地里干的。这回有村支书授权,成了光明正大的事,更来劲了,领着一帮人上访,又告到法院。只是这回矛头转移了,不再对着村两委,而是对着煤矿。按杨孝坤的意思,要发动所有受影响的村民,全部参加上访,全部签名当原告。高淑贞说,有理不在声高,有几个代表就行了,人太多影响不好。

煤矿一看惹了官司,还惊动上级领导,态度软下来。高淑贞趁机同他们交涉。最后,煤矿出资10万元,由三涧溪村出人工,把胜利桥修葺一新。

2005年,赔偿的官司折腾了大半年,法庭开了几次庭,最终判煤矿每年补偿20万元。其中,5万元补偿给村集体,15万元补偿给受影响的农户。在高淑贞争取下,煤矿又另外补偿给村集体一笔钱。

岂料,刚拿了两年补偿,情况就发生了变化。

三号井有个电工,叫钱金安,是三涧溪村民。2007年2月,他找到高淑贞,神秘地说:"三号井要闭坑了。"

高淑贞奇怪:"你咋知道的?"

钱金安说:"安排我拆电器设备,我已经拆一段日子了。矿里正偷偷往外运设备,重要设备都运走了。"

高淑贞问:"为啥要闭坑?"

钱金安说:"上面决定的,说是资源枯竭了。不让对外说。"

高淑贞问:"为啥不对外说?"

钱金安说:"好像是怕村里找麻烦。"

高淑贞说:"不行,我得找他们去!"

钱金安慌忙说:"哎哟,您可别说是我说的啊!"

高淑贞说知道,转身去找叶广强。他是三号井的副矿长,也是三涧溪人。叶广强摆摆手:"上头不让说。"

叶广强虽没明说,但高淑贞已判断是真,立刻召集村两委班子,通报了情况,说:"三号井一旦闭坑,耕地塌陷的农户咋办?今后谁给他们补偿?咱们得抓紧想办法。"大家都说,该去找他们,同他们谈条件,给我们留下点财产,不能拍拍屁股就溜了!

高淑贞连着跑了两趟,才找到矿长贺龙山。他很惊讶:"谁告诉你的?"

高淑贞掩饰道:"你们往外运设备,我们看到了。"

贺龙山只好承认。

高淑贞说:"既然这样,咱们得谈一谈。前年签的协议,该咋履行?"

贺龙山挠挠头:"矿都没了,还咋履行?"

高淑贞着急了:"那老百姓咋办?这些地是他们的饭碗,靠这地养家糊口呢。"

贺龙山问:"那你说咋办?"

高淑贞指指窗户外:"你把这个场子留给我们。"

贺龙山说:"这是国有资产,我说了不算。"

高淑贞站起身:"既然你说了不算,那么东西就别动了。"回到村里后,立即叫来施工队,排兵布阵:"你们立刻把铲车开到三号井,用沙石把道路堵死,不让他们往外运设备。记住,不要动手,不要同矿工发生冲突。"

施工队得令而去。

贺龙山无奈,只好向公司求助。东风集团派代表和律师来交涉,高淑贞开出条件:除了采煤生产设备外,留下房子和其他物资,进行评估,再决定给我们使用多少年。

煤矿办公区域,占地15亩左右。此时,所有可用设备、采下的煤炭都已搬空,只剩下房子及办公家具、部分废旧设备。但毕竟是国有资产,公司不敢贸然处置,反复权衡得失,一时难以拍板。就在这当口儿,出事了。

有一天,高淑贞接到钱金安电话:"婶子,快救救我!"

"出啥事了?"高淑贞吓一跳。

"我和洪化朋被派出所抓了。"电话那头哭诉,"矿上猜到是我通风报信,设套报复我。"

高淑贞问:"咋报复你了?"

钱金安说:"说我偷电缆。"

高淑贞问:"那你偷了没有?"

"也不算……只是拿了点。"钱金安吞吞吐吐,"再说,又不光是我俩,别人还往外拿空调呢。"

原来,东风集团决定闭坑后,煤矿安排一些人拆卸设备。听说要交给村里,有些人动起歪脑筋,往外偷设备。

高淑贞哭笑不得:"你胡扯!如果你行得正、坐得直,公安会抓你?你偷公家财物,是犯法的事,我咋救你?我丢不起这个脸。你还是老实认错吧!"

后来,他俩各罚3000元,被放出来。

东风集团反复讨论后,决定保留国有资产所有权,以长期租赁的形式,将15亩地及地上物移交给三涧溪村,每年象征性收1万元租金。

高淑贞心里的石头终于落下了地。

没想到,新问题又出现了。煤矿移交给村里后,一些村民蠢蠢欲动,挖空心思溜进去,藏着掖着往外偷。负责看守的村民,也眼热起来,跟着监守自盗,令村干部们防不胜防。瘦死的骆驼比马大,一个多年老矿,任何废旧设备都是钱。公家的羊毛,很多人都想薅一把。

高淑贞心里苦笑:村民素质的提高,不是一朝一夕的事。利益诱惑面前,不要说平头百姓,很多身居高位者,也常常把持不住自己。

村两委班子决定,尽快变卖废旧物品,房屋以招标形式,租赁给村民经营。头脑活络的村民,纷纷领着人上门收购,一下子来了十多拨。为了体现公平公正,村两委决定,采取发包形式,一次性包给别人。开始,高淑贞乐观估计,以为可卖八九十万元。不料,只卖了69.5万元。事后才知,有人暗地串标,故意压价。

尽管遭人暗算,这69.5万元,毕竟是意外之财。此外,房屋租赁后,每年可收入10万元。靠着借鸡下蛋,村集体一下子收入这么多,村两委们兴高采烈。

这笔钱如何用?村两委会上,有人主张:"拿出一部分,一次性补给耕地塌陷的村民,今后不再补助了。"

"这不是好办法。"高淑贞摇摇头,"200多户村民,这笔钱即使全部补给他们,僧多粥少,每户也分不到几个。他们的塌陷地咋办?问题还是没解决。我建议,拿出一笔钱,把这些塌陷地彻底深耕、平整一次;再挖一眼灌溉机井,把PC管铺到地头,解决灌溉漏水问题。我算了一下,大概20多万元就够了。"

"哎呀,这个主意好。一劳永逸,彻底解决问题了!"有人叫好。

"我怎么没想到呢?"有人摸摸脑袋。

高淑贞意味深长:"只要心里装着老百姓,平时多惦记他们,就会想到了。"

大家笑过之后,若有所思。

渐渐地,村集体账目上,"收入"一栏,从负数到零,渐渐增多,直至300多万元。有钱好办事。办公经费有保障了,幼儿园免费了,3名教师工资也有来处了,小学的取暖、用电、用水、修缮有钱了,卫生所也改善了。

第四章　舒经活脉

一　用歪苗

再说杨孝坤打官司的事。

与三号井的官司打赢后,他向高淑贞摊牌:"官司是我打赢的,这15万元我要领回去,咋分配,应该我说了算。"

高淑贞这才明白,当初他说的"等打赢官司再说",不是随口说说而已,是埋了锅的。心想,村里的事由你说了算,还有没有规矩?但她不动声色,也埋了一口锅:"行啊,只要你公平公正就行。"

果然,几天后,有村民找上门来:"高书记,我家的地也塌陷了,这补偿款有没有份?"

高淑贞说:"当然有。只要在塌陷范围的,都有份。"

村民说:"杨孝坤说,只有参与官司、当原告的才有哩。"

高淑贞说:"哪有这事?村两委要求,这笔钱的分配,必须公平公正。你找他去要。"

村民们有了底气,回去找杨孝坤,一番面红耳赤后,凡是有塌陷地的,都分到了一杯羹。

但杨孝坤不满,对人抱怨,说他被高淑贞利用了。

这时,在高淑贞组织下,村里正在建三涧大道。路基刚平整好,沿线堆了一堆堆土方,准备与石灰和土搅拌后,用三合土夯实路基,再浇筑混凝土。

这天早上,来施工的人发现,五六堆土方上,各插着一根高粱秸秆,秸秆上夹着小纸条。纸条上写着一段话,大致意思是"豆腐渣工程""祸国殃民""欺骗老百姓""为了自己捞钱"。消息很快传开,村民议论纷纷。

高淑贞又好气又好笑,路基刚平整好,还没搅拌三合土呢,哪来的豆腐渣工程?分明是有人发泄私愤。有人悄悄告诉高淑贞,天刚亮时,看见3个人在工地转悠,疑似赵廷全、杨孝坤,还有一个姓赵的。

没有证据,高淑贞不好发作,忍住气,去问杨孝坤。杨孝坤振振有词:"这事不是我干的,但我要打抱不平,你管不管?我已经给《齐鲁晚报》打电话了,说这是豆腐渣工程,记者马上就到!"

高淑贞马上判断出,此事肯定是他所为,质问道:"啥叫豆腐渣工程?土拌了吗?路修了吗?"

杨孝坤仍很嚣张,当着高淑贞的面,再次拨通《齐鲁晚报》热线电话,要报社马上派记者来曝光。

想不到杨孝坤竟当面挑衅,高淑贞气得发抖,指着他说:"你以为这就能吓唬住我了?你有能耐,把所有的记者统统叫来,我身正不怕影子歪。我就不信,记者会这么没脑子,听你胡诌八扯?只要记者眼睛不瞎,就不会相信你的瞎话!"

左等右等,并不见记者身影。原本趾高气扬的杨孝坤,显得有些沮丧。高淑贞估计,他不会善罢甘休,肯定还会使歪招儿。她想,村庄破烂不堪,村道狭窄泥泞,若要大力整治,势必涉及拆迁、征地,杨孝坤一类的人,还会不断干扰。这些人,虽然人数不多,但很容易蛊惑人心,把别人带偏方向;如果不及时制止,盲从的人就会像滚雪球一样,越聚越多,增加治理阻力和难度。所以,得尽早想法子对付。

咋对付呢？高淑贞想出一招：一物降一物。她首先想到的，便是杨孝坤儿子杨威。

杨威年近30，人高马大，性子急，脾气倔，动辄吹胡子瞪眼，好用拳头说话。村里小混混都怕他；村民表面让着他，背后侧目而视。不过，高淑贞觉得，他为人正直，敢说敢干，只要用到正道，会是棵好苗子。

三涧溪有32条街道、42条小巷，这些街巷皆为土路，不少是死胡同、断头路。在高淑贞看来，这些道路，就像人身上的经脉。经脉闭塞，人就成了僵尸。道路不畅，村庄也就没有活力。所以，修路成为她的心头大事。她要把路都拓宽、打通、硬化，还要建成环村路，让全村都灵动起来。

要拓宽，就得清障。庄户人家，门前都堆满杂物，有煤炭、柴火，也有砖瓦、农具，还有的搁着条石、砌起平台，占不少地儿。以前，步行、骑车，倒不显窄。自从有了汽车，路就显得不够用了。

但是，在庄户人眼里，门前这块地，就是自己家的，要让他腾出来，可没那么容易。几乎每清障一户，都得费番口舌。费口舌是小事，村干部有这耐心。一般情况下，他们会赔着笑脸登门，苦口婆心动员，多数农户会同意。当然，也有不买账的，有的百般阻挠，有的坐地起价，甚至敲诈勒索，任凭村干部磨破嘴，就是不松口。对这样的"硬壳"户，光说软话不管用，必须使些硬手段，脸红脖子粗是常事，偶尔也难免撸撸袖子，动胳膊动腿。这个角色，老好人不管用，必须是敢于碰硬的人。高淑贞想，先让村干部唱红脸儿，唱不下去了，再让人唱白脸儿。这唱白脸儿的人选，杨威最合适。

这天，高淑贞打电话给杨威，让他来村部一趟。杨威如约而来，进门后，毕恭毕敬："高老师好！"原来，高淑贞教过他。

高淑贞让他坐下,话语亲切:"听说你现在做买卖?"

"嘿嘿!"杨威摸摸后脑勺,有点难为情,"做啥买卖?就是混口饭吃。像我这样的人,文化不高,没人看得上,找不到啥好工作。"

高淑贞问道:"你愿意到村里干吗?"

"啥?村里?"杨威眼睛一亮,"我能干啥呢?"

高淑贞说:"这不,村里修路,需要有人清障。你就领几个人,配合施工队,负责清障吧。"

"啥?我负责?"杨威手指着自己鼻子,十分意外,以为听错了。他已经成家,分开过日子,但爹与高淑贞不和的事,他是知道的;自己夹在中间,有点难堪,平时见到高淑贞时,都是躲着走,尽量不接触。

"嗯。"高淑贞点点头,"你为人正直,不怕事,敢担当,是棵好苗,我相信你。不过,要注意方式方法,不要恃强凌弱。其他人,你自己选,必须是人正直、敢碰硬。"

"老师请放心,我记下了。"杨威使劲点头,领命而去。

其实,在起用杨威之前,高淑贞还用了一个人:李叶枫。

李叶枫也曾是高淑贞学生,原先经常惹事,被派出所教育过,后来买了辆旧面包车拉货。高淑贞上任后,平时骑摩托,跑近路尚可,跑远路太累,要租车外出。他主动找上门,说愿意当司机,让租他的车。高淑贞就答应了,每次到济南办事,就让他接送,给他付工钱。

能给高淑贞当司机,李叶枫感到很风光,平时鞍前马后,十分主动。若有人对高淑贞不恭,他必袖子一撸,挺身相护。近朱者赤,高淑贞的言传身教,给了李叶枫很大帮助,坏毛病也渐渐改掉了,与从前相比,判若两人。

高淑贞很快发现,杨威用对了。

东涧溪与西涧溪之间的主街,两侧都是住宅,按理说也不算窄。但因沿街农户门前堆满杂物,占据很大空间,车辆难以穿行,加上道路泥泞,需要拓宽和硬化。要拓宽,就得清障,杨威有了用武之地。

杨孝坤住在东涧溪,房子建得很气派,门前有个缓坡,砌着台阶。要拓宽街道,须刨掉土坡、砸掉台阶,等街道修好后,再重新砌台阶。但杨孝坤不让动,跳着脚骂街,施工队知道惹不起,就给杨威打电话,让他快过来。

杨威匆匆赶到,一看现场,就知道是父亲理亏。换作别人家,他可能就不费口舌,直接下令砸了;可这毕竟是自己家,面对的是自己爹,他一时没了词。这时,围观的村民表情各异,等着看场好戏。

众目睽睽下,杨威有些发窘,心里明白,别人等着看笑话,自己没有退路。他干咳几声,凑到父亲身边,悄声说:"爹,修路是村里大事,您得配合哩。"

"你说啥?"杨孝坤一愣,以为听错了,手掌遮耳朵,朝儿子侧过身子。自儿子当上"干部"后,杨孝坤脸上放光,人前人后,背着手走路,肚子往外挺着,说话嗓门高了八度。今天,他高门大嗓地骂街,就是爹仗儿势。这会儿,见儿子赶来,以为是来增援他的,没想到儿子来了这么一句。

杨威嗓子有点发干,又凑近半步,补充一句:"您是老党员,得带头哩!咋能扯后腿?"

"好你个私孩子!你这没教养的,是这样同爹说话的吗?"杨孝坤气得一蹦三尺高,唾沫星子喷了儿子一脸,扬起手,要扇儿子耳光。

杨威慌忙后退几步，抹了把脸。人群中，爆发出一阵大笑。

杨威脸涨成酱紫色。长这么大，只有他教训别人，哪有被别人教训的？更不用说在大庭广众下。这让他非常难堪，一股无名火腾地升起，直冲脑门。若不是父亲，他早一拳抡过去了。他本想息事宁人，劝退父亲；没想到，父亲这么不给面子。其实，杨孝坤也觉得难堪，怪罪儿子不给他面子，想仗着当爹的威严，几句话把儿子唬住，别让旁人看笑话。他哪曾想到，有其父，必有其子！

听到众人哄笑，杨威头脑嗡一声，知道今天这一关，是躲不过去了，心一横，干脆豁出去，当即脸一沉："爹，您别耍横。我是管这事的，您不同意，我咋拆别人的？今天您同意得砸，不同意也得砸，我是砸定了！"说罢，他手一挥，"你们把我爹架开，砸！"

人群中，好多人发出赞许声："就是，就是，这才像话。"两个大汉应声上前，架住杨孝坤，往屋里送。杨威见状，怕再生出事来不好收场，头也不回走了。

"你这个不肖子孙，我白养你了……"杨孝坤差点背过气，连连口出脏话。村民哄笑起来，还没容他骂完，两个大汉连拖带拽，将他架进屋，往沙发上一塞，赶紧逃离。

门外传来乒乒乓乓声，施工队开始砸台阶了。这声音，声声敲在杨孝坤心头。他挣扎站起身，刚要挪步，忽然"哎哟哎哟"，瘫坐在沙发上，直嚷心口疼。老伴赶紧扶住他，一边帮他揉胸口，一边埋怨："你逞啥能哩？修路是为全村好，哪家碍着了都得砸，又不是砸咱一家，你逞能一辈子，苦头还没吃够啊？"

杨孝坤恼羞成怒，劈头盖脸朝老伴撒气："你个败家娘儿们，你懂个屁！儿子胳膊肘往外拐，当着街坊欺侮我，今后还让我咋做人？别人还不得骑在我头上，拉屎拉尿？"

见杨威铁面无私、大义灭亲，村民既佩服，又受震慑。拆到谁家,若有说半个不字,只要杨威往跟前一站,就没人敢吭声。东涧溪的清障工作,从此顺风顺水。

受此启发,高淑贞照葫芦画瓢,西涧溪和北涧溪的清障工作,都是选用本村年轻人负责。在马家修路时,就安排马家的年轻人干;在赵家修路时,就安排赵家的年轻人干。这些人同清障对象沾亲带故,容易沟通,不易激化矛盾。她明白,这活儿,老实巴交的人干不了,必须是原则性强、有棱有角的人,才能胜任。这些人,统统受杨威指挥,高淑贞取了个漂亮的名称,叫"为民服务队"。

为民服务队成员,都是一些年轻人,以前大多不太安分,有的聚众惹事,有的仗势欺人,有的偷鸡摸狗,在村民眼里,都不是善茬,平时唯恐避之不及。但他们在高淑贞面前,却是毕恭毕敬。因为他们都曾是她学生,对她都有敬畏感。这些年轻人,文化程度不高,没啥技能,打工不顺,见李叶枫和杨威受重用,也纷纷回村,主动找到高淑贞,也想在村里谋个事。高淑贞欣然接收,都把他们安排进"为民服务队"。后来,村里修路、治水、征地时,因为有他们的力挺,拦路虎被一一搬走。

对这些年轻人,高淑贞并不是放羊式管理,而是给他们戴上"紧箍"。拆迁时,先让村两委上门,有说有商量;只有遇到蛮横无理的人,村两委无计可施时,才让他们出面,起震慑作用。他们出面前,高淑贞约法三章:不得动武,不许谩骂,一定要当众处置。这招儿不常用,但很管用。

从小在农村长大,高淑贞深知农民的习性。所以,她的用人之道独具一格:人尽其才,把短处变长处。比如,让爱挑拨的人管调解,让爱打架的人管治安,让爱挑事的人管监督,让爱提意见的人出点子……

昔日人见人嫌的捣蛋包,如今成了高淑贞的座上宾,一些村民不理解，在背后讥讽她，有说她用"歪苗"，有说她"收破烂儿"。还有人贴她大字报，上面写着：高淑贞，不简单，用了一伙下三滥；棍子队，斧头帮，要把三涧溪砍光。

话传到高淑贞耳里，她在村民代表大会上说："如果只盯着人的缺点，天下无可用之人；如果善于发现别人的优点，到处是可用之人。对这些小年轻，你推一把，就是对手；你拉一把，就是朋友。'歪苗'只要从小扶正，也能长成参天大树；'破烂儿'是放错地方的资源，可以变废为宝。树要皮，人要脸，谁没有自尊心？即使犯过罪、判过刑、走过弯路的人，只要接受了改造，他们也想重新做人，也想得到别人夸奖，也想得到别人尊重，也需要得到别人关心。对他们，我们不能歧视，要以人为本，多关心、多爱护，让他们感受到温暖，不能把他们往外推，不能让他们破罐子破摔。"

高淑贞这番话，让这些年轻人心里暖暖的。这些年轻人，多多少少走过些弯路，光是进过"局子"的，就有七八个，有的因偷盗，有的因打架。当然，他们还不是最恶劣的。东涧溪有个年轻人，是杨孝坤的侄子，在野外套野兔时，工具被几个孩子搞坏，竟残忍报复，连杀仨孩子，被法院判处死刑。那时的民风之差，由此可见一斑。他们平时遭人白眼，逆反心理强，本来自暴自弃，见老师高看一眼，从不嫌弃他们，心里倍感温暖；有了荣誉感，也增强了信心，渐渐振作起来，自觉改掉坏毛病，走上了正路。

村庄的发展，让这些年轻人看到了希望，也为他们带来了发展机会。有的借钱买来挖掘机，有的凑钱购置工程车，纷纷到工地来揽活。那时，农村工程项目还没搞招投标。高淑贞想，肥水不流外人田，修桥铺路的活，技术含量不高，应尽量让村里人参与，既可解决就业、增加收入，又可稳定思想、促进和谐。所以，每当有工程项目时，村两委本着公平公正原则，负责在村内选队伍，最后在村民代表大会通过。

杨威是最大受益者。他先组建施工队,后来办成建筑公司,资产增至上千万元。

二　砸硬壳

这天,马素利带人到西涧溪,处理清障的事。快晌午时,高淑贞正埋头忙着,马素利砰一声撞开门,脸涨得通红,一副气急败坏的模样,劈头就是一句:"这活儿没法干了,气死我了!"

高淑贞知道他碰鼻子了,问道:"和谁置气了?"

"还有谁?你们赵家呗!"马素利端起茶杯,咕咚咕咚,灌下半杯水,嘴一抹,喘着粗气,恨恨地说,"你家三叔,赵世民!"

西涧溪有条南北向大街,叫胜利街,居民大多姓赵,高淑贞的婆家就在此。赵家是西涧溪的大户。赵云昌父亲这一代,有4个亲兄弟,其父是老大,赵世民是老三,另外还有10个堂兄弟。到赵云昌这一代,自己弟兄3个,二叔、三叔皆4子,四叔一对儿女,堂兄弟多达20个。在农村,这样的大家族,一般人惹不起,轻易不敢得罪。

赵世民原先在东北工作,是退休工人,经济条件不错,房屋造得气派。房屋地势比路高,门前有个平台,堆满煤炭、柴火、木头,还有几级台阶。如果街道只需五六米,这个平台不碍事;但因这是条主路,过往车子多,按规划,路面加上排水沟,需10米宽,门前平台就得切掉一部分,往下降一些,台阶也要砸掉重砌,平台上的杂物也要挪走。

与赵世民并排的,还有两户村民,都答应了,赵世民却一口回绝。马素利连着上门两次,都没说拢,今天是第三次上门,两人一语不合,吵了起来。吵架当然没好话,赵世民一时气急,骂马素利父亲是"土匪"。这可犯了大忌,因为马素利父亲有个绰号,叫"张飞盒子",这是别人对他的蔑称,马家深以为忌,村人大多不敢当面称呼。马素利在村里有头有脸,赵世民哪壶不开提哪壶,竟当众侮辱他,他能答应?两人当即厮打起来。若不是被人拉开,恐怕难以收场。

叙述了事情原委后,马素利一甩手:"高书记,我算服了气,治不了你家那一伙,还是让杨威带人去吧!"

赵世民的性格,用当地话说,叫"老倔子",是个吃不得亏的人,又是退休返乡的,见过些世面,自然不把村干部放眼里。

高淑贞略一思忖,说:"别为难杨威了,还是我来处理吧。"众目睽睽下,赵世民公然辱骂马素利,她理应维护马素利的权威。赵世民为人强势,且是她婆家叔叔,如果这个硬壳敲不开,别的村民会不服,增加清障难度。赵家人不服管,作为赵家媳妇,她有责任揽过来,不能推给别人。

此外,她也很有信心,想当然觉得,赵世民会买她面子。结婚多年来,逢年过节时,赵家亲戚间常走动。她就任村支书后,专门登门看望各位长辈,长辈们对她都很支持。二叔赵凤柏表态:"你别贪别占,别像有的干部那样,被人背后指着骂。这个村很难干,你要有思想准备。不过你放心,只要你好好干,谁要是欺负你,和你过不去,咱就同他过不去!"

高淑贞放下活计,带着徐绍霞等人,往赵世民家走。一些街坊见高淑贞来了,知道事情闹大了,也尾随来看热闹。

赵世民浓眉大眼,身材魁梧,此时正站在院子里。平时见到高淑贞时,他都会打声招呼,这会儿只瞟了她一眼,不理不睬。显然,他还在生闷气。

高淑贞也是带着气来的。修路前,村里大会小会开过多次,她讲得口干舌燥,还挨家挨户发通告,为啥修、咋修法、啥要求,都说得明明白白。她是赵家媳妇,赵家人理应支持她。同马素利过不去,就是同她过不去,让她很没面子。这会儿,她顾不上寒暄,开门见山,劈头就是一句:"三叔,咋回事哩?人家都同意,咱还有啥了不起的?"

赵世民一听,两眉倒竖,双目圆睁,指着高淑贞,怒喝一声:"从这里滚出去!"随口迸出一句粗俗话。

高淑贞血冲脑门,想不到他身为公公叔,竟如此粗俗,逼问一句:"你说啥?!"

赵世民口不择言,站起身来,冲着高淑贞,又重复一遍。门外,一群街坊正探头探脑,闻听此言骚动起来,身后的人也显得不安,齐刷刷盯着高淑贞。

"你混蛋!"高淑贞怒不可遏,一时控制不住自己,嗓门高了八度,"你骂我一句,我就还你一句。你动我一下试试!你敢动我一下,我就敢还你一下!"

赵世民一愣,大概知道说错话,激怒了高淑贞,气焰顿时挫下去。不过,嘴巴还很硬:"你敢动我一块砖头,我就和你豁上,让你修不成!"

高淑贞厉声道:"你走着瞧!我就先治你!非把它扒掉不可!下午就扒!"

这时,赵胜昌急急赶来,他是赵凤柏长子。原来,有人见赵世民一人在家,怕他吃亏,打电话搬来救兵。赵胜昌的厂就在附近,所以很快赶到。他是明白人,略问了几句,就知道赵世民理亏,便息事宁人,把老人往屋里劝;听高淑贞说下午就扒,又劝老人下午去儿子家。

高淑贞回到村部,立刻给施工队下死命令:下午坚决扒掉!她已铁下心来:全村人都盯着我,如果我对三叔网开一面,还怎么让别人信服?后面的还怎么清理?哪怕是撕破脸、结冤家,也要大义灭亲,坚决敲开这颗硬壳!

高淑贞性子这么烈,让赵世民始料未及。在赵胜昌劝说下,他知道自己不占理,更不该犯浑,当众辱骂侄媳妇,便顺着竿子往下溜,午饭后乖乖避到儿子家,免得施工队上门扒时,他的老脸没处搁。他活了大半辈子,还没被别人占上风过,想不到这回栽了,而且还栽在侄媳妇手上。

下午,施工队来了,浩浩荡荡开到现场,乒乒乓乓,干得热火朝天,四周站满了围观者。高淑贞与赵世民交锋的事,已经传遍全村,大家纷纷赶来看热闹,以为下午又会起争执。没想到,赵世民家院门紧闭,静悄悄的,无一人出来,围观者有点失望。不过,震慑效果很明显。自赵世民败下阵后,后面几家不敢强出头,清障工作十分顺利。

施工队以为,再没人敢出头了。不料,半路又杀出个程咬金。

"程咬金"叫马志义,有俩儿子,长子因犯盗窃罪,还在监狱服刑。他家的情况,同赵世民相同,也是门前平台过宽,需要切掉一块。他不像赵世民那样嚣张,而是使出另一招儿:耍赖。这天晚上,施工队加夜班。当铲车过来时,他趴在车头上,不让车子前进,让车从他身上碾过去。施工队拿他没办法,只好给村干部打电话。

高淑贞得知后,开了个短会,说:"他家情况特殊,还是我去处理。你们站在旁边,我去拉他,如果他要打我,你们把他拖开就行。记住,你们不要动手。现在光线不好,你们拖他时,尽量让围观的人看到,这样就有人做证了。"

此时,已是深秋,夜晚气温下降。高淑贞套了件黄大衣,领着村干部和服务队队员,边走边故意高声说话。有人探出头问,你们干啥去?服务队队员故意提高嗓门说,马志义拦着不让干呢,我们去处理。果然,没走多远,后面就跟了一群人,居然比干活的人还多。村民们一是好奇,想看个热闹;二是看别人咋对付的,想有样学样。

马志义还在车头趴着。他年近七旬,也是退休回村的。高淑贞走上前,拍拍他肩膀:"志义哥,你这是干吗呢?人家的平台不也扒了吗?又不是只动你一家。"

马志义脖子一拧:"别人的我不管,我的就不行。万一墙基松了咋办?"

高淑贞笑了:"只是切割部分平台,施工队有经验,会画好线,小心切割,不会伤着墙基的,切口也会补好的。"

马志义两个儿媳见状,也上前劝他。小儿媳妇是本村人,其父亲为人通情达理,这时也帮着劝。马志义不为所动,依然赖在车头。

高淑贞见不惯其要赖相,忍无可忍,一把将他从车上拽下来。马志义一个趔趄,险些摔倒。不出高淑贞所料,他果然尖着嗓子嚷嚷:"书记打人啦,书记打人啦!"这一幕,就发生在大家眼皮底下,围观者哄堂大笑,像在观看一出闹剧。

杨威等人连忙上前,将马志义架到一边。高淑贞手一挥:"切!"施工队一拥而上。

马志义胳膊被架着,动弹不得,跺着脚撒泼,骂着难听的话。他小儿媳妇曾是高淑贞学生,这时脸上挂不住,走到高淑贞面前说:"婶,你别和他一般见识。"

高淑贞说:"劝劝你爹,太不讲理,像个滚刀肉。"几个人好说歹说,总算把马志义劝回屋。

清障结束后,阻力大减。接下来,有4道工序:平整路基,铺三合土,压路机压实,浇筑混凝土。压路基时,赵世槐又跳出来了。他是赵云昌四叔。

这天午饭后,压路机正在作业,赵世槐满脸通红,估计喝高了,倚在门上,斜视着压路机。他家大门外两侧,各摆着一块方石。机手小心翼翼,尽量避开方石,一不留神,压路机还是轻轻蹭了一下条石。

赵世槐等的,似乎就是这个机会。他拾起一块石头,砸向机手,幸亏没砸着,只砸着车。几个施工队员十分气愤,揍了赵世槐一拳,亏得他媳妇跑出来,赔着笑脸说好话,才平息施工队员的愤怒。赵世槐却不依不饶,拦在压路机前,不让继续施工。他媳妇死命将他拽回家,关在屋里。他便把气撒在媳妇身上,揍媳妇,说她向着施工队。

村民们议论,赵世槐这是见哥哥受欺负,在替赵世民出气呢。

这事让高淑贞知道了,狠狠说了赵世槐一顿,责怪他存心找碴儿。

赵世槐的儿子赵云礼,在外面运输煤炭,回家后听说父亲被揍、反遭高淑贞训斥,不乐意了,趁着酒劲,闯进高淑贞家,气呼呼地质问:"嫂子,我爸被人欺负,你咋还向着外人呢?"

高淑贞正色回答:"我向理不向人。你用这种口气说话,敢对嫂子不礼貌,我饶不了你!"

一句话噎住了赵云礼,嗫嚅道:"我爹那人,你也不是不知道,喝了酒,管不住自己。"

高淑贞看他醉醺醺站立不稳,让他坐下,给他倒了杯水,缓和口气开导他:"修路是咱村里大事,别人都很支持,咱倒好,拦三阻四,动了一草一木就翻脸,让人家看笑话。这咋行呢?"

赵云礼自知理亏,知趣离开。

亲戚们本来以为,高淑贞当村支书,自己有了靠山;见她并没向着自己人,做事从来不偏不倚,心里不满,背后议论,说她胳膊肘儿往外拐。

话传到赵云昌耳里,他埋怨高淑贞:"人家是'一人得道,鸡犬升天',你倒好,当个芝麻官,把亲戚都得罪个遍。"

高淑贞理直气壮:"如果我不得罪他们,就会得罪全村老百姓。你说,我选择哪头合算?"

赵云昌无言以对,只好由着她。

刚按下葫芦,又浮起瓢。这不,三叔伯的长子赵云贵,即赵云昌的堂弟,又撞到高淑贞枪口上了。

赵云贵的大门朝东开,南墙外有块空地,他建了个猪圈,曾经养过十多头猪,后来不养猪,圈了几只羊。路修到这里时,这个猪圈挡了道,须拆除,但赵云贵不答应。

因为是亲戚,高淑贞不想让村里为难,主动揽过来,同他谈了十多次。他就是不松口,高淑贞怒了:"这是村集体的地,村里有权处置。你无偿使用集体地,已经便宜你了,你还想得寸进尺?!"一不做,二不休,让施工队强拆了,给路让道。

如果光是修路,只需拆一个角就够,但高淑贞下令,把猪圈全拆了。赵云贵恼羞成怒,不依不饶,用小车推了些杂物,故意堆在被拆的地上,阻挠施工。

高淑贞想,他虽然不明事理,但只是眼窝浅、贪小便宜,不是刁蛮之人,可以说动他。这天,她买了些熟食,有扒鸡、猪肚、猪蹄、鸡爪、花生米,拎了两瓶白酒,来到赵云贵家,要同他喝几杯。高淑贞知道,他酒量不大,但很贪杯。

"哟,嫂子,你咋这么客气哩?"果然,一看到高淑贞拎着礼物上门,赵云贵赶紧吩咐媳妇,"快拿几个盘来,我陪嫂子喝几杯!"

高淑贞酒量大,三下五除二,就把赵云贵眼睛灌直了。他向高淑贞倾诉衷肠:"嫂子啊,你操这个心干啥哩?得罪了多少人?人家背后都骂你哩。"

高淑贞笑笑:"我来了,就是准备得罪人的。我不把路打通,不把村子治好,咱庄里永远就窝这里,老百姓别想翻身。"

赵云贵连连点头:"对,你讲得对!"

高淑贞接着说:"修路是为全村人好,谁能不走道?你看咱小叔,眼里只有自己,胡搅蛮缠,那不是让人笑话吗?"

"也就你行。换作别人,早就挨棍子了。"赵云贵叹一口气,埋怨道,"本来,你来后,咱还指望沾光呢,你尽拿咱家开刀。你把猪圈都拆了,路这么宽谁走?有啥用哩?闲着也是闲着,我堆点东西,不碍走路。"

赵云贵说得也有道理。剩下的空地,确实用不上。但高淑贞想的是,如果允许赵云贵堆杂物,时间一久,他又会占为己有。她灵机一动,有了新主意:"咋没用?我要派大用场呢!"

"啥用场?"赵云贵竖起耳朵。

高淑贞边琢磨,边回答:"我想建个健身小广场,让村民有个活动场所。冬天时,老人也可以来晒晒太阳。你家里最沾光,出门就是,等于是为你家建的。你同意不?"

"这是好事儿,我还有啥不同意的!"赵云贵终于松口,转念一想,提了个条件,"那你得给我点补偿。"

高淑贞皱起眉头:"哪有你这样,不要脸不要腚的?"

赵云贵涎着脸:"我不是穷吗?我就不要脸了。"

高淑贞想了想,说:"这么着,你算算,要补多少钱,我个人给你出。"

赵云贵朝大腿猛一拍,咧嘴笑了:"还是嫂子疼我!"倒了半杯酒。他媳妇一看,慌忙来夺杯。原来,他每次喝醉酒,都要没轻没重打媳妇。他把媳妇一推,一仰脖子,杯底朝天。

高淑贞也一饮而尽,起身告辞,临走时指着赵云贵说:"我可警告你啊,今后少灌点马尿,不许再打媳妇,如果被我知道,我可饶不了你。"

赵云贵费力站起身,踉踉跄跄,上前搂高淑贞肩膀,冲着媳妇说:"你瞧嫂子,多能干!你学着点。你要这么能干,我咋会打你?"

高淑贞一把甩开赵云贵:"呸!你还说她?瞧你自己。眼窝这么浅,还笑话老婆?"

还真让高淑贞说中了。不久后,赵云贵就吃了眼窝子浅的亏。

工业园区电网改造时,换下几根旧电线杆,堆在路边,被赵云贵盯上,想砸碎水泥,掏出钢筋卖。一打听,厂里人说,这个不能砸,还要派用场。但他老是惦记着,心里痒痒的。这天,他几两酒下肚,酒壮尿人胆,扛着大锤,喷着酒气,直奔现场,咣咣咣砸起来。

光天化日,公然破坏国家财产,这还了得!厂里发现后,立刻报警,警察当场将他押走。他本是个胆小之人,哪见过这架势?吓得尿了裤子。

家人知道他闯祸后,轮番来到高淑贞家,哭着求她帮忙。高淑贞恨铁不成钢,不想管这破事儿,架不住他们哀求,只好硬着头皮到派出所。

赵云贵已被关了一夜,仍然穿着湿漉漉的裤子,如惊弓之鸟。一看到高淑贞,就像捞到救命稻草,哭丧着脸说:"嫂子,我服气了,再也不敢了,快救救我!"

念赵云贵初犯,派出所放了他,但要求他在一周内,每天准时到派出所报到,按上下班时间,在派出所走廊站一整天,午饭也由媳妇送去。

一周站下来,赵云贵彻底没了脾气,从此安分守己,再也不敢使性子。

以前,三涧溪偷盗成风,多人犯罪入狱。高淑贞想,等偷到进监狱就晚了,要让村民有羞耻心。她以赵云贵为反面例子,在大会小会上说:树要皮,人要脸;先有小偷,后有大盗;小偷小摸最下贱,最被人瞧不起;世上万罪,都是从小贪开始,我们要检点自己,不贪别人一根针、一根线,自觉遵纪守法。

这些话入脑入心。从那以后,偷盗行为渐渐收敛。

第五章　见招拆招

一　拔树苗

征地,最关键是补偿。除了丈量土地,还要补偿青苗,包括玉米、麦子、大豆、高粱等庄稼。这些,都有统一标准,每亩青苗补七八百元,每亩地补1200元,总共在2000元上下。

三涧溪的地,大多是薄地,庄稼长势一般,种树更不行。所以,往年种树的不多,只有少量的杨树或果树,如桃树、樱桃、苹果等。树的补偿费,要比庄稼高许多。特别是果树,分幼苗期、出果期、盛果期。如果村民愿意移栽果树,按棵计算移栽费,每棵一二百元;不愿或不宜移栽的,则拔掉或伐掉,给予一次性补偿,每棵补偿标准为:幼苗期30元至60元,出果期200元左右,盛果期600元左右。

为了多得补偿费,一些村民耍起小聪明:开始统计时称不移栽,拿到补偿费后,又把果树移走;一些头脑活络的人,为了多得补偿费,赶在征地之前,纷纷抢种杨树、果树苗;还有的村民,承包地分散在几处,这块地的树刚统计完补偿,连夜移种到另一块待征的地里,重复计算。

识破这些小聪明后,办事处征地指挥部的人,也想到应对之策:点验时逐棵拔树,如果轻易拔出,就证明是新栽的,一律不计数。

这天,征地指挥部负责人潘志凡领着工作组,来东涧溪点验,照例拔树。这块地,是冯占寿的,种着一片小杨树。但也有人说,地不是冯占寿的,是别人的闲置地。

潘志凡轻轻一提,树就提起来了,一看树根,仅沾了一点土,显然是栽下没几天。他接连拔了几株,每株都一样,便说:"这些树不算!"

点验时,冯占寿夫妻就站在旁边,见潘志凡发话,夫妻俩急了,同潘志凡争理,几句话不合,恼羞成怒,指着潘志凡鼻子骂。潘志凡也不示弱。双方先是对骂,继而扭打起来。冯占寿媳妇撒起泼,竟把潘志凡的脸给挠破了。工作组的人冲上去,扭住冯占寿夫妇。冯占寿扯起嗓子喊:"救命啊,当官的打人啦!"

过往的村民听到呼救,呼啦一下围上来,不明就里,听信冯占寿一面之词,以为他俩吃了亏,撸胳膊撸袖,要动手揍工作组的人。有人见势不妙,赶紧拨打110报警。

高淑贞正在忙着,手机响了,是街道党工委副书记林永正:"你们村民打人啦,你快来处理!"高淑贞立刻骑上摩托,直奔地头。现场围着四五十人,警车已经到了,冯占寿妻子正在呼天抢地。高淑贞使劲拨开人群,见派出所的民警正拽着人,要往车里带,急急吼道:"咋了?咋了?"

冯占寿如见到救星般,高声嚷嚷:"俺书记来了!俺书记来了!"

村民们说:"高书记,你要主持公道!""当官的咋能欺负老百姓呢?"

潘志凡指指脖子说:"你来得正好,看看你们村民,把我打的!"脖子上,一道血印子。

林永正也已赶到现场,气呼呼地说:"简直无法无天!把人带走,要严厉处置!"

冯占寿辩解:"他们也打我了,咋治?"

围观村民你一言、我一语帮腔:"当官的咋打老百姓哩?""这不是欺负人吗?""要抓,当官的也要一起抓!"

民警仍在拽冯占寿,其妻号啕大哭,死死拉住不放。村民骚动起来,眼看场面就要失控。

高淑贞厉声制止村民:"大家都冷静,不要动!"转身对民警说,"人不能带走!"

民警说:"领导让带走的,你找领导说去!"

高淑贞回答:"领导也不行!领导也要讲道理!"

潘志凡不乐意了:"你咋护短哩?"

"我不是护短,到底谁是谁非,我还没搞清楚。"高淑贞转向民警,压低嗓门,"今天这么多村民,你们带走人不合适。如果需要协助调查,明天可以传唤他。"

民警觉得有理,松开了手。高淑贞朝冯占寿使眼色:"你们先离开。"

冯占寿仗着有人撑腰,明明腿直哆嗦,口里还骂骂咧咧,想挽回点面子。其妻害怕警察再拘人,连拉带拽,把他拉出人群,急急离开。

高淑贞朝村民们挥挥手:"这里没事了,你们都离开,剩下的事我来处理。"

众人见有高淑贞护着,冯占寿夫妻没吃亏,也就散了。

村民散走后,林永正沉下脸:"高淑贞,你这是啥意思?咋向着村民?"

高淑贞冷静地说:"你叫我来,是让我平息事态,还是火上浇油?这个场合是讲道理的地方吗?如果我不向着村民,今后我说话谁听？如果今天你们来硬的，场面控制不住，村民们动起手来，没轻没重，吃亏的是你们啊。"

林永正想了想，觉得高淑贞在理，脸色缓和下来，拍拍潘志凡肩："你辛苦了，老同志了，还在一线奔忙。回去请你喝两杯，压压惊。"

高淑贞问明事情经过，说："这事是冯占寿理亏，想占小便宜。今天这一闹，他们也害怕了。明天派出所再传唤他，他肯定不敢再闹了。我马上回去开个会，讲清楚事情真相，相信村民们知道后，不会再向着他们。"

第二天上午，冯占寿找到高淑贞，神色慌张："高书记，派出所传我去呢。"

高淑贞严肃地说："这事是你们不对。干啥要贪这点小便宜？本来就理亏，还打人，昨天若不是我拦着，你已经关一晚上了。"

这个冯占寿，平时自以为是，做事不按常理，真摊上事，却厌了；昨天已吓得不轻，听高淑贞一说，愈发害怕，苦着脸问："那我咋办？去不去？会不会坐牢？"

"你当然得去。"高淑贞换了口气，"你态度诚恳些，主动认错，保证改正，兴许派出所会原谅你。"

冯占寿央求："你面子大，能不能帮我说说情？"

高淑贞说："你要接受教训，凡事遵纪守法，不要耍横使强。真犯了法，谁也帮不了你。"

冯占寿点头如捣蒜："嗯，嗯，我记下了。"

鉴于性质不严重，派出所没有难为他，批评教育一番后，就放他回来了。至于树苗补偿，自然没有得到一分。

俗话说，江山易改，本性难移。此事平息后，冯占寿仍不甘心，故态复萌，旧戏重演，再将树苗移到另一块地。后来，又惹出另一场纠纷。

二 补牛蒡

按下葫芦起来瓢,冯占寿的事还没搞定,其兄冯占伯的事又冒出来了。他家有3亩多地,挨着水井,比较湿润肥沃。他喜欢种些中草药。征他家地时,地里正长着牛蒡。

牛蒡主要分布于中国、克什米尔地区、欧洲等地,是二年生草本植物,有粗大的肉质直根,又名恶实、大力子、东洋参,也有叫东洋牛鞭菜。为啥叫"东洋参"？原来,1000多年前,日本从中国引进,改良成食物,日本占领台湾时期,曾要求台南农民大量种植,作为蔬菜食用。在中国,主要分布在鲁、苏、陕、豫、鄂、徽、浙、台等地。

济南及章丘鲜有种植牛蒡的,征地补偿规定中,也没有牛蒡的标准。村民没人认识牛蒡,村民小组在计算时,便参照普通作物标准。冯占伯坚决不干,说这是名贵中药材,咋能跟棒子、麦子比？比树还贵哩！

在三涧溪,多数人还是讲规矩的,变着法子讹钱的毕竟是少数,也并不受人待见。所以,对冯占伯的说法,村民并不认同,说牛蒡不是吃的吗？还想比树贵？准是想多讹钱！

村民小组不知咋处理,就把矛盾上交,让村委会处理。

照惯例,征地由村委会负责,村民小组配合。村委会研究时,大家都不认识牛蒡,有人说冯占伯讹钱,还有人说:"他家的地,早就该收回来了,白给他种,还要漫天要价？"原来,冯占伯是银行退休职工,户口不在村里。两个儿子先后考上大学,户口都迁出去了,因第二轮土地承包后30年不变,两个儿子的地并没有收回。

村委会决定不了,又交给村支部。高淑贞也不认识牛蒡,不知道其价值,就说:"我们要明辨是非,不能拍脑袋、想当然,还是要调查一下,不该补的,一分不多给;该补的就要补,别让他吃亏。"

高淑贞问办事处,办事处也不知道牛蒡。她主动上门,征求冯占伯的意见。

见书记上门,冯占伯端起架势,顺着自己的逻辑往下说:"牛蒡是名贵中药材,我这是块肥地,每亩有2万多元收入。如果地被征了,今后年年都种不了,就不是一两年的事,损失可大了去了。我这地还有20年承包期,必须按20年一次性补给我!"

高淑贞又好气又好笑:"大伙儿都不认识牛蒡,章丘和济南也没有补偿标准,现在村民只同意按普通作物补。你倒好,鸡生蛋、蛋生鸡的,狮子大张口,要了一个黄金价。你以为钞票是我印的?"

冯占伯说:"北京市就有牛蒡的补偿规定!"

高淑贞耐心解释:"按征地规定,补偿标准不允许跨地区,我们只能执行章丘的标准。但是,对牛蒡,不要说章丘,连济南也没有规定。你说的北京标准,我们只能作参考用,能不能达到,我说了不算,只能尽量去争取。"

离开冯占伯家,高淑贞想:冯占伯说的,也有一定道理,不能因为现有标准里没有,就一推了之,应该维护他的合法权益。她找人咨询,又让人上网查,吓了一跳:牛蒡价格随行就市,每年都有波动,行情好时,一亩地真可收入几万元呢!

高淑贞向办事处反映,办事处说,章丘的补偿标准里没有,没法按外地标准补。她把办事处的意见反馈给冯占伯,冯占伯梗起脖子:"如果没有合理补偿,我就不答应!"这下倒好,他不肯签字,耽搁了征地进程;签了字的村民,也拿不到补偿,便怪罪起他,嚷嚷着:把牛蒡铲了!

这让高淑贞犯难了。如果他是无理取闹,她可以来硬的;但他说得在理,村里如果动硬使强,就不合适了。

一边是冯占伯的合法权益,一边是补偿政策的空白,咋办?

挠了半天头,高淑贞有了主意,找到用地的企业,提出一个折中办法:参照当年的牛蒡价格,除政府给予的补偿外,差价由公司补足。

公司老总不同意:"按协议,我们已经把补偿款一次性交给政府。要想多给他,也应该是政府给。如果我们多给了他,别人也有样学样,咋办?"

"你们交给政府的钱,是按普通作物额定的,同牛蒡的标准相差太悬殊。如果把额定的补偿款多给他,别人就减少了,村民们能答应?"高淑贞进一步说,"请放心,村民不合理的要求,我们不会支持。但村民合理的要求,我们还是要支持的。冯占伯不是无理取闹,他不肯签字,征地进度就会受影响,你们的损失更大。你们算算看,哪笔账更划算?"

老总想想也是,没有更好的办法,只好照高淑贞说的办。

最后,冯占伯以每亩2万元的价格,如愿拿到补偿。这个额度,虽然没达到他的20年要求,却比村民高出一大截。

很多村民不服气的事,冯占伯是知道的。看到高淑贞为自己东奔西走,他不好意思再坚持,痛快地说:"高书记,你已经尽心尽力,我不能再让你作难了,我吃点亏,就认了吧。我签字!"

精诚所至,金石为开。结在冯占伯心里的冰,全被高淑贞融化了。

三 移寿坟

征西涧溪土地时,办事处事先通知村民,不要再种植农作物,否则不予补偿。有几户村民偏不听,抢先种上一些作物。

卓长功抢种了5垄核桃,大约2亩地。种核桃和种蒜相同,将核桃埋在土下,让其发芽,长出幼苗后移栽。

临到要收地时,已是3个月后,核桃苗噌噌往上蹿,冒出地面几公分。卓长功手一伸:"每株5元,补给我。"

村干部说,办事处早就通知过了,不给补哩。再说,一斤核桃不过十来元,一株苗咋要5元?

"不补,休想动我的地!"卓长功头一拧,"苗再长大些,还不止这个价呢!"

卓长功自恃腰杆硬。他有俩姐,一个叫卓长丽,在章丘一家企业工作,姐夫宋高群,是章丘某部门领导;一个在机关上班,能帮着推销核桃苗。苗在天天长,晚补不如早补。僵持一段时间后,补偿按卓长功开的价,一分不少进了他口袋。这笔冤枉钱,只能让用地的企业出。

为了避免不必要的争端,卓长功的补偿是悄悄给的。然而,没有不透风的墙,消息泄露后,撩起一对姐弟的贪欲。

这对姐弟地里有棵槐树,之前地已征完,槐树也已得到补偿,树尚未砍伐,闻知卓长功得了补偿,便说,核桃苗可以补,槐树下的小树也应补。原来,在槐树的四周,长着几株小树,是从槐树根上长出来的。

这样的要求,显然不合理,村里自然不会答应。他们便在地头搭起帐篷,姐姐和弟媳住在里面,连着霸了2个月,阻止工程施工。

这是个热源厂项目,涉及章丘城东片区百姓取暖,若耽误施工,全村人利益都受影响。高淑贞对施工队说:"对这种蛮不讲理的,你们治不了,就别干了。"

施工队见高淑贞撑腰,有了底气,趁她们不在时,赶紧用挖掘机刨了树。姐弟两家不依不饶,到处上访。热源厂为息事宁人,补助几千元,才把他们打发。

就在征用卓长功的地时,赫然发现,地里还有一座寿坟,占地面积不小。所谓寿坟,就是为活人修的坟。这座寿坟,是卓长功的爹为自己预备的。

此前征地时,村里专门辟出一块地,集中安置迁坟。按章丘的补偿标准,每座650元。后来,济南将标准提高到1300元。但是,办事处仍执行原规定。高淑贞不同意,说坟都是一样的,为什么要抠这650元?难道老百姓还指望这个赚钱?在她争取下,办事处增加了650元。标准提高后,村民们迁坟大多很自觉。寿坟是空坟,补偿标准相同,就简单多了。何况,核桃苗补偿刚给卓长功,他应该不会作难。

不料,卓长功两手一摊:"核桃苗是我的,同我爹娘的寿坟没关系。要迁坟,我做不了主,你们得与我爹商量。"

村干部一听,知道遇到硬壳了,回到村部,把难题推给高淑贞:"咋办?他爹可是个老顽固,你也治不了。"

高淑贞不以为然:"咋就治不了?他爹长着三头六臂?绍霞,你陪我去会会他。"

卓长功的爹卓同强,年逾七旬。卓家和赵家沾亲带故,论辈分,卓长功平时称高淑贞婶子,高淑贞该称卓同强哥哥;凑巧,高淑贞的婆婆有个姑父,其娘是卓同强姐姐。为了同卓同强套近乎,高淑贞主动降两辈,称其为爷。

卓同强患有严重气管炎,高淑贞登门时,他正呼噜呼噜喘着粗气。高淑贞亲热地说:"爷爷,我来看看您。"

"来了?好,好,坐,坐。"卓同强欠欠身子,笑脸相迎。

高淑贞环顾四周,屋里装饰得很好,各式电器一应俱全,摆着高档茶叶和烟酒,非一般农家能及。寒暄之后,她开门见山,提起迁坟的事。

卓同强手指挠着头,不疾不徐,笑眯眯地说:"哎呀,那是我的另一个家,我为那家啊,费了不少心血,花了不少钱,我还没享受过呢。要不,让我在里面待几年,再迁?"

高淑贞一听,头皮发麻,同徐绍霞面面相觑,赔着笑脸:"爷爷,您身体这么好,活到100岁没问题。这迁坟的事,眼下就要做,哪能等30年呢?"

卓同强眉头微皱,随即松开,并不接话茬:"我说淑贞哪,你放着好好的老师不当,跑到村里来当啥书记?"

高淑贞说:"我是党员,党叫干啥就干啥呗。我说爷爷,这迁坟的事……"

卓同强打断她的话:"当书记有啥好?尽干些得罪人的事。"

高淑贞听懂了,不甘心,把话题往迁坟上拉,努力了几次,每次提到迁坟,卓同强就岔开话头,绕着走。他老伴在旁插嘴,他眼一瞪:"你少叨叨!"吓得老伴赶紧闭嘴。

高淑贞不再勉强,起身对他说:"爷爷,您先歇着,我改天再来看您。"

卓同强欠欠身子,客气地说:"你那么忙,就不用再跑了。"

第一次较量,高淑贞铩羽而归。

过了几天,高淑贞让李东刚跟着,再次登门。表面看,卓同强态度照旧,但高淑贞看出来,他表面客气,但暗含冷气,让人无法接近。聊其他话题,他都搭腔,只要一提迁坟,他就绕开,无法让话题深入。磨了一晚上,高淑贞仍无功而返。

此后,高淑贞一连两次登门,卓同强都是不冷不热,就像武林高手,高淑贞的一拳一掌,都被他化解于无形之中。

高淑贞注意到,卓同强说话时,不时睨视一眼同来的人。心想,大概是有外人在场,他不好直言。于是,她拎了盒糕点,独自登门。

这次,卓同强不再绕圈子。当高淑贞提起,每座坟补偿1300元时,他头一别,嘴里"喊"一声,满脸不屑:"才这几个钱?我连工钱都不够。你知道爷的坟里有啥?"

"有啥?"高淑贞奇怪,"难道还有金子、银子?"

"我那里面啊,"卓同强打开话匣,滔滔不绝,"是狮子把大门,全部是大理石,还镶着金边呢。要我迁可以,10万元,一分不能少!"一番描述,让高淑贞目瞪口呆。见高淑贞不信,他挥挥手,说了个名字:"你去问问马德均,是他做的。"

卓同强说的马德均,是个工匠。高淑贞找到他,才知卓同强所言非虚,这是多年前建的,光建筑材料,就花了两三万。

高淑贞吃了一惊,那时就花这么多钱,要想让他轻易松口,是很困难的。她向办事处求助,办事处哪有好办法?高淑贞去找卓长功,卓长功一推了之。

高淑贞打听到,卓长丽在家里说话有分量,决定迂回侧击,从她身上打开突破口。她明白,早些年这个价,不是一般家庭能承担的,卓同强只是普通农民,家庭条件一般,如果不是女儿女婿资助,出手不可能这么阔绰。

她向卓长功要来手机号。第一次,卓长丽摁掉了;第二次,她说很忙,不在单位,说了两句就挂了。高淑贞决定上门堵,收起手机,一路打听,找到她单位,才知是个仓库;她是保管员,正在里面闲坐着,看见高淑贞找上门来,有点尴尬,并不让座。

高淑贞没有点破,客客气气地说:"小姑,您看,爷爷这事咋办?"

卓长丽斜着眼,冷着脸:"他老了,脾气也不好,我说了不算。"

高淑贞耐着性子:"现在只剩这一座坟了,工程都在等着,着急得很。我已经上门五六趟了,爷爷已经松动了,说要同你们商量。"

卓长丽摆摆手,有点不耐烦:"同我们商量啥?你同他商量吧。"

高淑贞单刀直入,软中带硬,将了一军:"听爷爷说,这寿坟花了那么多钱,是你们出的?实在不行,我只好去找宋局长了。到底花了多少钱,我们扒开看看。"

卓长丽愣了一下,神态有些不自然:"这同宋高群有啥关系?我爹是老糊涂了。"

高淑贞见话已奏效,站起身,抻抻衣服,淡定地说:"该咋办,你们好好商量一下。"

离开后,高淑贞想,宋高群毕竟是领导,自己直接找他不合适,遂来到办事处,向张副主任汇报,请他帮忙牵线。张副主任分管工业园,凑巧与宋高群同村。

张副主任不以为然:"找人家干啥?不是给领导添麻烦吗?"

高淑贞退了一步:"要不,你和他说一下?"

张副主任赶紧摆手:"我咋说?不合适!"

高淑贞只好寄希望于卓长丽。原以为,卓长丽会有所顾忌,但从秋到冬,三四个月过去,卓家态度并没改变,依然不哼不哈,就是不让步。

高淑贞正心急如焚时,机会来了。春节前,章丘开人代会,高淑贞是济南和章丘两级人大常委,而宋高群正巧在双山街道代表团。分组讨论时,高淑贞特意坐到他身边,同他说了这事,满心以为,他会答应帮忙说说。

未料,宋高群阴着脸,一句话就堵住门:"她家的事,我不管。"

高淑贞大失所望,想不到身为领导干部,竟是这个态度,几个月来窝在心里的气,一下子爆发出来,心一横:就是天王老子,我也豁出去了!

开完会后,高淑贞直接来到卓家,收起笑脸,认真对卓同强说:"爷爷,迁不迁,没有商量余地。国家有规定,不准给活人修坟,鉴于您修得早,村里允许您迁移,已经很照顾了。要不然,把它砸掉,不让您再建,您也没法子。政府只补1300元,如果您想多补钱,您得请行家估价。您不是说是闺女出的钱吗?他们出了多少钱?你告诉我。上面要单子,我记下来,报上去。"

见高淑贞态度决绝,卓同强脸色大变,一扫笃定悠悠的傲慢神态,眉头深锁,神态不安,喘息更困难了,瞅着高淑贞,语调软下来:"那……那你说,咋治哩?"

高淑贞见有转机,口气缓了缓:"不要再拖了,工程在等着,过了年就动工。只要您答应迁坟,我去找马德均,让他继续修,里面的大理石、石狮子,都可以挪过去。您算一下,大概要多少费用?"

卓同强算了算,说大概需要1.5万元。

"虽然比别人高出10倍,我作为特例,去为您争取!"高淑贞露出笑脸,拉着卓同强的手,亲切地说,"爷爷,哪天我过来,陪您好好喝几盅!"

很快,寿坟被挪到指定位置,面积按统一规格,小多了,石狮放不下,就埋在坟的下面。迁移费用也不高,不到1.5万元。这笔钱,除按规定补偿的1300元外,高淑贞仍采取老办法,请用地企业补足。

村两委决定,卓同强的寿坟是特例,今后一律不得再建寿坟。一碗水,要想完全端平,那是童话。中国的乡村充分体现了中国特色,完全靠条条框框,行不通。

四　法与情

　　李大奎任村支书时,接收了一个外来户高山。高山是莱芜人,到南涧溪村做上门女婿。南涧溪与三涧溪村毗邻,高山在西涧溪买了一处旧宅,交了3000元增容费,在村里落下户口。当时,高山写下保证书,只落户口,不要宅基地和承包地。

　　1997年第二轮土地承包时,李大奎将一块剩余地私下给他种,面积3亩。这事,西涧溪村民一直蒙在鼓里,以为他是包别人的地种。

　　转眼到2006年,城东工业园征地时,这块地也在征用范围。西涧溪村民这才发觉,村民小组的账上,没有高山的记录,这块地不属于高山,不能享受征地补偿。但是高山说他是本村户口,地是李大奎分给他的,当然要拿补偿。征地补偿每半年发放一次,领取补偿时,他到村民小组大吵大闹,一直闹到村委会。

　　高淑贞问他:"听说你当初写过保证书?"

　　高山不知是真糊涂,还是假糊涂:"有吗? 我不记得了。"

　　高淑贞对他说:"现在都讲依法办事,这么闹没有结果。只有两个解决办法:要么你去告我们,要么我们去告你。我们按法院判决执行,行吗?"

　　高山答应了。

　　高山走后,高淑贞就让邢锡东翻档案。邢锡东工作细致认真,文书档案保管齐全,果然找到了保证书。

　　高淑贞同村主任赵继芳等人商量,决定仍请杨孝坤全权代理。杨孝坤一听是高淑贞点将,满口答应。

　　因证据确凿,高山败诉。杨孝坤又立一功,在党员大会上,高淑贞把他夸了一通,让他很有面子。

判决书下来后,高山又来纠缠,仍索要补偿。高淑贞坚定地说:"打官司前,我们就说好了,要按法院判决执行。法律面前,人人平等。"

高山苦着脸,央求道:"我家里就指望这3亩地,现在被征走了,又没了补偿,我养家糊口咋办?"

高淑贞耐心解释:"土地的受益权只能享受一次,你在老家分过地……"

高山说:"1997年重新分地时,老家没给我。"

"那是你同老家的事,不是我们侵你的权。"高淑贞继续说,"你媳妇在南涧溪分过地……"

高山说:"她结婚后,地被村里收回去了。"

"那是她娘家的事,不应该让三涧溪来承担。"高淑贞又说,"你儿媳妇在娘家也有地。你儿子和孙子……"

高山说:"他俩从来没有享受过。不信,你可以去查!"

高淑贞知道这是事实,沉吟良久,说:"他俩的地,我们再研究一下。"

高山走后,高淑贞陷入沉思。虽然法院解决了纠纷,但高山家的困难并没解决。对高山及媳妇和儿媳妇,三涧溪没有义务承担;对其儿子和孙子,还是要予以照顾。

在村两委上,高淑贞说了想法,建议让其儿子和孙子享受土地补偿。"我们既要尊重法律,又要以人为本,做到既合法又合情。"大家听了,都觉得在理,一致同意。

这个政策,让高家心服口服。旧村改造时,高山生怕分不到住房,表现特别积极,抢先扒了自家房。但是,一些村民提出,他的房屋当年是私下买卖,没有经过村委会同意,何况他写过保证书,所以现在他不能享受分房待遇。

在村民代表大会上,有人提出这个问题。高淑贞说:"他买房的手续确实不全,加上他写了保证书,不给他分房,似乎也说得过去。但是,他毕竟早就在村里落了户,是咱们村的合法村民,应该享受同等待遇,不能让他们无家可归。"

最后,多数村民代表同意。

高淑贞的这番暖心话,让高山妻子激动不已,特地来见高淑贞,要给她下跪。高淑贞眼疾手快,赶紧将其拉住。她不习惯这种表达方式。

第六章　针锋相对

一　离间计

章丘城东工业园,就在三涧溪旁边,需征用三涧溪4000多亩地。征地是个挠头事,村民的地都挨在一起,红线范围内,要征须一起征,众口难调,只要有一两户没谈拢,整片地都得干耗着。对园区和企业来说,最怕有带头挑事的,一旦有人跳出来,其他人受利益驱使,也会一哄而上。所以,这等挠头事,往往交给村里来处理。

征西涧溪地时,第一块地的户主叫邵秋林。没想到,这竟是个"硬壳"户。

邵秋林年逾六旬,说话慢条斯理,心眼却很多,好琢磨事,是个铁算盘,说话抠字眼,遇事钻牛角。村干部说,同他打交道,心累得很。王庆孝在任上时,为征地的事,多次同他较量过,均遭落败。邵秋林不是不愿征,这一带大多是薄皮地,只能种点杂粮,产量也不高,地里刨不出金蛋。而地被征后,开始每年每亩补助720元,后来涨到990元,再涨至1200元,比种粮食强多了。他是胃口太大,漫天要价,双方谈不拢。第一块地就受阻,王庆孝没法同后面的谈,征地的事就耽搁下来,一拖就是一年多。

邵秋林精得很,从不单枪匹马,而是拉帮结伙,哄着别人上,拉了个同盟军,叫邹卫南,一个炮筒子。

邹卫南兄弟五个,因排行第三,人称邹老三,性子倔,脾气急,贪杯中物,酒后爱瞪眼骂人。他同邵秋林年龄相仿,论辈分要高一辈,头脑简单,邵秋林说啥,他就信啥。所以,经邵秋林一撺掇,他也打起横炮。邹老大做其工作时,他竟骂哥哥是"舔政府腚,不是一个娘养的,是私孩子",把邹老大气得差点背过去。

为刷存在感,在邵秋林唆使下,俩老汉使出一招儿:高粱和棉花熟后,只收走穗子、摘走花朵,仍让秸秆长着。

高淑贞摸了下底,他俩的地性质不同:邵秋林是承包地,邹卫南是集体荒地,自行开荒占用的,如果被征用,拿不到补偿。

既然是集体的地,收回来不就行了?村里有难言之隐:政府征地手续不齐全,属于"先上车,后买票",如果强行征用,会被人钻空子告状。所以,王庆孝不敢贸然行事。

高淑贞没有同邵秋林纠缠,而是绕开他,同其他村民先谈。为防止他俩抱团阻挠,她有了主意:区别对待,分而化之。

邹卫南丧偶,老伴前些年上吊寻了短见,子女都有自己家庭,他一个人孤苦伶仃。高淑贞请工业园区帮忙,给他找了份门卫的活,每月工资600元,还时常拐过去看看他。

这让邹卫南很温暖,高淑贞一到,就忙着倒水,用的是他自己的杯,杯内积着厚厚污垢。高淑贞尽管心里别扭,脸上却装作若无其事,端起就喝。凳子布满灰尘,她视若无睹,抬臀就坐。别看邹卫南粗粗拉拉,其实粗中有细,觉得高淑贞不嫌弃他,也把她当亲人看。

转眼间,除夕到了。这天上午,气温骤降,远处传来鞭炮声,空气中有了浓浓的年味,邹卫南缩着脖子,打开房门。门外,天空阴郁,鹅毛般大雪漫天飞舞,路上往日尽是车子,这会儿空无一人,远远远近近一片白。邹卫南重重叹口气。

他是个大大咧咧的人,平常有酒精陪伴,倒也无忧无虑,这会儿万家团圆,他才想起老伴的好处。老伴少言寡语,逆来顺受,默默照顾着他,拉扯着孩子,一辈子没少受他的气。尽管家里穷,逢年过节时,总是变着法子,弄出满桌子菜。那时,穷归穷,锅台是热的,总有人给他焐被窝。如今,日子渐渐好起来,老伴却已负气而去,撂下他,独自对着冷灶孤灯;已是风烛残年,说来好不惨然。

正黯然神伤时,雪幕中,隐约传来马达声。过了一会儿,路上出现一个骑车人。因积雪路滑,摩托车歪歪扭扭,摇摇欲坠。邹卫南倚在门框,心里嘀咕:真是的,辛苦一年,大雪天的,不在家好好过年,忙啥哩!

骑车人到了岔路口。咦?咋往这儿来了?园区都已放假,只剩他一人看门。他警觉起来,冲着来人扯起嗓子:"你干啥的?放假了。明年再来吧!"

骑车人穿着雨衣,戴一顶白帽子,帽子罩着脑袋,径直朝他驶来。驶近才发现,不是白帽子,是帽子上积了雪。

到跟前,骑车人叫了声:"三哥!"停下车,脱掉帽子,竟然是高淑贞!邹卫南十分惊讶:"这大雪天,你咋来了?"

"给你送点年货来。嫂子不在了,没人陪你过年,你就自个儿喝几口吧。"高淑贞边说,边从摩托车上取下一个包,还有两瓶酒,进到屋里,一样样往外掏,都是熟食,有猪肘子、炸肉,还有刚出锅的饺子。

"哎呀呀,这咋当得起哩?"邹卫南使劲搓着手,不知说啥好,声音有点哽咽。

放下东西,高淑贞搓了搓手,气候寒冷,她的双手冻僵了。邹卫南手忙脚乱地倒了杯热水,递给高淑贞:"快喝口热水,暖暖身子。"高淑贞接过水,一边暖着手,一边呼噜呼噜喝起来,喝罢水,放下杯子,抬脚往外走,说:"我走了。明年开春再来看你。"

邹卫南急忙说:"咋不坐会儿?"

"不了。"高淑贞摆摆手,"我还要去看几个五保户。"

风雪中,高淑贞的背影渐行渐远,邹卫南眼睛模糊起来……

正月刚过,鞭炮的硝烟味还没散尽,高淑贞又来了,手里依然拎着两瓶酒,还有一包熟食,冲着邹卫南说:"三哥,我来陪你喝几杯!"

"哎呀,又让你花钱了。好!好!"邹卫南眉开眼笑,赶紧搬过凳子,请高淑贞坐下,然后拿来几只碗,盛上高淑贞带来的熟食,取出两双筷子,用手捋了几下,递给高淑贞一双。屋里只有一只酒杯,他给高淑贞用,自己用茶杯,斟上酒,两人对喝起来。

几杯酒下肚,邹卫南有些感慨,端起茶杯,敬了敬高淑贞:"你为了村里的事,整天忙忙碌碌,又苦又累,好不容易过个年,还惦记着我这糟老头,比我儿女还疼我,让我说啥好哩!"

高淑贞说:"苦点累点倒没啥,都是为了父老乡亲。只是有些人不理解、不领情,让我累心。"

"就是,就是。"邹卫南不假思索,"那些私孩子,把你好心当成驴肝肺,良心让狗吃了。"

"俗话说,无工不富。"高淑贞把话往道上引,"咱村地太薄,种不出好庄稼。辛苦种一年,还混不饱肚子。到矿上打工的,这些年出了多少事故?地征了之后,年年都可以拿补偿,还可以到厂里打工,比种地强多了。有的人咋这么糊涂,为啥不会算账呢。"

"这个,这个……"邹卫南支支吾吾,不敢直视高淑贞,脸上有些不自在。

高淑贞见时机已到,直奔主题:"三哥,听说邵秋林找你了?他知道你性子直,拿你当枪使哩。"

"就是,就是。"邹卫南赶紧就坡下驴,"他邵秋林没少跟我叨叨,说会哭的孩子多吃奶,政府钱有的是,不要白不要,只要我们不松口,往高抬抬价,政府会让步的。"

高淑贞耐心解释:"这征地补偿,政府有统一标准,办事总得有章法,哪能由着我们胡来?一闹事,耽误了工业园区使用,最后吃亏的,还不都是咱们自己?可不能再干糊涂事了。"

邹卫南试探道:"听说我们开荒的地不补钱?"

高淑贞说:"那是集体地,村里按理该收租赁费。村里已经规定,凡是承包地之外的地,不能白使,以前没交费的,都要挂账;今后如果再不交费,村里要一律收回。当然,你的困难,村里会考虑到的。"

邹卫南说:"邵秋林说,这是咱自己开荒的,村里也应该补钱。如果不补,开春后厂里砸楔头时,让我一起去拔楔头。"砸楔头是为了画白线,建厂房。

高淑贞刺激道:"你是明白人,又当过生产队队长,论辈分是他叔,他叫你干啥,你就干啥?让村里人笑话!"

一听这话,邹卫南险些跳起来:"我咋会听他瞎叨叨?"

"你别上他当,"高淑贞给他添了半杯酒,"如果有人破坏,派出所在等着呢。"

邹卫南喝了口闷酒,低头不语。过了半晌,抬头对高淑贞说:"你这么尊重我,我听你的,不去了。你可别让我吃亏啊。"

"咋会呢,"高淑贞说,"我保证公平公正。"

邹卫南想了想,说:"邵秋林欺软怕硬,你对他硬壳点。"

高淑贞忍俊不禁,给他斟了满满一杯酒。

开春之后,企业在征用地上砸楔头时,邵秋林果然去了。他在现场附近转悠,等了半晌,未见邹卫南现身,也没找到下手机会,悻悻离开。

过了几天,一大早,高淑贞的手机响了,是个陌生号码,里面的声音气急败坏:"是高书记吗?我们刚建的施工板房,窗户让人砸了,肯定是你们村里人干的,我要报警了!"

高淑贞马上想到邵秋林,赶紧说:"你先别报警,我来处理。"

放下电话,高淑贞骑上摩托车,直奔邵秋林家。院子角落,停着一辆自行车,车后座上,绑着一捆东西,是破损的窗户框架。

邵秋林从屋里出来,看到高淑贞,眼里露出一丝慌乱,堆着笑脸:"书记,你咋来了哩?"

"好你个邵秋林!"高淑贞气不打一处来,指着自行车质问,"你这是从哪来的?"

"拾……拾的。"邵秋林吞吞吐吐。

"哼!拾的?"高淑贞冷笑一声,"你胆子够大的,竟敢砸人家的东西!"

邵秋林定了定神,硬着嘴巴:"谁说我砸的?你有啥证据?"

高淑贞说:"是邹老三说的!"

邵秋林跺着脚:"他瞎话溜门儿!"

高淑贞说:"你敢跟他对质不?只有你俩会砸,不是你砸的,就是他砸的。但是,他没去。"

邵秋林恨恨地说:"好他个邹老三,是他卖了我。"

"派出所马上来抓人了,你等着到那儿说吧。"高淑贞说罢,做出欲走的样子。

这时,邵秋林的儿子从外面赶回来,先把父亲狠狠数落了一顿,然后赔着笑脸央求高淑贞:"书记,我爹犯浑,您别生气。他这么大年纪,真被派出所带走,会让村里人笑话。求您帮帮忙,给派出所说说好话。征地的事,我们听您的。"

"还是孩子明事理。"高淑贞转向邵秋林,"你咋说?"

邵秋林脸上有些挂不住,讪讪地说:"听书记的。"

"好!"高淑贞说,"看在孩子的面上,我就帮你一回。这砸坏的窗户,该赔多少,照价赔偿,还要老老实实认错。今后,你不许再使坏了。至于征地的事,你只管放心,我会公平公正,不会让你吃亏的。"

邵秋林挤出点笑容:"那敢情好。"

这边刚搞定邵秋林,那边又冒出来邹老五。

邹老五是邹卫南弟弟。东兴锻造厂进场施工后,要往外运渣土、往里运石料。邹老五欺他们是外地人,找了3个老人,2男1女,天天截在路上,拦住工程车,说是碾坏路面,索要过路费,每车交5元。厂里人找到高淑贞诉苦。

高淑贞想,林子大了,啥鸟都有,摁住邹老五,又会跑出"邹老六"。细细琢磨后,她想出一个对策,对厂里人说:"这样吧,运渣土石料、砌院墙这些活,让村里的施工队干。你们省了心,村里人有活干,两全其美。"

厂里觉得这个办法好,爽快答应了。紧挨着的丰源机械厂,也遇到同样烦恼,见状便跟着效仿。

村施工队接手后,邹老五见都是同村人,不好意思再敲竹杠。村民见有利可图,购买铲车、翻斗车、挖掘机,到村施工队揽活。这年,村里多出30多辆工程车。当年,村集体也增收30多万元。

二　查黑井

王三魁的新猪场开张了,规模比原先大许多,养了六七百头,建起一排平房,外围砌起围墙,全家人搬进去,吃住在里面。早年,他犯法被判刑后,妻子同他离婚。出狱后,又重组家庭。早在20多年前,宅基地就被他卖了。猪场建在哪里,他的家就安在哪里。

有了新猪场,本来是件好事。但很快,新问题又出现了:新修的三涧大道旁,有条新建的排水沟,紧挨着猪场,王三魁将猪圈的粪便、污水,直排进沟;夏天臭气熏天,冬天则冻在沟里,越积越多,漫到了路上,严重污染环境,村民怨声载道。

村干部上门说了多次,任凭村干部磨破嘴,王三魁无动于衷,还骂骂咧咧,让村干部都发怵。无奈,高淑贞只好亲自出马。

高淑贞上门多次后,王三魁提出条件:把旁边的闲置地给他用,让他砌成两个沼气池,存放猪粪和污水。这是集体用地,同王三魁的新猪场用地一样,原先都是村里的煤井,还建有风井,煤井废弃后,井口和风井口都封掉了,地也就闲置下来。村两委商量,这块地派不上用场,闲着也是闲着,就答应了。

但是,池子建好后,王三魁放任不管,池子满后,也不清理,任污水四溢,流得道上到处是。距此20多米,就是村民住宅,行人无处落脚,村民非常厌恶。为这,村干部一趟趟跑,高淑贞也多次上门。

上门次数多了,高淑贞发现一些端倪。

不知从何时起,王三魁家里出现两个陌生人。高淑贞随口问道:"来亲戚了?"王三魁支支吾吾。过了些日子,这两人还在,似乎是长住的。她发现,这两人从不与人打招呼,目光冷冷的,似乎总回避人,看人的眼神也不对,是斜视的,从不正视人。

高淑贞问王三魁:"他们是哪来的?咋住着不走哩?"

王三魁神态不自然,吞吞吐吐:"是……是朋友……"

"哪里的朋友?"

"是……是狱友……帮我养猪的。"

养猪？高淑贞心生狐疑，冷眼观察，这两人膀大腰圆，却懒懒散散，不是半躺半倚，就是闭目养神，从没见干过活。

过了些日子，王三魁干了件奇怪事：在院子里支起棚架，上面盖起篷布，大白天也紧闭院门。

接着，王三魁又买进一辆车。这是辆运输车，后面是个集装箱。高淑贞分析，应该是用来运猪的，没往深处想。

高淑贞再上门时，王三魁态度改变了，不再像过去那样，横眉竖眼、骂骂咧咧，而是堆着笑脸，主动迎到院门口，并且堵在门口，似乎不想让她进去。高淑贞虽有疑问，也没法深究。她一抬头，院门外，不知啥时装上探头了。

再后来，污水不再外溢，村民怨言少了。高淑贞观察了一阵，见生猪出栏少了，估计王三魁减小养殖规模，污水处理好了，也就没放在心上。

一晃一年，平安无事。高淑贞又发现一件怪事：村里用电量骤增。往年，村里除了日常照明，就是夏天灌溉，用电量一直稳定。家家户户都有电表，查了之后，没见谁用这么大的电，准是有人偷电。查不出，就得村集体负担。谁在偷电？高淑贞想到了王三魁。

王三魁猪场旁边，有个配电室。电工仔细检查，发现多出一根线，一直通到猪场。但是，王三魁家的电表却没走，肯定是在电表上做了手脚。虽然没有直接证据，但不难判断，这多用的电，就是王三魁偷的。

高淑贞想，猪养少了，咋还耗这么多电？肯定有啥见不得人的事！要得虎子，须入虎穴。她决定，强闯进去，探个究竟。

这天上午，高淑贞来到猪场，敲了好一会儿院门，门才吱嘎一声，开启一条缝，露出王三魁半张脸："啥事？"

"我来看看猪。"高淑贞不由分说,使劲一推,直往里闯。院门内,停着那辆运输车。

"你……你咋……"王三魁有点慌张,欲拦住高淑贞。高淑贞身子一侧,快速绕过运输车。

虽是大白天,但篷布遮蔽下,院里光线很差,当中架着一条传送带,一直延伸到北屋,屋里黑咕隆咚,啥也看不见。高淑贞问:"这是做啥的?"

王三魁愣了一下,支吾道:"给猪……磨饲料。"

院子收拾得很干净,不像往日那样脏乱不堪。葡萄架下,挂着一串串葡萄。王三魁踮起脚,摘下一串葡萄,献殷勤:"婶子,你尝尝这葡萄,可好吃了。对了,我娘要来,我们出去看看。"边说,边把高淑贞往门外引。

高淑贞揣着疑问,回到村里,连问几个人,都说王三魁不让人进门,摸不清底细。有个村民下过煤井,两家相距不远,听高淑贞说是传送带,一拍脑袋:"对了!他猪场里有风井口,我早就怀疑他挖矿偷炭,晚上听到过动静,只是没有证据。这传送带,准是用来偷炭的!"

毕竟只是怀疑,难以取证,高淑贞也无可奈何。

过了些日子,章丘矿业局派人来村里摸情况,说是收到一封举报信,反映王三魁盗采煤炭。井口在哪里、巷道如何走,说得一清二楚。这些情况,外人难以掌握,只有下过井的人才知道,估计是采煤的人,嫌报酬太少,或者与王三魁闹掰了,才抖搂出来。

这之前,村民向高淑贞透露,说王三魁媳妇不对头,每天中午都要买一大包馒头。这么多馒头,一家人哪吃得完?肯定有四五张嘴吃。高淑贞就把自己的怀疑,连同这个情况,一道向矿业局的人反映。

一天晚上,矿业局会同派出所、办事处一道,破门突击检查。真相就在眼前:北屋正是风井的位置,敞着一个大口子,深达二三十米。煤井废弃时,这个风井已封堵,竟被王三魁掘开,用于盗采煤炭。原先封在井里的道轨、小火车,都派上了用场,煤炭经传送带,直接送到运输车里,西屋还堆着一大堆煤。

王三魁见势不妙,跳墙逃跑,他娘和媳妇吓得瑟瑟发抖。扑通跪在地上,一边一个,抱住高淑贞腿,求她放一马。他娘身下一摊水,已吓得尿裤子。

高淑贞动了恻隐之心,检查组没收非法工具和煤炭时,她请求留下一半煤炭,让婆媳俩过日子。后来,高淑贞才意识到,自己是东郭先生。

王三魁有个亲戚,在外当点官,神通广大,社会关系多,在其周旋下,此案不了了之。王三魁回到村后,认定是高淑贞和马素利告发他,对他俩怀恨在心,恶语相加,扬言报复。

三涧溪村用水免费,由村集体承担,光是供水的耗电,每年就需15万元。村两委开会,为了节约开支,决定每户安装水表,按用水量收费。水表每只256元,由村民自费。

有的村民心疼钱,唠唠叨叨。但王三魁却很爽快,一下子交了768元,说要安装3只。村干部很高兴,说:"这回,王三魁表现不孬,有进步!"

高淑贞纳闷:水表装3只有啥用?遂提醒村干部:"你们要长点脑子,这里面肯定有问题。"

村干部不以为然:"肯定是上次吓着了,要改邪归正了。"

高淑贞"哼"了一声:"但愿如此吧。"

全村安装水表后,村民的用水量减少了,但总用水量并未减少,村民上交的水费,同实际产生的水费对不上。连着10个月,村里都是赔钱。

这水漏到哪里了？高淑贞说："不行，一定要查出原因！"

从哪查起呢？高淑贞说："家庭和浇地用水不用查，村民舍不得白白花钱。要查，就查几家种植、养殖大户。"她带着李云宽和叶玉辉，搬出账本，亲自核查。

这一查，就查出破绽了：几家大户的用水，每月少则三五百元，多则六七百元，而王三魁的3只表，有两只表走数为零，另一只走数也不大，水费仅50元。一个养猪大户，10个月才用50元水费，怎么可能呢？

狐狸尾巴露出来了：当初为啥装3只水表？因为只有水表装到哪里，水管才铺到哪里。换句话说，这3只表肯定做了手脚，那2只没走的表，下面的水管肯定在偷水！

上门核查时，高淑贞问王三魁："你们10个月，用水才50元？家里平时喝啥水？"

王三魁眼珠子骨碌碌转："我们喝矿泉水。"

高淑贞逼问道："那么猪呢？"

王三魁眼睛骨碌一转："喝井水。"

高淑贞步步紧逼："井呢？在哪里？"

王三魁犹豫了一下，磨磨蹭蹭来到北屋。东侧过道内，有个木板盖子，王三魁掀开盖子，露出一个黑黝黝的洞口。他指着洞口说："井在这里。"

"啊！"高淑贞和李云宽大吃一惊。这就是煤井的风井口，高淑贞清楚记得，那天突击检查后，铲车铲了大半天的渣土，才将风井填满，再用混凝土重新封死。没想到又被他掏空了。他说的水井，显然是谎话，因为井里并未连接水管。北屋的外墙，开了一道门，推开门，外面就是三涧大道。

高淑贞质问:"你作死啊,怎么又掏开了?!"

王三魁有些慌张,刚才为了圆谎,胡诌了一句,想糊弄高淑贞,没想到一时大意,暴露了心机。

高淑贞觉得问题严重,回到村部,给办事处打电话反映。办事处派人来,让李云宽领着上门。

来人缺乏经验,开口就说,是高书记通知让查的。

王三魁一脸无辜,领着他们到北屋东侧。此时,北屋东侧过道上,已堆满杂物,两人转悠半天,没发现洞口,空手而返。

最终,此事不了了之。

高淑贞一声叹息,只得作罢。

从此,王三魁对高淑贞恨之入骨,只要有人对高淑贞不满,他就凑上去,怂恿一起去告,甚至驾车拉着人去省城告状,还多次酒后扬言,要杀了她。

话传开后,别人替高淑贞担心。她坦然一笑:"为人不做亏心事,不怕半夜鬼敲门。"

村庄整体规划时,王三魁的猪场被列入拆迁范围。他狮子大张口,要补偿七八套房子,最后得到3套。

按理说,他早没了宅基地,能分到3套房子,已经很划算了。但他不满足,虽然在协议上签了字,仍想再讹点钱,威胁说:不给钱,就甭想拆,谁敢来强拆,就杀了谁!

高淑贞想,这个钉子不拔掉,别人会效仿,断然决定,先拆他的!

别看王三魁嘴巴硬,其实底气不足,因为这不是宅基地。为了在村民面前显示强势,他白天跳着脚咒骂,晚上偷偷搬家,运到他丈人家。到拆迁时,屋里已基本搬空,只剩些不值钱家当。

拆房那天,办事处领导、村两委干部都到场。只见王三魁握着斧头,旁边搁着把长砍刀,瞪着眼睛,一副要拼命的架势,拦在院门口,恶狠狠地说:"谁敢上,我就砍了谁!"

高淑贞毫不畏惧,指挥铲车司机:"上!"

司机一踩油门,轰一声,铲车伸出长臂,巨大的铲斗如泰山压顶,朝王三魁头顶移去。王三魁脖子一缩,躲开铲斗,一猫腰,绕过墙角,朝屋后跑去。

大家以为他躲开了。铲车抵住院墙往里推,院墙摇摇欲坠。

就在这时,里面发出一声惊叫,司机赶紧停下。

众人跑过去,发现王三魁被夹在院门后,动弹不得,手上还握着斧头。若不是司机手快,准把他挤死。众人七手八脚,把他硬拽出来,问他跑到门后干啥?

王三魁早已面如土色,目光呆滞,身如筛糠,半晌说不出话,一屁股坐在地上,早没了刚才的蛮横劲;过了好一会儿,才缓过神来,站起身,垂头丧气,灰溜溜走了。

看到王三魁的狼狈相,众人爆出一阵哄笑声。

三 亲友劫

高淑贞有个表姐,叫叶翡翠,早年嫁到三涧溪,丈夫叫罗应贤。平时没啥联系,每年正月,高淑贞走亲戚时,常在饭桌上遇到。

罗应贤对家谱有研究,赵氏修家谱时,他热心参与。但婆婆对他印象不好,不赞成高淑贞与他来往。后来,高淑贞听村民说,罗应贤心机深,人缘差,亲情淡,交往人少。

高淑贞刚上任时,罗应贤在外地开铁艺店,来看过她。聊天时,高淑贞发觉,他头脑活络,喜欢琢磨事,对古村文化很入迷。他建议,在村西建道仿古墙,里面搭大棚,搞农家乐餐饮,打造旅游村。

高淑贞以为,罗应贤在外经商多年,一定有实力,所以支持他的想法,帮他以流转形式,争取了15亩地。上级来人时,她也积极推介。当大棚开始建后,她才发现,罗应贤是想借她之力,向上面争取资金。她也努力过,争取来一笔改厕资金,共30万元,其中一座厕所,就建在大棚旁。不过,上级部门实地考察时,对他的项目不认可,没同意拨款。

罗应贤一看无利可图,失去兴趣,以80多万元价格,将土地转给外村人。当时,土地流转价格为每亩1200元,这么一转手,罗应贤大赚了一笔。

自己支持的项目,短短半年就夭折,这让高淑贞很难堪。

就在这时,三号井煤矿停产,三涧溪村接管经营,对外招商。罗应贤第一个报名。当时,村里正在申建乡村记忆馆,村两委决定,免费提供给他3间屋,沙发、桌子一应俱全,请他帮忙整理村史材料。罗应贤积极性很高,做了不少事。

建乡村记忆馆的申请,得到上级支持,给村里拨了100万元。罗应贤说:"这钱是我写材料争取来的,应该由我来管。"

村两委决定,钱必须由村里管;项目可以交给他负责,两委成员、村民监督组成员一起参与,加强监督管理。每笔账,高淑贞都反复核查,凡是疑似虚假的账,经核实后一概不予报销。这让罗应贤很不满,同高淑贞渐生罅隙。

为建好乡村记忆馆,村里收集了很多老物件,如门、梁、家具等,存放在罗应贤的加工车间。后来,一些老物件不翼而飞,高淑贞怀疑被他盗卖,追查了几次,没查出结果。这更让罗应贤不满。

罗应贤的加工车间里,有打磨、喷漆等工艺,灰尘大、空气差,污染严重,管理混乱。赶上治理散乱污企业时,他的车间被街道办事处查处,后又被章丘环保执法查处。因整改不力,加上他态度蛮横,车间最终被取缔关闭。

罗应贤不思己过,把这些账记在高淑贞头上,怀疑是她故意排挤,对她怀恨在心,竟然使出下三滥做法:暗地贴她大字报,给她泼脏水。村党支部换届前,他匿名写"致全体党员一封信",让妻子戴着口罩、捂着毛巾,偷偷塞到每个党员家里,造谣污蔑高淑贞。

此事暴露后,村干部们十分惊讶,高淑贞暗自神伤:罗应贤恩将仇报、翻脸无情,够无情无义了,做姐姐的,咋能是非不分、薄情寡义呢?

有一天,有个村民急急跑来,对高淑贞说:"我给你看样东西,你可别生气。"

高淑贞奇怪:"啥事?咋会让我生气呢?"

村民掏出一张纸,高淑贞展开一看,上面写着"十问高淑贞",列了她十大罪状,全是无中生有、夸大其词的胡编乱造。

高淑贞看罢,气得手直发抖,问道:"这是从哪来的?"

村民说:"我今天去上皋村集市,在地上拾的,很多赶集的人都有,大家都在议论,说高淑贞表面风光,咋这么坏呢?"

高淑贞问:"你见到人散发没?"

"我没亲眼看到。听摊位上的人说,是一对男女,脸捂得严严实实的。"村民说,"听集上人说,前几天,济南动物园也有人散发,也是一对男女。不知是不是这俩人。"

高淑贞马上想到罗应贤夫妻,气愤难平,拿着两份黑材料,骑上摩托车,赶到办事处反映。办事处一位领导不以为然:"现在村两委换届,每个村都闹腾得厉害,你们村已经很好了,还是以稳定为重,不要理他。"

高淑贞默默离开,心想:自己没日没夜地干,领导怎么连句安慰的话都没有？组织的温暖呢？真让人寒心！越想越委屈，眼泪忍不住溢出来，被风一吹，刮得满脸都是，流进嘴里，咸咸的。

吹了一路冷风，回到家里，高淑贞冷静下来：领导整天忙大事，咱这点小事算啥？不该麻烦组织。平时，尽给别人做工作，轮到自己了，咋就沉不住气呢？看来，还是自己欠火候，定力不够。怕啥？只要身子正，不怕影子斜！再说了，人家是夫妻，相依为命，妻子帮丈夫，人之常情。

这么一想，高淑贞心里敞亮多了。

过了些日子，办事处找高淑贞谈话，说章丘纪委接到举报信，有十多个群众联名，反映她的一些问题；希望她做好群众工作，注意方式方法。

高淑贞气不打一处来，判断是罗应贤领头。她在心里捋了一遍，列了一个人员名单，决定正面交锋。从哪开始呢？她想到突破口：马师泉。

马师泉比高淑贞大2岁，论辈分，称她为奶奶，本来关系不错，但因理发店的事，两人发生过争执。

这天，高淑贞找到马师泉，单刀直入："师泉，你身为党员，怎么和罗应贤混在一起？"

"是罗应贤找我的。"马师泉猝不及防，脱口而出，"这个混蛋，还说不会告诉别人呢。"说罢，觉得失言，又问了一句，"你咋知道的？"

高淑贞虚晃一枪："你还想瞒我？我看到信了。"

马师泉以为高淑贞知情，便往罗应贤身上推，一五一十，和盘托出：罗应贤见公开信效果不大，写了一封举报信，找了几户村民，都是因拆迁同高淑贞有过冲突的，说是要把她拉下马，阻止她连任；找到马师泉时，信誓旦旦说会保密，他就签名了；这封信，一共有11人签名,但罗应贤对外说,有300多人签名。

好在党员们眼睛雪亮,换届时,高淑贞仍高票连任。

换届之后,高淑贞想:这些年,罗应贤为村里做了不少事,他这样对待我,除了他心胸狭窄外,也是对我的误解;冤家宜解不宜结,我要主动化解,别让矛盾越结越深。于是,她拉着妹妹,一道登门看望他们,装作啥事也没发生。但他们不为所动,照旧连续贴大字报、发传单诬陷她。她又拉着李东刚、叶玉辉,一起上了他们家。叶翡翠见状,赶紧躲进里屋,让罗应贤一个人对付。

叶玉辉是知情者,详细解释车间被关的原因,说这事同高书记没关系。

罗应贤鼻子一哼:"你们说晚了,说这些都是狗放屁!"

高淑贞耐着性子说:"哥,你不能冤枉我,我并不知道这事儿。"

罗应贤眼睛一瞪:"你不知道是混蛋!"

"你才是混蛋!我拿你当人,你还蹬鼻子上脸了!"高淑贞再也按捺不住,"这几年,我处处护着你、敬着你,你成天打着我旗号,差这个、使那个,净想着个人捞好处,你以为我心里没数?从铁大门到楼房工程,你拿了村里多少钱?你摸着良心问问!你做的这些事,还有没有道德底线?!"

罗应贤理屈词穷,满嘴粗话,骂骂咧咧。李东刚实在听不下去,拉着高淑贞往外走:"走!别理他,同这种人没理可讲!"

尽管受了一肚子气,回到家,高淑贞冷静思考后,决定自己独自登门,再同罗应贤交一次心。

过了2天,高淑贞一早来到罗应贤家,叶翡翠见是高淑贞,有些意外。高淑贞问:"姐,我哥呢?"

叶翡翠赶紧说:"他还没起呢,我叫起他来!"

过了会儿,罗应贤睡眼惺忪,披着一件睡衣,慢腾腾步出卧室,伸了个懒腰,板着脸,冷冷打招呼:"来了?"

高淑贞说:"哥,我来看看你。"

罗应贤坐下后,侧着身子,并不看高淑贞:"没寻思你会骂我。"

高淑贞招呼表姐一道坐下,诚恳地说:"哥,我脾气急,不该冲你发火,今天就是来道歉的,毕竟我比你小。我们姊妹这么些年,我一直都很尊重你,没想到为这事伤了和气。我哪里不对,你可以直接说我,不该一次接一次的,又是大字报,又是公开信,又是'十问',又是举报信,还成立什么维权会。你做的这些事,太污辱我人格了。这哪是一个老姐夫做的事?多让我伤心啊!"

罗应贤原先是侧着身子,脸扭向一边,听了这些话,低下头,一声不吭。叶翡翠不安起来,看看丈夫,又看看高淑贞,岔开话头,问高淑贞:"你吃饭了吗?"

高淑贞回答:"吃了。"

"吃啥吃?"罗应贤戗了妻子一句,"早晨起来就吃饭吗?你赶紧做点!"

一听这话,高淑贞心头一暖:毕竟是老姊妹,情分还在!

叶翡翠一听,赶紧进厨房忙起来,不一会儿,端出两碗面条,一人一碗。罗应贤没有动筷子,对高淑贞说:"吃点吧,自家人,别伤着身体。"

叶翡翠也堆着笑脸,跟着劝:"凑合吃点吧,啊?"

高淑贞不便推辞,拿起筷子,慢慢夹起面条,往嘴里送。面条热乎乎的,把她的心都融化了。这一融化,委屈上来了,眼泪禁不住淌了下来,掉进碗里。她生怕他俩看到,赶紧装着不经意的样子,用手背抹了一下。

这一幕,还是被叶翡翠看到了,她眼圈也红了,捏着围裙角,也抹了下眼睛。

高淑贞埋头吃完面条,站起身,对罗应贤和表姐说:"哥,姐,我走了。你俩多保重身体。"

"嗳,嗳。"夫妻俩受到触动,也连忙起身相送。

高淑贞骑着摩托,走在回家的路上。刚才那一瞬间的感动,还在温暖着她。她明白,冰冻三尺,非一日之寒,这么深的隔阂,不是一两句话就能化解的,今后或许还会反复。"不管将来他们怎样,我都要真情相待,以德报怨。"她对自己说。

第七章 借力使力

一 建公寓

自从到了三涧溪,高淑贞特别喜欢春天。春天,是播撒希望的季节。在她眼里,还有一层特别的含义:每年的中央1号文件,就是希望的种子。

在高淑贞的记忆中,1982年至1986年,中央连续5年的1号文件,主题都是围绕农业、农村和农民,对农村改革作用巨大。所以,她一到任,就反复琢磨2004年的1号文件。这个文件,重新聚焦"三农"问题。2005年的1号文件,再次以"三农"为主题。她的许多迷茫、困惑,都在这两个1号文件中找到了答案。从那时起,她就开始盼着春天,盼着1号文件,就像农民盼着报春鸟。每年的1号文件,她都会反复研读,从字里行间寻找发展机遇。

2006年的1号文件,拉开社会主义新农村建设帷幕。高淑贞捧着文件,如饥似渴,逐字逐句消化。

"只有发展好农村经济,建设好农民的家园,让农民过上宽裕的生活,才能保障全体人民共享经济社会发展成果,才能不断扩大内需和促进国民经济持续发展。"文件中的这些话,句句说到高淑贞心坎上。

读到第17条,"加强村庄规划和人居环境治理"。高淑贞眼睛一亮:农民生活水平提高后,特别是全面建设小康社会步伐加快,都想住上好房子,希望村庄变得更美。

"嘿嘿,我从娘家村开始,就做这方面的事了。看来,我同中央想到一块儿了!"高淑贞抿着嘴偷乐,继续看下去,"加强宅基地规划和管理,大力节约村庄建设用地,向农民免费提供经济安全适用、节地节能节材的住宅设计图样。引导和帮助农民切实解决住宅与畜禽圈舍混杂问题,搞好农村污水、垃圾治理,改善农村环境卫生。"

看到这里,高淑贞怦然心动,建商业街时闪过的念头,又冒了出来。

有一天,听说新农村建设开始试点,高淑贞兴冲冲赶到办事处,向党工委书记金令梧谈了自己的想法:想抓住新农村建设的机遇,为村里建几栋公寓楼,集中解决分户群众的住房困难。

"你们?"金令梧不以为然,"新农村建设是以奖代补,就是先干起来,干成后再补助,有实力的村才能干。三涧溪村太乱,也没钱,干不了。派你去的目的,是确保稳定,你守住摊子,别出事就行,不要扑棱(方言,意为'折腾')了。"

高淑贞乘兴而去,败兴而归。因三涧溪地处章丘近郊,受城市建设规划影响,20年来,政府没给批过新宅基地,但有一句话,"特殊情况特殊对待"。孰料,这句话竟成托词,只有上面有关系,或者与村支书关系铁的人,才能获得新宅基地。普通村民要想盖新屋,只能原地拆原地建。三涧溪是个大村,很多家庭子女成家后,盼着获得新宅基地,能够分户建房。

高淑贞想,村子不发展,我怎么对村民交代?咋有立足之地?不让村民得实惠,村民咋会拥护我?总是让有门路的人占便宜,没门路的人怎么能看到希望?别人能干成,我为什么干不成?

双山街道18个村中,有4个村已经被列入新农村建设试点,分别是旭升、杨胡、白泉、贺套。千载难逢的良机,高淑贞当然不甘心错过。她同章丘市人大常委会主任宋志文熟悉,宋志文担任共青团章丘县委书记时,她是学校的团委书记,两人早就认识;宋志文担任市人大领导后,她又是章丘和济南两级人大代表。于是,她向宋志文求助。

高淑贞迫切的态度、胸有成竹的信心,让宋志文很赞赏:"淑贞呀,社会主义新农村建设,就需要你这样的领头人,有一股干事创业的激情!你分析得有道理,我对你信得过,就帮你推一把!"

在宋志文支持帮助下,三涧溪村被追加为试点村。此时,4个试点村已进入规划审图阶段。高淑贞率两委班子成员,请人规划设计,加班加点,一路追赶;规划许可、建筑许可、土地预审,过了一关又一关,手续一应俱全。

两手空空,哪来钱建设?高淑贞"空手套白狼",沿用老办法:垫资。按照符合分户条件的人数,建90套就够了,也就是建3幢五层楼,但三涧溪规划了4幢。

开始,上级部门只批复建3幢。第四幢除了最后批复手续外,其他手续都已齐全,还建不建?

村两委会研究时,高淑贞态度坚决:"机会难得,我们要抓住机遇,同时开工建,边建边继续申报。"后来,经过努力,4号楼也获得上级部门批准。

经过核算,村两委会确定了建筑标的,每平方米800元,外加承担所有前期费用。招标时,本着优先照顾本村企业,刘大洲揽下工程。但是,他的实力不够,只能垫资建两幢楼。于是,他又找了城区一家企业。

高淑贞主动请缨,又干得风生水起,引起章丘市领导重视。

2006年下半年,三涧溪被列为新农村建设示范村,得到政策的倾斜支持。高淑贞抓住机遇,接连上马道路"村村通"、自来水"户户通"工程。这些项目,上级都给补助。其中,"村村通"每公里获补助10万元;造价65万元的大桥,获补助60万元;"户户通"每户获补助256元。

根据村两委的方案,1号、2号、3号楼,按每平方米1200元,分配给够分户条件的村民。4号楼则抵给建筑商,以每平方米1400元价格,卖给其他村民。邢锡东一盘算:村集体净赚400余万元。一项民生工程,各方都是赢家。

楼房从建设开始,时时牵动着村民的心,有望分到房的人自不必说;即使分不到房的村民,也隔三岔五来工地转悠。当楼房落成后,期盼已久的城市小区模样,真真切切地矗立在村头。大家徜徉在楼群间,流连忘返。

2007年11月,三涧溪村过年般热闹,分配到房的村民们,兴高采烈拿到了钥匙。全村人蜂拥而至,无论亲疏,像串门似的,拥进楼内,叽叽喳喳声,不绝于耳:

"哎呀,这楼梯真宽!上楼一点都不费劲!"

"啧啧,这窗户好大!室内真亮堂!"

"客厅也不小,这里摆上沙发、茶几,对面放电视,多敞亮!"

"餐厅小了点,摆不开大桌子,不像咱旧屋宽敞。"

"你那旧屋?拉倒吧,破破烂烂,阴暗潮湿。"

"我可是宁要楼房一张床,不要破屋一幢房。"

围观最多的,则是卫生间。因为毛坯房,里面空空荡荡,但不影响人们的兴致:

"这是茅房吧?"有人迟迟疑疑。

"哈哈!啥茅房?老土!"马上有人讥笑,"这叫卫生间,城里人都这么叫！"

"城里人还叫洗手间、化妆间哩！"有人见多识广,"听着多洋气！"

"这要装抽水马桶吧？"

"那当然！有了抽水马桶,再也不用蹲旱厕了。"

"可不！咱家那茅房,夏天苍蝇轰、蚊子叮,冬天冻掉屁股,上个茅房遭老罪了。"

"抽水马桶这么好,你别坐着舍不得起来！"

"哈哈哈……"

2008年3月,三涧溪村民乔迁新居。此时,双山街道另外4个试点村,项目还没个影呢！

二　迁祖坟

西涧溪的叶恒明、叶恒秀是兄弟俩,终身未娶,兄弟俩相依为命。进入晚年后,叶恒明患上疾病,叶恒秀几乎失明,家徒四壁,连张像样的桌子都没有。东涧溪的李长敏、李长源、李长增,因家庭成分不好,均未成家,一生穷困潦倒。这样的光棍贫困户,村里有二三十个。高淑贞刚上任时,统计贫困户,没想到,全村856户中,自报贫困户的,竟达370多户。她摸了下底,这当中固然有哭穷的,但至少说明他们不富裕。

在2006年1号文件中,高淑贞看到这样一段文字:"进一步完善农村'五保户'供养、特困户生活救助、灾民补助等社会救助体系。探索建立与农村经济发展水平相适应、与其他保障措施相配套的农村社会养老保险制度。"心想,社会主义新农村建设,不能忘记这些最底层的老百姓,要让他们共享农村改革发展的成果。于是,她萌生一个念头:建养老院。

有钱才好办事。钱从哪儿来?高淑贞盘算:村里的欠债已全部还清,还有一些积蓄;公寓楼盖成后,能有几百万元收入。何况,只要列入新农村建设项目,上级也会拨款资助。所以,资金问题不是很大。

那么,养老院建在哪呢?这倒是个难题。村里缺少用地指标,建公寓楼用地费力不少,再建敬老院,上级未必会批。

公寓楼开工后,高淑贞常往工地跑。跑了几趟后,觉得有点不对头。哪里不对头呢?苦思冥想,找不到答案。

这天,她骑着摩托车,又往工地跑。距工地三四十米时,一扭头,路边景观,让她茅塞顿开:噢,不对头的,是马姓祖坟!

公寓楼位居西涧溪,如果从东涧溪过来,正好路过马姓祖坟。随着村庄的扩展,西涧溪村民的住宅往南拓展,距坟地越来越近。最近的住宅,距坟仅十多米。

三涧溪南侧,两三公里外,就是309国道。国道线济南至章丘段,已被拓宽改造成经十东路延伸段,是三涧溪通往济南的主要道路。高淑贞上任后,新建三涧大道,贯通村庄至309国道。新农村建设开始后,她脑中有幅蓝图,村南将成为村口。如此一来,原先僻静的马姓祖坟地,将赫然立在村口。

高淑贞冒出一个念头:迁坟。

然而,要想迁马姓祖坟,谈何容易!马姓自迁徙到此,繁衍生息数百年,是三涧溪最大的家族,有专门的祖坟地。因家族兴旺富裕,坟墓都建得很气派。马姓家族哪会轻易同意?在三涧溪,迁祖坟是犯忌讳的,担心破坏"风水",只有家运不济时,为摆脱霉运才迁祖坟。平时,迁一两座尚且困难,何况是一大片祖坟?

忽然,高淑贞灵光一闪:对了,建敬老院!要想说服马姓家族,最好的理由就是：发展公益事业，关爱弱势群体。而且这也确实是村里的实际需求。

高淑贞想，要说动马姓家族，首先得找块好墓地。

三涧溪原先有块公墓地，后来被城东工业园包围。高淑贞估计，那块公墓地，将来迟早要迁移。如果把马姓祖坟迁到那里，将来又要重迁，劳民伤财。

高淑贞骑着摩托车，把全村地盘细细转了一遍，相中了一块地。

胶济铁路旁边，有块三角地，位居铁路红线之外，属于村集体用地，外围有条河沟，相对独立；因毗邻铁路，将来不会征用，稳定性好。加上离村庄较远，如果建成村公墓，村民不会犯忌，十分合适。

如何说动马姓村民呢？高淑贞眉头一皱，计上心来。

村里有位老人叫程永定，喜欢看风水，经常拿着罗盘转悠。这天，高淑贞找到他："永定哥，我发现一块风水宝地。"

"在哪儿呢？"程永定眼睛发亮，坐不住了。

高淑贞用摩托车载着他，来到三角地，煞有介事地说："您瞧，这里离山近，前面还有条河沟。这叫'前有照，后有靠'。"

程永定越看越觉得好，像遇到知音，兴奋地问："你咋懂风水呢？"

"跟老人学的。"高淑贞哪里懂风水！脸上一本正经，心里却偷着乐。她嘱咐程永定："您同村里老人说说，这么好的风水，别浪费了。"

程永定受此重托，郑重其事，逢人便说，发现一块风水宝地，头枕青山脚蹬泉，能够封妻荫子、青史留名。一些老人果然信了，纷纷去看现场，都说风水好，很快就在村里传开了。

高淑贞见火候已到,便在村两委会上端出想法:建敬老院。她说:"老有所养,是中华民族的传统美德,也是社会主义新农村建设的重要内容。俗话说,种瓜得瓜,种豆得豆。我们今天咋敬老,将来我们的孩子也会咋敬我们。所以,我们今天敬老,也是为了将来孩子们敬我们。"

高淑贞的一番话,让村两委深受触动,一致同意建敬老院。建哪里呢?高淑贞一五一十,说出了自己的想法。大家十分赞成。

春节过后,章丘开三级干部会。一散会,高淑贞急急找到民政局长何向生:"何局长,中央1号文件说,要发展农村社会养老事业。我们也想盖个养老院。"

何向生沉吟:"好是好,只是你们两手空空,使啥盖?"

高淑贞说:"钱我们自己想办法,只要您支持就行。"

"这是好事啊,我们当然支持!"何向生笑了,"你们建成后,我们再以奖代补。"

回到村里,高淑贞召开村两委会,做出3项决定:一是将三角地改建为村公墓地。二是将马姓祖坟迁往公墓,并优先安置。三是在马姓祖坟地建敬老院。她还要求村两委干部:全力以赴协助马姓村民迁坟。

随后,她找来马姓家族中的党员,先说建敬老院的重要性,统一他们的思想,然后郑重交给他们任务:做好长辈的思想工作,将祖坟迁到三角地公墓。

听说是为敬老院让路,马姓家族杂音不多,加上相信程永定的话,没费多少口舌,就同意迁坟了。

村两委干部的一项举动,让马姓家族倍感温暖:迁坟时,他们都要到场,同马姓村民一起,向先人下跪磕头,帮着捡拾骨骸。

马姓祖坟顺利迁走,敬老院项目很快启动,占地60亩,容纳90

张床位。别致的设计,浸透着高淑贞的智慧:布局造型为宝葫芦,寓意聚财,有喷泉水池,有阴阳八卦图,有休闲凉亭,还有一块菜地,供老人们自娱自乐。

虽有施工队垫资,但资金的不足,仍经常困扰高淑贞。经常干着干着,施工队就向高淑贞告急:

"高书记,水泥不够了!"

"高书记,瓦不够了!"

"高书记,地面砖不够了!"

"高书记,电缆没了!"

"高书记,水管子不通了!"

每逢此时,高淑贞就得放下手头活,东奔西走,东借西凑,除了拿出自家积蓄,姐姐、弟弟都借遍了。姐妹们埋怨她:"人家以公谋私,你咋尽是以私谋公哩?"

高淑贞回应道:"难道你们希望我以公谋私,将来吃牢饭?"

姐妹们不声响了。

夏天时,暴雨骤至,高淑贞领着村干部,手忙脚乱扛水泥、盖设备,挖排水沟,全身都被大雨浇透。

急火攻心下,高淑贞的身体出问题了:先是鼻子出血,继而嗓子沙哑,嘴唇发紫,接连7天止不住,发不出声音,只好到章丘医院求诊。医生皱起眉头:"你的血管破裂,要尽快止血,抓紧去济南!"

到了济南千佛山医院,医生一检查,除了血管破裂外,声带上还发现结节,立刻要求住院动手术。

出院后,高淑贞恢复缓慢,两年间说话一直困难,只能用嗓子发音。本来,她善饮酒,自那以后,再没沾过。

磕磕绊绊中,敬老院主体工程竣工。办事处见村里欠下外债,就接管了项目,由办事处派人负责后续工程。高淑贞注意到,接活的人中,有许多熟悉的人。

高淑贞找到金令梧:"金书记,我借的那些钱咋办?"

金令梧面露不悦:"我早就叫你不要扑棱,你偏不听,欠了一屁股债!"

辛苦大半年,眼看大功告成,不但没受到表扬,反而挨顿训斥,出乎高淑贞意料。她被噎住了,心里觉得很悲凉。

不仅如此,有人明里暗里核查账目,怀疑高淑贞谋私利,最终查无实据,不了了之。这让高淑贞既冤屈,又悲凉。苦点累点,她不在乎。村民怀疑,她也可以不计较。但是,上级组织的不信任,却使她很受伤。

敬老院通过验收后,受到上级充分肯定,获得国家、省、济南、章丘四级财政资金支持。高淑贞借出的钱,也如数拿到,总算摆脱窘境,悬着的心放了下来。

敬老院启用后,街道18个村的所有五保老人,都被办事处安置到敬老院,共有30多人。后来,因经营遇到问题,街道将敬老院委托给企业,向社会开放,实行有偿服务。不过,三涧溪村的五保老人,仍享受免费照顾。

半年后,高淑贞接到电话,是办事处办公室打来的,说金书记有急事,让她马上去一趟。她赶紧骑着摩托赶去。

到了办事处,金令梧正同一位老师打乒乓球。高淑贞趋前说:"金书记,我来了。"

金令梧既没回答,也不瞧她,继续打球,边打边同老师说话,把她当作了空气。

高淑贞心里犯嘀咕:这是咋了？留也不是,走也不是,十分难堪,硬着头皮站在旁边,遇到两人打了好球时,言不由衷叫声好;遇到球落到身边时,赶紧拾起来给他们,心里别提有多别扭。

半个多小时后,金令梧一拍击飞,放下球拍,擦了把汗,说:"不打了。"边说边往外走,把高淑贞晾在一边。

高淑贞跟在后面说:"金书记,我在隔壁等您。"金令梧并不接茬儿,顾自走进办公室。

高淑贞来到隔壁的办公室,等着金令梧会见,心里忐忑不安。看得出,金书记在生她的气,但是,自己做错啥了?她像放电影一般,把做的事过了一遍,不知错在哪里。

等了好一会儿,隔壁门砰的一声,金令梧穿戴整齐,从门前经过。高淑贞赶紧追出来:"金书记,您找我有啥事?"

"不用了。"金令梧头也不回。

高淑贞四十好几,一直受人尊重,从没平白无故被人这么冷落过,忍住气问:"金书记,是办公室让我来的,到底有啥事?"

金令梧声音冷得像块冰:"啥事你知道。"

一股火苗蹿上心头,高淑贞忍不住气:"你不说,我知道啥事?"

金令梧不理,下了楼,出门坐车走了。

回到家后,高淑贞越想越气,一夜没睡好。第二天上午,她又赶到办事处,想当面问个究竟。金令梧不在,正好遇到人大主席袁建廷,见她神色不对,热情招呼:"淑贞,来坐坐。"

高淑贞坐下后,袁建廷给她倒了杯茶,倾身问道:"看你脸色不好,有啥事吗?"

袁建廷一句话,让高淑贞暖洋洋的,眼泪忍不住扑簌簌往下掉,把事情原委说了一遍。

"哦。"袁建廷点点头,若有所思,犹豫了一下,"前几天,市里转来一封举报信,反映金书记的问题。看信的口气,好像是你们村里人写的,金书记很恼火。他会不会怀疑是你写的?"

"噢,怪不得这么大火气。"高淑贞恍然大悟,"我村里的事都忙不过来,哪有空捣鼓这个?再说,我也不了解情况呀。"

"淑贞呀,"袁建廷开导道,"以后,工作上的事,要主动同领导沟通,可以消除一些误会。"

几天后,省委组织部来了俩人,先是找高淑贞谈话,又找办事处和相关单位部分人员谈话。后来,有人向高淑贞透露,省委即将换届选举,她是候补委员的人选,组织部是来考察她的。不过,此事没了下文。直到5年后,省委组织部再次来考察她。后来,高淑贞相继当选第十届省委候补委员、第十一届省委委员。至于上一届考察为啥没了下文,考察组没有说,高淑贞也没有问。

过了段日子,有天傍晚,高淑贞正与两委干部在植树。金令梧路过,看到高淑贞一身泥污,有些触动,掏出手机,给工业园招待所打电话:"从今天开始,如果高淑贞书记和两委班子来吃饭,不要收他们的钱,记账就行了。"

高淑贞明白,这是金书记主动向她示好。不过,表态归表态,高淑贞从来没有去蹭过饭。

三 盖澡堂

三涧溪被列为新农村建设示范村后,高淑贞琢磨:一定要搭上顺风车,把优惠政策用足。她打听到,凡被列入示范村的,公益事业都能按以奖代补方式,得到政府支持,支持方式为四六开,政府扶持六成,村里自筹四成。"哪有这样的好事?"她不由得暗喜,村里公益设施薄弱,这样的机会,打着灯笼也难找。她就像个贪心的人,啥都想要,啥都想建,比如文化大院、图书室、电脑室。

高淑贞经常入户家访,有个难以启齿的尴尬:冬天时,几乎每户人家异味都很重,有的人衣着光鲜,衣服上却落满头皮屑。她经常开会,村两委会、党员大会、村民代表会。她觉得,凡是村里的事,都要让大家知情、参与、商量、做主。但是,她又怕开会,因为大家挤在一起,夏天汗味重,冬天体味重。

一个冬夜,她开村民代表会,到会的有六七十人,把会议室挤得满满的。那天内容比较多,开了2个多小时,屋里烟雾腾腾,隔两三米看不到人。高淑贞说着说着,忽然干呕起来,全场人伸长脖子,朝台上看。

干呕后,高淑贞脸色通红,眉头紧锁:"每次开会,你们吸烟的都不注意,只顾自己吞云吐雾,让全场的人跟着遭罪,吸二手烟。特别是冬天,窗户都关得严严实实,你们吐出的所有烟雾,都让别人吸进去了。吸烟不只是个人爱好习惯,也事关社会公德。社会主义新农村建设,人的文明素质也是重要内容。我们定个规矩,今后,村里开会时,不要再吸烟,要吸烟到外面吸。"

会场骚动起来。高淑贞停下来,环顾会场:有的点头赞许,有的不以为然;有的赶紧扔掉烟,用脚踩灭;有的东张西望,见旁边人扔掉了,也不情愿地扔掉。

"还有,"高淑贞顿了顿,略犹豫了一下,继续说,"有些话,我早就想说了,因为话太难听,一直开不了口。今天,我实在忍不住,就不管那么多了。"

众人一听,都抬头竖耳,会场静悄悄的。

高淑贞接着说:"一到冬天,会议室都是一股怪味,熏得人恶心。有的人,整个冬天都不洗澡,体味能把人熏倒。城里人几乎天天洗澡,你们也要养成洗澡习惯,这是一种文明的生活方式。"

话音未落,会场就炸了锅。

"有那么臭吗?嘻嘻,我咋闻不出来呢?"

"我们乡下人,咋能跟城里人比?哪有那么讲究?"

"几百年都这么过来了,不也过得好好的?"

"城里人冬天有暖气,我们只能烧煤炉,能用热水擦一擦,就很不错了。"

"我家里有太阳能,热水不缺,就是没暖气,洗澡扛不住冷。"

"城里有澡堂,我们如果有澡堂,我也会洗。谁愿意脏兮兮过日子?"

"澡堂?光溜溜挤在一起,丢死人了!"

"丢啥人?谁不都长得一个样!"

"哈哈哈!"

高淑贞明白,别看村民意见不一,其实都盼能洗上热水澡。她的公公是教师,爱清洁,常骑着自行车进城,到热电厂澡堂洗澡;婆婆则围着家里的炉子,用热水擦洗。

三涧溪村民有个习俗,每年腊月二十二扫尘之后,会用三轮车、摩托车甚至架子车载着家人,到城里的热电厂、化肥厂、造纸厂、酒厂的澡堂,洗去一年尘埃,干干净净过年。

听着大家议论,高淑贞提出想法:"要不,咱们村建个澡堂?"

众人一听,纷纷说好。有人问:"建澡堂该花不少钱吧?"

几个懂基建的,当场算了起来:乖乖,要五六十万元呢!

一听需要这么多钱,大家不吭声了。高淑贞尴尬地笑笑,找了句电影台词,给自己圆场:"嘿嘿,'面包会有的,一切都会有的'。等村里有钱了,咱们再建!"

这回,高淑贞一打听,建公共浴池也能扶持,便趁机列入建设项目,一共列了13项。村两委开会时,有人担心:"项目建成后,万一政府不给钱咋办?咱们可付不清呀。"

"没有中央的好政策,我们一事无成。"高淑贞信心十足,"我同政府打交道多年,我很清楚,只要政府批准同意了,绝不会赖账。

也许,资金到位会慢一些。"

各村的项目都要报到办事处,经办事处筛选后,再报到章丘市政府审批。负责筛选的,是办事处副书记王恩峰。他一看三涧溪村的报表,眼睛就瞪圆了:"啥?咋这么多项目?需要600多万元?"

"嘿嘿。"高淑贞赔着笑脸,"多是多了点,可都是村里紧缺的,是村民眼巴巴盼着的,我已经压了又压,资金预算已精打细算,没有虚价。"

王恩峰用笔尖点着项目,一栏一栏往下看。这些项目多数是新建,少数是改扩建:西大桥,65万元;幼儿园,263万元……

"西大桥项目好,是该改造拓宽了,交通部门肯定支持。"王恩峰说,"你们不是有幼儿园吗?"

高淑贞解释:"我们已经两迁幼儿园了,可条件还是一般,房屋很简陋,想抓住这次机遇,彻底改善。"

王恩峰斟酌:"有必要建这么好的吗?我觉得,简单一点就行,160万元就够了。"

高淑贞赶紧说:"幼儿园可马虎不得,要抗六级以上地震的。"

"哟,"王恩峰有点讶异,"你还知道抗震?不孬,挺超前的。行!"

王恩峰边说边往下看:路灯,10万元;自来水改造,25万元;篮球场2处,20万元;门球场,3万元……

"建门球场干啥?"王恩峰不解,"农村哪有建门球场的?你们太超前了,城市里也不多哩。"

"哎呀,您不知道,我们村的老人特别喜欢。门球运动不剧烈,最适合老年人。对喜欢球类活动的老人来说,只有门球最合适。"高淑贞急忙解释。

王恩峰想想钱也不多,就放行了,继续往下看:文化大院,12万元；排水沟和绿化，160万元……

王恩峰说："这道路绿化，没必要种雪松，成本太高。种冬青球就行了，省钱。农村道路嘛，没必要讲排场。"

高淑贞觉得有理，没有继续坚持。

王恩峰压缩了绿化预算后，接着往下看：卫生室，27万元；公共浴池，56万元……

"咦？建澡堂干啥？"王恩峰皱起眉头，"农村哪有建澡堂的？"

"村民反映冬天没地方洗澡。"

"农村嘛，不都这样过来的吗？哪有这么讲究？"王恩峰撇撇嘴，"明水热电厂有澡堂，你们可以上那儿洗嘛。"

高淑贞叹苦经："相隔10里路呢。再说车子也过不去，老头老嬷嬷咋办？"

王恩峰摆摆手："新农村建设资金并不富余，咱们要把好钢用在刀刃上，别贪多嚼不烂，把摊子铺得太大。再说，还有四成资金，是需要你们自筹的。你们能行吗？别收拾不了摊子，成了烂尾工程，对上级不好交差。"

说到这里，王恩峰拿起笔，征询高淑贞："要不，把这项给划了吧？"

"别，别！"高淑贞慌忙拦住，央求道，"村里没有暖气，老百姓冬天洗澡成了大问题。虽然千百年来都这么过来了，可现在条件不一样了，中央不是说了吗？要让人民群众共享改革发展的成果。我呢，就想让村里人过上城里人的生活。别看我们的项目很多，其实每项都是紧缺的，既然国家有这么好的优惠政策，我想尽量把政策用足。请放心，自筹部分，我们会全力想办法解决，决不会拖项目的后腿。"

王恩峰思忖片刻，让了步："好吧。报上去试试，上面不一定会批。"

高淑贞热切地说:"没关系!能批准,我们就全力干好;没批准,我们也理解,今后再努力。"

王恩峰放下笔,感慨地说:"这么一大摊项目,如果都能批复、都能建成,三涧溪可就是一步跨十年喽!"

高淑贞坚定地说:"请放心,我们绝不会让上级失望的!"

庆幸的是,报上去的项目全部获批。高淑贞兴奋地说:"先建澡堂,尽快让大家冬天洗上热水澡!"

3个月后,公共浴池盖成。供应热水的太阳能由政府投入,取暖则须自己解决。村两委决定,水和煤由村集体负担,村干部义务打扫,村民每月免费洗1次,再洗时付1元钱。

公共浴池开放那天,村民们犹如赶大集,扶老携幼,端着脸盆,拎着换洗衣服,浩浩荡荡,浴池门前排起长队。有的老婆婆,一辈子没出门洗过澡,害臊不肯去,也被家人硬拽去。

在章丘东部农村,这是唯一的澡堂,周边村民羡慕不已,上皋、徐家、吴家等邻村人慕名而来,只需花1元钱,就可美美享受一番。

不过,问题很快出现:有的人一直霸着水龙头,任热水哗哗淌,不知道心疼;有的人为贪公家水的便宜,竟在里面洗起衣服。村里只好再定规矩:不准在澡堂洗衣服,每人洗澡不超过半小时。

高淑贞想,从不愿洗澡,到不愿出来,也算是村民一个不小进步。

一个澡堂,除了解决村民洗澡难、培养讲卫生习惯,还教会他们很多文明常识:排队,购票,讲秩序,守规则。

从这以后,村里开大会时,无论是夏天还是冬天,会议室内不再异味扑鼻。整个两委班子成员,精神状态也提升一大截。

四 三建校

双山街道18个村,共有5所小学,三涧溪小学是其中之一。高淑贞上任不久,就到学校来了。校舍简陋破旧,特别是几个功能室,门上挂着牌子,里面空空如也,抬头望瓦顶,能看到天。教师萎靡不振,蔫头耷脑。一问来历,更让她吃一惊:不少是从别的学校末位淘汰而来。

高淑贞不乐意了,找到办事处教育办主任张景升:"三涧溪小学咋成流放地了?"

"啥流放地?"张景升莫名其妙。

高淑贞没好气:"老师咋尽是末位淘汰过来的?为啥不安排一些好老师来呢?"

张景升面露无奈:"人家不愿意来嘛。"

"为啥?"

"学校破破烂烂,离城区又远,谁愿意来啊?"

高淑贞说:"你们可以向上面要啊。"

张景升两手一摊:"咱说了不算。"

村两委会上,高淑贞提出这个问题,大家竟浑然不觉。她急了:"我是教师出身,知道教师素质对孩子的重要性。但是,学校环境这么差,好的教师不愿意来。这会耽误孩子们前途的!"

一听这话,大家坐不住了,纷纷问咋办。

高淑贞说:"安排什么样的教师,我们说了不算。我们可以改善学校环境,吸引好的教师来。"

有人说:"学校是办事处管的,应该让办事处投钱。"

有人附和:"是哩,咱村没钱,办不了事。"

"我问过了,办事处也没钱。"高淑贞说,"不能等了,我们党员干部先带头,再动员全村人捐款,我再化点缘,尽快推倒重建。"

说干就干,高淑贞当即捐了500元,两委干部不敢怠慢,也跟着认捐。捐款通告在村里贴出后,听说是改建小学,村民们大多响应,或多或少,颇为踊跃。事后一统计,全村共捐款2.4万元。

这点钱,显然不够。高淑贞来到三号井煤矿,化缘了3万元;又到热源厂,募集了2万元。见高淑贞主动挑起担子,张景升十分高兴,也拨了一笔经费。

学校放暑假后,高淑贞立即安排扒房子。村里有支小施工队,但不愿意接这个活。一问,原来村里以前欠的工钱,还没给他们呢。

高淑贞急了:"我自己给你们,行吗?"

"不行。"施工队长袖着手,"又不是给你家干活,哪好意思要你的钱?"

高淑贞哭笑不得,转身骑上摩托车,赶到城里。三三两两的农民工,正蹲在路边揽活。高淑贞找了4个人,嘱咐他们揭掉房顶,卸下房梁。好在都是细木头,分量不重,并不困难。这些旧木料卖了之后,支付工钱绰绰有余。她又跑到三号井,请他们派来铲车,将墙全部推倒。

新校舍由李东刚的施工队承建,李大奎也来干泥瓦工。大概出于嫉妒,他一边干活,一边说风凉话,说高淑贞是糊弄老百姓,搞政绩工程。高淑贞想,李大奎毕竟当过支书,心理不平衡也在情理之中。为了联络感情,中秋节时,她邀请几个人,都同李大奎走得近,一起在四邻饭店吃火锅。

李大奎在任上时,没少吃请,也没少请吃,给村集体留下一屁股债。下台后,没人请他了,十分失落,见高淑贞请他,还让一帮好友相陪,脸上有光。他酒量不大,两杯啤酒下肚,脸就涨成通红,眼睛斜睨,管不住嘴巴:"高书记,当书记滋润吧?吃香喝辣,签个字就行了。"

高淑贞放下酒杯,正色回答:"大奎哥,我可不像你。我到村里后,吃饭从来都花自己钱,没花村里一分钱。今天,我也是个人请你们。"

"是吗?"在座的面面相觑,露出惊讶神色。

"你们不信?"高淑贞转身招呼,"石俊,你来做个证。"

石俊闻声而至,了解原委后,白了李大奎一眼:"高书记可不像有些人,打的一沓白条子,现在还在我抽屉躺着呢,我如果算利息,已超过本金了。"

"呃,呃……"李大奎十分窘迫,说不出话来。

高淑贞直截了当:"光是四邻饭店,村干部吃喝,就打了6万元白条。大奎哥,咱们都是党员干部,不能光想着自己捞好处,要多为老百姓想想,要对得起老百姓的信任。否则,你在前面走,别人会在后面戳脊梁骨。"

"那是,那是……"李大奎舌头打结,赶紧端起酒杯,"高书记,我佩服你的能力,但是,你为什么老是同我过不去呢?"之前,高淑贞两次闯进他家,拍着桌子怒斥他。

高淑贞毫不客气:"那是因为你老在背后使坏,净胡说八道。"

李大奎见落下风,转移话题,觍着脸央求道:"学校建好后,能不能让我看大门?"

高淑贞说:"我考虑考虑再说。"

李大奎嬉皮笑脸:"只要你答应我,我一定好好干,决不再胡说八道。"

高淑贞指指在座的人:"他们都是老干部,都为村里做过贡献,他们也需要照顾。"

马师泉是李大奎的铁杆,赶紧说:"李书记也下力了,没有功劳也有苦劳,还是照顾他吧。"

赵廷全看不下去,白了李大奎一眼:"书记都给你脸了,你还不知足?你干的那些事,大家心里都明白。"

李大奎急了,冲着赵廷全嚷起来:"你别在这里充好人,谁谁谁为了开个介绍信,还给你送一篮鸡蛋呢。"他所指的,是赵廷全代理村支书半年中的事。

赵廷全窘得满脸通红,酒杯一蹾,瞪起眼睛:"你放狗屁!"

李大奎自知失言,吓得告饶:"我喝多了。"趴在桌上,做醉酒状。

满桌人你看我、我看你,不敢多嘴。

俗话说,拿人家的手短,吃人家的嘴软。这顿火锅后,李大奎果然收敛多了,施工期间没再给高淑贞添堵。

李东刚对工程很负责,整天泡在工地上。两排新校舍很快建成,还建起篮球场、羽毛球场,操场上铺的是三合土,比水泥地软,适合孩子们运动。

高淑贞对李东刚说:"李大奎想在学校当门卫,我同校长商量好了。你去告诉他吧。"

"哎,哎!"虽然关系不太和睦,毕竟是亲戚,李东刚心存感激。

高淑贞叮嘱道:"你同他说说,今后别再使坏了。"

李东刚脖子一梗:"他若再使坏,我也不愿意!"

空空落落的功能室,一直牵挂着高淑贞的心。2007年,村里有了一些积蓄,高淑贞便在两委会提出,要给孩子们添置设备。大伙儿都同意。接着,书画室、试验室、电脑室,也慢慢有了设备,不再是个空牌子。旱厕也改造成冲水式厕所。

转眼到了2015年,10年前建的学校,规模偏小,校舍简陋,满足不了新需求。就在这时,山东推行小班化,高淑贞抓住机遇,积极争取,办事处同意择址重建,章丘规划局和教育局都十分支持,济南市教育局将项目列为重点工程。根据规划设计,项目总造价1800万元,政府决定拨款1280万元资金。

但是,在办理手续时,却磕磕绊绊,让高淑贞窝一肚火。

按规划设计,校园的南侧建教学楼,北侧建实验室。章丘国土局先批复的却是实验室,教学楼的批复没下来,原因是上面正在调规划。

高淑贞不明白,实验室可早可晚,教室却是急着用的,规划调整为什么不能实事求是呢?她算了一下时间,教室批复再不下来,就赶不上下学期使用了。

怎么办?高淑贞反复掂量,决定豁出去:"先上车,再买票。同时开工建!"

有一天,章丘教育局通知高淑贞,明天上午,济南市督导组来检查建设进度,让她提前在现场等着。

第二天,高淑贞早早到现场。这个督导组十分重要,如果符合要求,市里将开始拨款。拨款采取分期制,先基础,后主体,再设备。

这时,一辆小车进入工地,是街道办领导宋家伟,提前来看现场。宋家伟下车一看,南侧的工地也热火朝天,勃然大怒:"不是先建北侧吗?怎么都干起来了?谁让干的?快停下来!"

高淑贞跟在后面,一声不吭。工人们也没人理睬,继续干活。

宋家伟厉声警告:"高淑贞,我告诉你,如果不停下来,出了事你负责!"

高淑贞不甘示弱,回敬道:"出了事我负责!我不能眼睁睁看着孩子冬天挨冻!"

老学校没有取暖设备,冬天时,孩子们要自己生炉子,用玉米芯点炭。一早上学后,至9点时还没点着,10点刚有点暖和,11点就放学了。

没想到高淑贞会当面顶撞,宋家伟一愣,说:"好好,我不管了!"

高淑贞犟脾气上来了,一拍胸脯:"责任我担着!出了啥事,要抓抓我,要逮逮我!"

宋家伟脸色铁青,一声不吭,坐上车,扬长而去。

尽管拍过胸脯,但宋家伟的态度,还是让高淑贞心怀忐忑,生怕过不了督导组这一关。

几分钟后,济南市督导组就到了,陪同的是章丘教育局长郑德荣。郑德荣对此项目全力支持,说的自然是好话。督导组边看边点头,赞许道:"很好,很好!"

听了督导组的话,高淑贞悬着的心放了下来。

督导组走后,建设资金很快到位。当国土局的批复下来时,教学楼主体已经建成。这事没人再追究。

宋家伟性格开朗,再遇到高淑贞时,热情打招呼:"大姐,幸亏上级没追究,不然,我们也要受处分。所以,我也作难呢。"

高淑贞歉意地笑笑:"我也是被逼的。让你为难了。"

2017年秋季开学时,新学校正式启用,水、电、暖一应俱全,200多名孩子兴高采烈走进校园。

望着孩子们灿烂的笑脸,高淑贞心潮起伏。她明白,如果自己不冒这个险,孩子们冬天又要挨冻。

第八章　筑巢引凤

一　凤来栖

　　三涧溪有个能人,叫李云岭,年过五旬,早年在外经商,攒了点资金,2009年上半年,在村里要了20亩流转地,盖起一栋办公楼、一个大车间,建制氧厂。

　　半年后,李云岭找到高淑贞,苦着脸:"高书记,我的厂房已建七八成,现在干不下去了,想请您帮帮忙。"

　　"咋了?"高淑贞忙问。

　　李云岭叹口气:"摊子铺太大,资金跟不上,银行贷款也还不上。村里能不能帮我担保贷款?"

　　"你已经贷了多少?"

　　"200多万元。"

　　"这个有风险,村里不好担保。"高淑贞摇摇头,给他出主意,"对了,你在外面认识人多,想办法招商引资,找人合作。"

　　农村招商不是一件容易事,无工业用地指标,土地难以变性,不像旁边的城东工业园,有合法工业用地,有完整基础设施,容易招商引资。高淑贞没少为征地忙乎,但多为园区效力,本村用地主要是公益事业,没有用于工业的。而工业园区除了补偿给村民征地款外,只能解决部分村民就业,无法为村集体创收。要增加村集体收入,村里必须招商引资。

过了些日子,李云岭兴冲冲上门:"天桥区有家连发公司,老板是位女强人,叫杨莲英。她的企业面临拆迁,正在找厂址,看了好几个地方,都不满意,答应来我的厂里看看。"

高淑贞问:"她愿意搬到乡下来?"

李云岭笑嘻嘻:"我把你抬出来了,她听了很感兴趣,说要来会会你。"

高淑贞问:"企业是生产啥的?不会有污染吧?"

李云岭说:"是医疗设备,采血笔、采血针,都是出口的。对环保要求严,不会污染环境。"

"好啊!"高淑贞很高兴。

几天后,李云岭领着客人上门。高淑贞眼睛一亮:身材高挑,穿件大红风衣,架副变色眼镜,梳着小辫,风姿绰约,一看就是见过世面的。看模样,年约50开外。

杨莲英坐定后,问起高淑贞来历,高淑贞如实相告,详细介绍了村里的情况。杨莲英越听越兴奋,一改刚到时的矜持,主动自我介绍。听说她已69岁,高淑贞大为惊讶。两人越谈越投机,把李云岭晾到一边。

杨莲英扭过头,白了李云岭一眼:"你说了半天,还不如高书记几句话。"

李云岭有点窘,摸摸后脑勺:"嘿嘿,我咋能跟高书记比呢?"

高淑贞问:"你们企业用工量大吗?"这是她关心的事。

杨莲英说:"我们是劳动密集型企业,主要靠手工装配,是轻体力活,也是细活,最好是女工干,村民也可以领回家干,按件计酬。"

"太好了!"高淑贞拍着手,"我们村一些妇女,有的家人瘫痪在床,有的要照顾老人,有的丧偶,被拴在家里,出不了远门,这活再合适不过了!"

"不过,"杨莲英瞟了李云岭一眼,直来直去,"我可不想同个人合作,再说我对李总还不了解,还需要考察。"边说边转向高淑贞,"我看高书记是个干事的人,我同村里合作有兴趣!"

"呃……"李云岭发窘,有点不情愿,又有点无奈,"既然这样,只要高书记愿意,我可以把厂房转给村里。反正我也支撑不下去,只要能解套就行。"

高淑贞问李云岭:"你已经投了多少?"

李云岭含含糊糊:"800万元。"

高淑贞追问一句:"多少?"

李云岭迟疑片刻,改口道:"700万元。"

高淑贞有点不信:"究竟多少?如果村里参与,是要审计的,你实话实说。"

李云岭脸红了一下:"是……五六百万元。"

"对村里来说,这不是小数目。"高淑贞掂量,"如果村里出土地、李总出厂房,我们三方合作,怎么样?"

杨莲英一口回绝:"不愿意。"

李云岭紧跟着说:"我也不愿意。"

高淑贞奇怪:"为啥呢?"

杨莲英嘴巴不饶人:"我还是那句话,我只想同你高书记合作,不想同个人老板打交道。"

李云岭说:"既然杨总不愿同我合作,我还是彻底退出。否则,将来你不当书记咋办?我信不过别人,不想夹在中间受气。"

"这事村两委要开会研究。"高淑贞沉吟,对李云岭道,"如果决定接,村里会给你合理补偿,不会让你吃亏。"

杨莲英继续说:"我同村里合作,是有条件的。"同高淑贞见面之前,她去过现场,李云岭项目的周围尽是农田,只有一条施工便道通外面,"如果我来的话,你们必须在10天内,在厂区外建一条硬化路,与三涧大道连通,还要建一个配电室,我自己不投。"

"啊？10天？"李云岭大吃一惊。

"没问题,我答应你!"高淑贞沉着应道。

送走杨莲英,高淑贞约上徐绍霞、李东刚,一起来到叶恒德家,开了个碰头会。叶恒德赶紧招呼,给他们倒茶。他老伴有病,他要在家照顾。

高淑贞说:"以前同我们打交道的,都是一些土老板,除了喝酒,就是抽烟。这会儿,来了个洋派老板。杨总经常出国,见多识广;产品主要出口,有发展前景;用工模式灵活,妇女在家里就能就业。我算了一下,月收入能有两三千元呢。这样的企业,我们打着灯笼都难找,一定要想办法引进来。她提的条件,我们要尽量满足。"

叶恒德老成持重,有点不信:"这么好的事,能轻易让我们碰到？她的企业有那么好吗？别是江湖骗子吧？"

"这好办。"高淑贞回答,"她来考察咱们,咱们也可以上门考察她。"

"对对,这主意好,反正济南离咱也不远。"徐绍霞说。

李东刚提了个问题:"我们同李云岭咋谈？"

叶恒德给大家添了一遍水,微皱眉头:"是啊,几百万元呢,从哪里拿？"

徐绍霞和李东刚有点泄气,说这么一道高坎,咋迈得过去？

"我不信弄不到钱。"高淑贞给大家打气,"小时候,我们连背心都穿不起,现在不是穿上大衣了？过去出门靠脚走,现在不是开上汽车了？只要我们开动脑筋,办法总比困难多。"说归说,其实,她心里并无对策。

徐绍霞说:"婶婶,这几年你累得不轻,大家也跟着受累,你就别难为自己了,还是歇歇吧。"

高淑贞说:"村里只有不断发展,才能有好出路。这事不能久拖,我们得麻利办,别拖得太久,夜长梦多,让她跑喽。"

叶恒德知道她的性格,只要认准的事,非要做成,便笑着说:"听你的吧,我们一起去看看,帮你参谋参谋。"徐绍霞和李东刚也跟着说去。

高淑贞当即拿起手机,拨通杨莲英电话,说想去她厂看看。杨莲英很高兴,连连说好。

第三天,4人让李云岭领着,来到天桥区的工厂。这里已拆成一片废墟,只剩下她一家厂,进出已很不便。高淑贞明白了,杨莲英要求10天修好路,她还以为是故意出难题,原来是急于要搬家。

一见面,杨莲英就说:"没想到,你这么快就来了。"

高淑贞诚恳地说:"我是想为老百姓办点事,而您是位干事的,是我钦佩的企业家,所以我要赶紧来学学。"

杨莲英领着一行人,将工厂里外看了一遍,车间一尘不染,井然有序,比她介绍的还要好,几个人啧啧称赞。在杨莲英办公室,高淑贞看到一摞荣誉证书,有"山东省十大巾帼英雄",有"山东省三八红旗手",更坚定了信心。

杨莲英又提两个条件:一是7天内,硬化好厂区外的路,并建好配电室;二是必须同村集体签协议。

高淑贞略一思忖,回答:"7天之后,你再去看。配电室的事,我马上去找人,不过配电室7天我没把握,因为需要电力部门办手续,由他们施工。"

杨莲英笑笑:"你们量力而行吧。"

回到村里,高淑贞立即召集村两委,详细介绍情况,统一大家意见。接着,她像临阵指挥官,开始战前布兵:"恒德哥,这片地是你庄里的,修路征地的事,你马上搞定,别耽误施工。素利,你配合恒德哥。"

叶恒德、马素利答应了。

徐绍霞担心:"万一人家不肯征咋办?"

叶恒德微微一笑:"这事交给我了,保证不拖后腿。"

高淑贞心里一暖:这位老大哥,一直在为我遮风挡雨,从来不讲条件。

施工的任务,交给赵大起,他有支施工队。高淑贞让赵大起火速赶来,下达任务:"明天就动手,白天黑夜干,务必在7天内干成!"

"7天?"赵大起有点犹豫,"那里是个石岗子,工程量不小。再说,她可能说说而已吧,哪会那么准?"

高淑贞说:"只要她有诚意,7天后准会来。"她明白,杨莲英如果不想来,不会提这个苛刻条件。既然提了,既有急的成分,也是在考察她,看她是否诚心,是否有能力。

赵大起问:"修好后,万一她不来呢?我估算了一下,修路要七八万元哩。"

高淑贞坚定地说:"你先垫资,我已同李云岭说定了,成,咱修;不成,咱也修!如果不成,修路的钱他付。他贷款我不敢让村里担保,但修路钱我可以担保,他给不了你,我个人给。"

赵大起放下心来,领命而去。

第六天,杨莲英提前来了。

工地热火朝天,正在浇筑混凝土,高淑贞蓬头垢面,也泡在工地上。她掸掸身上的土,捋了下凌乱的头发,说:"杨总,请放心,明天保证完工!"

"哎呀,高书记,你真的很能干!"杨莲英由衷感叹,临走时表态,"只要你能确保我同村集体签,我就一定来!"

要确保双方签约,村里必须先同李云岭了结。经审计,李云岭共投入518万元。他要求村里一次性付清。

高淑贞正绞尽脑汁时,"财神爷"光临:章丘国土局返还给村里一笔土地征用款,共计600多万元。按规定,这笔钱存在章丘财政局指定专户上,作为永久性补偿,不能一次性发放给村民。

村两委会、村民代表大会通过后,高淑贞向办事处请示。办事处领导说,我们只有监管权,没有批准权。要批准,得找国土局。高淑贞赶到章丘,向国土局局长聂朝阳汇报。

聂朝阳赞许道:"好钢要用在刀刃上,这个钱用得值,既能壮大集体经济,增加集体固定资产,又能帮助群众在家门口就业,我支持!我们马上研究,尽快拨给你们。"

有了这个承诺,进展一帆风顺:村委会同李云岭签订厂房购买协议,待国土局下拨后,一次性付给他518万元。这意味着,三涧溪村多了笔固定资产,价值518万元。随后,村委会同连发公司签订厂房租赁协议,连发公司每年支付租赁费50万元,每5年提高租金10%,为期30年。

连发公司开张后,三涧溪村70多人进厂务工,230多人领零件在家装配。

囿于农村用地政策所限,2012年,这块土地履行招拍挂手续,由连发公司摘牌,交纳相关费用,变性为工业用地。三涧溪村出租的,实际上是地上附着物。

二 关猪场

杨莲英做事很用心,按她的设计要求,连发公司建得像花园,有凉亭,有喷泉,绿树成荫。

院内东侧,是公司餐厅。这天中午,太阳毒辣,正刮着东南风。杨莲英步入餐厅,缩了下鼻翼,不对! 饭菜飘香中,竟夹杂着一股臭味。她推开紧闭的窗户,臭味更浓烈,扑面而来,险些将她熏倒,赶紧关了窗户。

"外面是啥味?"她问道。

"猪粪味。"员工回答。

"哪来的?"

"外面有个养猪场。估计今天出粪了。"

"啥? 养猪场?"杨莲英惊愕,"我怎么不知道?"

"一直在呢,以前没觉着。今天太阳猛,又刮风,味传过来了。"

杨莲英是个讲究的人,经这一说,倒了胃口,匆匆填了几口,叫上办公室主任吕华,出门去看个究竟。

公司东院墙外是个土丘,树林茂密。林外的地上,摊满黑乎乎的东西,散发着刺鼻的臭味。吕华说,这就是猪粪。

杨莲英捂住鼻子,问道:"摊在这干吗?"

吕华说:"晒干后出售的。"

杨莲英厌恶地说:"恶心死了!"

往前走,四周都是庄稼地,中央有个养猪场,场内气味比外面更浓。一个五六十岁男子,正推着小车,从猪舍往外起粪。

杨莲英不管三七二十一,上前就兴师问罪:"你们怎么搞的? 猪粪摊得到处都是,臭死人了!"

男子抬起手臂擦了把汗,没好气地问:"你是谁啊? 吃饱了撑的,跑到这儿多管闲事!"

杨莲英说:"我的厂子就在旁边,臭得没法干活了!"

男子不甘示弱:"我在这养了十多年猪,你才来几天? 谁让你来的?"

杨莲英说:"我是你们村请来的,是给你们村做贡献来的!"

男子冷笑一声:"你别说得好听,不就是为了挣钱嘛,我也是为了挣钱,不都一样?你不喜欢,可以走啊!"

杨莲英气得直跺脚,吕华见势不妙,赶紧把她拽走。

回到公司,杨莲英气愤难平,嘱咐吕华:"我们是生产医疗器械的,对环境要求高,正在争取通过环(境)评(估),这么脏的环境怎么行?你马上同村里交涉,让他们尽快把猪场迁走!"

这里是东涧溪的地盘,吕华请李东刚帮忙协调。李东刚很为难:"让他迁走?这太难了。这样吧,我同他说说,别把猪粪往西边摊,兴许会好一点儿。"

养猪场主叫邓明亮,退伍军人,炮捻子脾气,一点就着,长期以养殖为业。李东刚找到他,他的气还没消呢。

"这个老杨婆子,说话太胀饱(方言,意为'强势')!"邓明亮恨恨地说,"猪粪这么湿,我不摊晒怎么运走?我是临时摊晒的,翻斗车很快就拉走了。这次车子晚来了,就多摊了几天。她不能好好说嘛,一上来就骂开了。"

李东刚说:"离她厂实在太近,难怪她发脾气。你能不能往东边摊?"

邓明亮两手一摊:"我的猪圈就在西边,以前一直往西边摊。如果摊到东边,要费不少劲。一定要我摊到东边,那她得给我点补偿。"

李东刚转告吕华,吕华又告诉杨莲英。杨莲英断然拒绝:"他干自己的活,怎么让我出钱?这不是讹人吗?不给!"

话传到邓明亮耳里,他头一拧:"我还不稀罕呢!我就偏往西边摊!"两家关系越处越拧,随地而摊的猪粪从没断过。

连发公司来了客人,花园般的内部环境,让客人赞不绝口,但空气中的猪粪臭味,却让主人脸上无光。

听了杨莲英抱怨,高淑贞对班子成员说:"现在招商引资,有一种说法,叫'引人上门,关门打狗',说的是客商落户后,对客商敲诈、盘剥。我们虽然没给杨总添麻烦,但杨总的烦恼,我们不能不管不顾,要帮着解决。"

李东刚挠挠头:"我们几个协调多次,双方都不让步。"

高淑贞说:"连发是我们千方百计引进的企业,为我们壮大集体实力、解决老百姓就业做了大贡献。我们一定要为他们创造良好的环境。这事情不能再拖了,即使邓明亮不摊猪粪,两家也离得太近,会影响企业的发展。我们要下决心,把邓明亮的猪场迁走,另外给他找个地方。"

大家一听,直摇头:"他那个倔脾气,连猪粪挪个场地都不让,还会答应迁走?不可能!"

高淑贞说:"他脾气是急了点,但还是明事理的,不是胡搅蛮缠的人。这样吧,我来同他谈。"

此时,邓明亮已有抵触情绪,高淑贞几次上门,他都避而不谈。每次看到高淑贞进门,他就操起工具,借口要干活,躲在猪圈里不肯出来。

高淑贞无奈,决定迂回侧击。邓明亮有两个儿子,长子平时在外居多,其妻叫高红;次子邓林生,在杨威的工程队,其妻叫高芹。巧了,两对夫妻都是她学生。

高淑贞先找到邓林生,说:"连发公司为村里做的贡献,你们也看在眼里,你们也是受益者,你媳妇不也在公司上班吗?为了确保连发公司的环境,猪场非迁走不可,地方我们已找好了,你帮着做做你爹工作。"

邓林生答应了,临走时漏了一句:俺爹找杨孝坤商量过。

一听到杨孝坤,高淑贞一激灵:看来,事情要变复杂了。

第二天,邓明亮满脸怒气,走进高淑贞办公室:"淑贞,听说你要赶我走?你是我最佩服的书记,做事公道,敢做敢当。这回,你怎么就偏心了呢?"

高淑贞问:"我怎么偏心了?"

邓明亮说:"她老杨婆子是发展经济,我不也是发展经济吗?你要保护外来的企业,我是本村的经营户,就不保护了吗?你是不是沾她的好处了?"

"笑话!"高淑贞反问,"难道我上你家去过,就沾你的好处了?引进这个厂,是村里开大会同意的,我们都有责任保护他们的利益。你的利益当然也要保护,但是,你污染了环境,影响了他们企业发展,所以让你迁走。"

邓明亮掏出两个本子,拍在桌上:"这是土地使用证、养殖许可证,我是合法经营,谁也赶不了我走。"

高淑贞一看他有备而来,让他坐下,倒了杯茶,慢声细语解释:"不是赶你走,是让你换一个地方。杨总为村里贡献大,每年交给村里50万元呢,还有300多人就业,你家不也沾光了吗?过节时,她还给村里的孤寡老人送面送油。这么好的企业,我们上哪儿找啊?希望你能顾全大局,为全村的利益考虑一下。你的损失,村里会补偿的,不会让你吃亏。"

邓明亮不吭声了。

邓明亮走后,高淑贞又找到高红,让她也一起做做工作。

高红面露难色:"我是做儿媳妇的,说了也白搭。"

高淑贞说:"你小叔子态度很好,已经做过你公公爹工作了。你和你老公也帮着说说。我同你公公爹谈过了,觉得他还是个明白人。"

高红答应试试。

过了几天,高红回复:"我公公爹说,一次性给他钱,买下猪场,他就不养了。"

高淑贞一听有门:"好啊,他要多少?"

高红说:"他没说。"

"我这就去问他。"高淑贞直奔猪场,见了邓明亮后,开心地问,"明亮哥,你想通了?"

邓明亮说:"若不是你讲得在理,我才不会让步呢。"

高淑贞趁热打铁:"你要多少?"

邓明亮算了算,连几头猪一起,开价70万元。

高淑贞说:"行!你等我回音。"直奔连发公司。猪场占地3.1亩,高淑贞盘算的是,让杨莲英买下猪场,把两块土地连成片,既解了难题,又扩大企业规模,一举两得。现在邓明亮讨了价,杨莲英还个价,双方总能慢慢谈拢。说不定,过会儿,杨莲英听到消息后,一定会笑逐颜开的。

岂料,杨莲英哼一声:"70万元?若不是他连累,我早就通过环评了,现在还想讹一把?我不要!"

高淑贞赔着笑脸:"冤家宜解不宜结。您是省城来的,见多识广,大人有大量,既然他开了价,您就别和他计较,还个价。行不?"

杨莲英一脸不屑:"不就是个破猪圈吗?给他十万八万就行了。"

出了连发公司,高淑贞又往猪场走,心想:双方差距太大了,能不能想个办法,让邓明亮给个实价,好让杨莲英接受?快到猪场时,她有了主意。

进猪场后,高淑贞对邓明亮说:"明亮哥,我也不知道猪场值多少钱,这样行不?你找个能人,根据济南和章丘的政策,拿出赔偿依据来,算个实价。"

邓明亮"嗯"了一声。

高淑贞继续说:"对了,我看你常同杨孝坤在街头站着,他挺明白的,打官司有经验。"

邓明亮看高淑贞一眼,又"嗯"一声。

高淑贞不放心,又追问一句:"如果一次性给你钱,你能确定走吗?"

邓明亮干脆地说:"达到我的要求,我就走。"

"行!"高淑贞说,"我们一起努力。"

过了几天,邓明亮找到高淑贞,改口了:"我给你面子,一口价,60万元。要就要,不要就算了。"

高淑贞暗忖,他准是咨询过杨孝坤了,但没有点破。

"但是,"邓明亮继续说,"我是有条件的。"

"啥条件?"高淑贞问。

"坚决不能给老杨婆子!"邓明亮断然道。

"为啥?"高淑贞不解。

"哼,她太胀饱!"邓明亮愤愤地说。

高淑贞黯然。看来,虽然才两三个月的事,双方都把对方伤害得不轻。这个结,不容易解。

高淑贞想,只有连发公司买下猪场,才能最终解套;至于邓明亮不愿给杨莲英,他说了不算,大不了村里先出资买下来,再卖给连发。她情知无法说服杨莲英,而吕华跟随杨莲英多年,深得其信任,便想请吕华帮忙撮合。

连发公司有个职工,叫李祥育,小名李宾,是三涧溪人。杨莲英刚进村时,让高淑贞推荐一个机灵的年轻人,跟着她干,平时方便同村里沟通,高淑贞便推荐了他。

高淑贞把李祥育找来,让他去请吕华帮忙,说只要杨总答应买下来,哪怕是再压压价,她也想办法做通邓明亮工作。

吕华回复说:"杨总说了,无论多少价,坚决不要!"

高淑贞还是不死心,又到了邓明亮家,反复拉锯,一项一项过,又将价格压到53万元。然后,硬着头皮,再次找到杨莲英,试图说服她。

以前,每次见面时,杨莲英都是笑眯眯的,这次却阴着脸,冷得像块冰,话也像块冰,狠狠砸在她心头:"我还是那句话,坚决不要!不但不要,你还必须把他拿掉!"

高淑贞努力克制住自己:"杨总,您这样,我们就没法谈了。"

杨莲英手一挥:"那就不要谈了。"

离开连发时,高淑贞十分沮丧,心里像揣块石头:一切努力,难道都白费了?越想越觉得窝囊,眼泪禁不住流出来。她怕被路人看见,赶紧抹掉,铁下心来:开弓没有回头箭,好不容易说动邓明亮,已没有退路,必须尽快买下来,免得夜长梦多。至于下一步,天无绝人之路,办法总是有的。

问题是,买猪场的53万元,从哪里来?此前,村两委开会时,曾议过由村里出资买下来,但意见难统一,觉得这是个包袱,不该让村集体来背,何况53万元不是小数目。

高淑贞一跺脚:用自家的住房抵押贷款,哪怕砸锅卖铁,也要迈过这道坎!

回到村里后,高淑贞打电话给李祥育,让他把哥哥李祥诚,还有杨孝坤、邓伟找来。4人都是东涧溪的。

4人到齐后,高淑贞说:"邓明亮已同意卖猪场了,价格是53万元,你们4人当中间人,同他具体对接。孝坤哥,你是老党员,你多把把关,帮忙起草协议。"

能得到书记如此信任,4人都觉得很荣幸,特别是杨孝坤,更是受宠若惊,向高淑贞表态:"高书记,你只管放心,我们一定办得妥妥的。"

高淑贞为啥选他们4人? 其实用心良苦:选杨孝坤,是怕他给邓明亮出歪点子,再横生枝节;选邓伟,是因他是邓明亮本家侄儿,邓明亮信得过;选李祥育,是因他是连发公司职工,便于今后衔接。

李祥育知道杨莲英态度,问道:"谁来买? 谁出这笔钱?"

高淑贞平静地说:"我用自家住房贷款,先买下再说。"

"啊?!"4人目瞪口呆,"这咋行呢? 将来咋办?"

高淑贞说:"将来咋办,我还没想好。就是想尽快给杨总解套,让连发公司通过环评。"

杨孝坤不以为然:"能不能够通过环评,那是杨莲英的事,你犯得着搭上自己家吗?"

高淑贞说:"她是我们引来的第一家企业,要给她创造良好的创业环境。再说,她每年给村里50万元租赁费,解决那么多人就业。只有她企业发展好了,咱村的利益才能得到保障。"

杨孝坤有些感慨:"淑贞哪,有你这样的书记,是三涧溪的福气!"

高淑贞趁热打铁:"我一个人能干啥? 得靠大家齐心协力。孝坤哥,你是老党员,有经验,希望你多多帮衬我。"

杨孝坤赶紧起身,拱着手说:"哎呀,淑贞哪,你这话言重了。只要你信得过、用得着,只管吩咐!"

高淑贞热情地说:"将来少不得麻烦你!"临别时,她又送给他一箱酒、两盒茶叶,把杨孝坤感动坏了。

高淑贞同赵云昌商量,要拿房本抵押贷款。

赵云昌问:"你决定了吗?"

高淑贞"嗯"了一声。

赵云昌撇撇嘴:"既然你定了,还同我商量啥?我不同意管用吗?"

高淑贞笑嘻嘻地说:"我寻思你也没啥事,这么多年了,还能不了解你吗?肯定会同意的。"

赵云昌做躲避状:"别给我戴高帽,我消受不起。你爱折腾就折腾吧,别让我睡大街就行。"

高淑贞拿着房本,到银行办手续,贷了20万元。她又找姐姐、妹妹和几户村民,借了33万元。这笔钱,她要付利息。按章丘民间借贷规矩,年利息为2分。凑足53万元后,她一次性交给邓明亮,双方签订买卖协议。

杨莲英闻讯后,十分惊讶,默默无言。

猪场是拿下来了,到哪找下家呢?高淑贞苦思冥想。她先找村里的源虎食品公司,想建成饲料厂。经过咨询,因离连发公司太近,也会影响连发的环评。

高淑贞妹妹高淑华,在三涧溪村西开了家炒鸡店。这天中午,高淑贞信步来到店里,店里坐满客人,妹妹正在忙乎着,看见她来,开玩笑地问:"姐,又来借钱了?"

"是啊,"高淑贞打趣道,"要不,再借点?"

"没问题。多了没有,三五万元还拿得出的,只要你付利息就行。"高淑华很爽快,"别看你端着铁饭碗,拿着人民教师的工资,整天忙得不着家,收入还不如我这开小店的呢。"

高淑贞羡慕地说:"是啊,看你这人进人出的,生意还真不错。比我强多了。要不,我辞了职,跟着你干吧。"

"别别别,"高淑华慌忙摆手,"我可雇不起。咱家就你一个吃公家饭,我可不敢拉你下水。"

正说着,又来客人了,高淑华忙着招呼,把高淑贞晾在一边。高淑贞正欲离开,突然闪过一个念头,瞅准空当儿,把妹妹拉到一边,悄声问:"你愿意换个地方开店不?"

高淑华疑惑地问:"换哪里? 我这个店的租期还没到呢。"

高淑贞说:"你先忙着,晚上同你聊。"

当天晚上,姊妹俩聚在一起。高淑贞热切地说:"猪场一时找不到下家。我是书记,不能自己搞经营。我有个想法,把猪场改造一下,你到那里开炒鸡店。咋样?"

"啊!"高淑华大吃一惊,一脸嫌弃,"到猪场开饭店? 多恶心啊!"

"你真是孤陋寡闻。"高淑贞拍了妹妹一下,"我看到报道说,浙江搞乡村旅游,就把猪圈、牛栏改造成'猪圈茶室''牛廊咖啡',还成网红哩,我们也可以效仿啊。猪场都是混凝土地面,用得上;猪圈有7个隔断,可以做小单间;北屋原先是住人的,可以做大单间。我们只要彻底打扫干净,再好好改造一下,就可以用,说不定也能成网红哩。"

高淑华皱起眉头:"姐,不是我说你,你当个芝麻粒大的村官,把全家搞得鸡犬不宁。没见过你这当姐姐的,把妹妹往火坑里推。"

高淑贞微嗔道:"瞧你说的! 你是我亲妹妹,我还能害你不成? 我遇到困难了,你不帮我,我还指望谁帮? 再说了,那也不是火坑,旁边就是工业园区,客源没问题。你现在只有一间店面,那里有3亩多地,院子里可以停车,是个像模像样的饭店哩。我敢保证,将来生意肯定更红火!"

听姐姐这一说,高淑华动心了:"那行,听你的呗。"

第二天,高淑贞接连打几个电话,通知杨威、赵大起、李祥育等人,晚上到村部碰个头。

晚上,几个人到齐后,高淑贞把猪场的事说了一遍,又说了自己的打算。大家一听,都很吃惊,替她担心。

高淑贞说:"我已是过河卒子,只有往前拱。以后,我每个月都得付利息,说句心里话,压力蛮大的。今天请你们来,是想请你们帮忙。大起,猪圈改造的活,交给你们施工队;李宾,你是木匠,负责换所有的门;杨威,你安排铲车来。费用你们先垫着,将来一起算。"

几个人应声而去,第二天就干起来。高淑贞叫上妹妹,一起帮着干。

事情很快在村里传开,村民不知内情,议论纷纷:

"哟,当书记的,咋干起买卖了?"

"逼着邓明亮卖猪场,原来是自己想干哩。"

"听说是给她妹妹置的。"

"这不是以公谋私吗?"

"可不嘛,是搞腐败哩!"

过了些日子,话传到杨莲英耳中,她十分不安,赶到猪场,找到高淑贞:"淑贞,你帮我解决了难题,倒让你作难了。要不,我把这块地包了,改造成菜地,提供给食堂。你花了多少钱,我算给你。"

高淑贞感激地笑笑:"杨总,如果你真想要,就过一段时间。不然,邓明亮还要回来养猪。"

猪场刚改造好,办事处纪委来人了。原来,有人匿名举报,说高淑贞打着集体旗号,霸占老百姓猪场。幸亏,办事处知道事情经过。虽然举报不实,经这一折腾,高淑贞觉得,再让妹妹经营不妥,就停了下来,场地一直闲置。这一耽搁,就是一年半。

这一年半,高淑贞从没断过付利息。就在她焦躁时,机会来了。

猪场挨着城东工业园,旁边就是聚鑫钢结构公司。有一天,工业园办公室负责人来找高淑贞,说聚鑫公司准备扩大规模,想继续征地。高淑贞一看,聚鑫公司相中的地,恰巧是猪场邻地,便提了个条件:把猪场一并征走。公司答应了。

征地手续由工业园办理。猪场的土地是集体的,补偿归集体。地面附着物的补偿,经核算78万元,由工业园办公室负责发放。其中,近8万元,是一口取水井的补偿,归村集体所有;猪场改造费用,直接发放给赵大起等人。其余的款项,发给高淑贞。高淑贞领到补偿款后,长长舒了口气:果真是天无绝人之路,终于解套了!

消息很快在村里传开,村民不了解内情,以为78万都归了高淑贞,有人咬耳朵:

"高淑贞一年半赚了25万元!"

"邓明亮亏大了!"

"怪不得,她逼着人家卖猪场,原来早有预谋!"

办事处纪委再次来人。起因,还是一封匿名举报信。

高淑贞五味杂陈。不过,她坦荡如砥。

三 扶猪倌

2009年春,一个年轻人走进高淑贞办公室,腼腆地叫了声:"老师!"

"元虎来了?坐,坐!"高淑贞热情招呼,给他泡了杯茶。年轻人叫王元虎,闫家峪乡盆崖村人,10岁时举家搬到东太平村,在王白中学读书时,是高淑贞的学生。这个大山来的孩子,文静寡言,学习用功,后来考入山东农业管理干部学院,学习畜牧兽医专业。

王元虎面孔黝黑,身材瘦削,戴副眼镜,站起身接过茶杯,说:"我在相公村租的猪场下半年到期。我能不能到您这里来养猪?"

"可以啊,热烈欢迎!"高淑贞满口答应,"我正在琢磨搞土地流转呢,可以腾出土地。"

高淑贞很欣赏这个学生。

王元虎大学毕业后,在普集镇普西村租了1亩地,投资3万元,建了个小型养猪场。不承想,当年疫病横行,投资打水漂,改为开兽医门诊,带着十几个师弟师妹,接连开起4家连锁店,钱也挣了几十万元。

2006年,蓝耳病暴发,养猪户纷纷倒闭,兽医店惨淡经营。"人不能不吃肉吧?"王元虎把危机当商机,又萌生养猪念头。2007年,他边开兽医店,边租下一个小型养猪场,在提心吊胆中开业。第一批猪崽每斤4元多,出栏时每斤卖到7元多,当年利润就达41万元,比干3年门诊还挣得多。他决定大干一场,次年又在相公庄镇相公村租了个养猪场。不料,当年粮食价格上涨快,而生猪价格迅速下滑,头年挣来的钱,又一股脑儿全赔进去。他心一横,彻底关掉兽医门诊,一门心思饲养高端新品种——生态黑猪。

家里含辛茹苦,好不容易培养个大学生,竟去当猪倌,做父母的十分恼火,一直耿耿于怀。但有个姑娘却坚定支持他。

姑娘叫李少清,是王元虎校友,学的是食品加工专业。他俩相识,说来有趣。有一天,学校放电影,李少清和同学结伴去看,见有个男生在前面埋头走,以为是同班同学,朝他背上一拍,待男生回头,才发觉认错人了,闹了个大红脸。那男生就是王元虎,两人竟一拍定终身,成就一桩奇缘。

听说女儿找个养猪的,父母强烈反对。苦劝不听后,父亲一怒之下,与她断绝父女关系。

高淑贞却刮目相看:现在的大学生,毕业后都爱往城市挤,这对年轻人有志气!她柔声安慰李少清:"你别难过。你俩结婚时,我就是你的娘家人。"后来,他俩结婚时,娘家人果然一个没来,高淑贞便顶上去。

高淑贞特别赞同土地流转。三涧溪的耕地土层薄,土质贫瘠,加上缺水,庄稼收成低,地里刨食难以果腹,村民靠外出打工谋生。有城东工业园后,很多村民都到厂里上班,顾不上庄稼活,有的把地包给别人种,有的干脆撂荒。于是,她想流转一些土地,搞适度规模经营。王元虎的想法,正中她下怀。

王元虎一走,高淑贞立即选址。胶济铁路北侧,有一块闲置地,原是胶济铁路路基,铁路改道后,这段路基废弃荒芜多年,产权仍属于铁路系统。高淑贞想,与其闲置浪费,不如利用起来建猪场,将来国家收回时再退还。为给王元虎节省投入,她组织两委干部义务劳动,连干十多天,将场地平整好,修好进场道路,移交给王元虎。王元虎则按每亩1500元的价格,付给村集体租赁费。

2009年4月,王元虎的猪场开始建设。与邓明亮的粗放养殖不同,他搞的是"零药残、零激素、零重金属"生态养殖。其养殖方法独特,美其名曰"快乐养猪法":在黑猪孕育、繁殖、成长、屠宰的整个过程,都贯穿着快乐养殖理念,最终形成肉质鲜嫩、野味浓郁、风味独特、营养丰富的生态黑猪肉。为使小猪心情愉悦,让它们听音乐、睡"席梦思"床、玩玩具,同时配有按摩器具。为保证肉制品质量安全,对长到60斤以前的猪认真防疫,合理饲喂,长到60斤以后不添加任何工业饲料。为保证肉质鲜美,让它们充分运动,任其自然生长13个月才出栏。为避免有害激素产生,对猪实施沐浴、电晕、安乐死。为使消费者对产品放心,从源头养殖到销售终端,实行网络化全程追溯。生长的黑猪,身上长着特有的大理石花纹,不易被复制。

这样的养猪场,建设标准高,前期投入大。因头一年的失利,王元虎囊中羞涩,干着干着,钱就不够了,凡是能借的、能贷的,都跑了个遍,个人的关系几乎全部用完。曾经就读的大学,系里的七八个老师,有五六个当过他的债主。无奈之下,他只好向高淑贞求助。

村里谁家有钱没钱,高淑贞底儿清。于是,她在前面走,王元虎在后面跟,上门借钱。

第一家是马世传。他是老党员、老"劈铁",当过劈铁队长,长子是警察,次子是技术工人,家境不错。

高淑贞开门见山:"叔,您那两个钱呢?我再使使。"头一年,村里帮施工队筹钱,提前给参建公寓楼的村民付工钱,高淑贞向他借过5万元,转年就还了。

"行!"马世传年近八旬,身体硬朗,快言快语,"你叔就这俩钱。是打到你卡里,还是取出来?"

"不是我借,"高淑贞指指王元虎,"是帮他借。"

马世传不认识王元虎,见是个毛头小伙子,有点犹豫。高淑贞赶紧介绍他。

马世传略一思忖,对高淑贞说:"既然你开口,没问题!"

王元虎当场写了借条。

高淑贞也签上字,说:"我负责担保。"

马世传接过借条,笑笑说:"有书记担保着,我就放心了!"

第二家是韩荷香。见老姐妹上门,韩荷香一把拉住她,亲热地说:"哎呀,啥风把你刮来的呀?"忙着让座泡茶。

寒暄过后,高淑贞直截了当地说:"你那5万元呢?快拿出来,先让我使使。你每天煎饼卷大葱,反正也不使钱,放那儿白闲着。"原来,村里刚退给她5万元购房定金。

韩荷香诧异:"你干啥借钱?"

高淑贞指着王元虎:"我是帮他借,他要扩大规模。"说着,把借钱缘由重复了一遍。

"你使还差不多,给他使……"韩荷香嘴一噘,"嘴上没毛,办事不牢。"

"咋了?"高淑贞放下茶杯,故作不满,"你别门缝里瞧人,他小两口都是堂堂大学生,还怕赖你钱?"

"喊!"韩荷香嘴一撇,"养猪谁不会?还用得着大学生吗?大学生养猪有啥出息?不是白瞎了吗?古人说了,家财万贯,带毛的不算。"

高淑贞说:"他们是现代化养猪,是科学养猪,学问大着呢。哪天你去看看,开开眼界。"

"养猪有啥看的?"韩荷香边说边进里屋,拿出一只布兜,从里面掏出5万元。

高淑贞故意问道:"你是不是又藏在棉鞋里了?"

韩荷香嘎嘎直乐。原来,她从不存钱,喜欢东藏西塞。有一次打扫卫生,扔掉一双旧棉鞋,让拾破烂的拿走了。过后才想起,鞋里还藏着5000元呢!难过得号啕大哭,成了村里的笑话。

王元虎写完借条后,韩荷香将笔递给高淑贞:"你得签个字,我心里才踏实。"

"没问题!"高淑贞麻利签上字,"我早就有打算,给他担保。他还不出,我来还!"

韩荷香收起借条,问:"你不担心受连累?"

高淑贞说:"我对他有信心!"

离开韩荷香家,高淑贞又领着走了几户,每户借三五万元。为了让他们放心,每次打借条,她都主动签字担保。她希望,她的信誉,既能换取村民对王元虎的信任,也能增强王元虎的信心和动力。

有一次,高淑贞参加济南市人代会,同苑广芹住同一房间,她是水寨门口村的书记。有天晚上,王元虎打来电话,说是买饲料没钱了。高淑贞问需要多少钱?王元虎说4万元就行。

正巧苑广芹在场,问明缘由,十分惊讶:"你这个书记当的!还管这事啊?你不要找别人了,我借给他!"

高淑贞既尴尬,又感激。

高淑贞倾力帮王元虎,有人称赞,也有人嫉妒。

当时,王三魁的猪场还开着。有一天,污水又漫到路上,高淑贞来找他时,他埋怨道:"你咋向着外来户哩?"

高淑贞奇怪:"我咋向着外来户了?"

王三魁说:"我们本村人养猪,你不支持;来了一个王元虎,你却跑前跑后下力帮他。"

高淑贞毫不客气:"你瞧你这里,臭气熏天,脏水在路上淌,跟你讲了多少次?化粪池你改了吗?你让我咋支持?你到他那里闻闻,能闻到臭味吗?能看到脏水吗?"

一席话,怼得王三魁哑口无言。

怼完王三魁,高淑贞也陷入沉思。

养殖曾是三涧溪村的特色,养猪、养鸡、养貂、养狐狸,养殖户倒是增收致富了,因皆是粗放经营,严重污染环境。她之所以倾力帮王元虎,是因为她觉得,这才是今后农村养殖的方向,要让他带动其他养殖户,建立养殖示范区。

然而,外来户的身份,让王元虎处于尴尬地步。同样是外来户,村民对办厂搞工业的不会排斥,因为他们没能耐办厂,除了征地时讹一把,还可以进厂务工挣钱;而养猪对村民来说,再熟悉不过,觉得是同自己抢饭碗,自然要排斥。

如何让王元虎融入村里、安心养殖?高淑贞想到一招:让他在村里落户。她同王元虎一说,王元虎求之不得。高淑贞说,你写个申请来。

村两委会上,高淑贞读了王元虎的申请,征求大家的意见。叶恒德、马素利、徐绍霞等人都支持,也有几个人不同意,说让王元虎占便宜了,户口可以落下,但不能享受本村村民待遇。

高淑贞说:"现在到处都在抢人才,落户口、送住房、付高薪,政策很优惠。我们没啥资源,也没啥可优惠的,王元虎夫妻俩都是大学生,搞的是现代化养殖,养的是新品种,同大学密切合作。养殖需要大量玉米青饲料,还可以推动规模化种植。这就是人才啊。他们来落户,是咱村的荣幸。如果这么小家子气,怎么能够吸引人才、留住人才?"

一席话,说得反对者心服口服。

2009年10月,王元虎全家正式落户三涧溪。有人逗他:"元虎,你们还走不?"

王元虎乐了:"三涧溪是我的家呀,咋还会走呢?"

王元虎养的是黑猪新品种,出栏周期较长,短则10个月,长则13个月,出栏前的难题接踵而至,每个关口都离不开钱。2010年下半年,养猪场已投资600多万元,王元虎又来找高淑贞。

看他一脸苦相,高淑贞明白了:"钱又没了?"

王元虎"嗯"了一声。

高淑贞想,若再找一般村民借,数额不大,涉及人多,将来万一还款困难,影响面太大,不如找经营大户。于是领着王元虎,来到柳立明家。

柳立明是烧窑能手,以前开过石灰窑,后来因污染环境,被强制关闭。拆窑过程中,曾与高淑贞发生过冲突。可谓不打不相识,其妻李凤菊与高淑贞反而成为好姐妹。柳家家底厚,夫妻俩豪爽,出手大方,一借就是10万元,回回不落空。

第二户便是杨莲英,也是有求必应。

几年间,高淑贞领着王元虎,先后走了22家,借了100多万元。

终于到出栏期。王元虎的黑猪,因饲养时间长,肉质口感很好,价格相对较高。他打不起广告,高淑贞就给认识的人打电话,帮他推销。别人逗趣:"你咋成卖肉的了?"

投资规模逐渐加大,到700多万元的时候,猪已有1000多头,一天需开销1万多元。按他的梦想,生产1万头优质黑猪,占据生态健康的高端市场,这意味着养殖周期长、成本高。为此,2011年,他与青岛一家上市企业合作,对方注入资金。压力暂时缓解,但新的问题又出现了。就在这年,不少高端消费品市场萎缩,合作方追求的,是利润的最大化,为规避市场风险,决定放弃高端市场,改为"四月肥"生产模式。

分歧越来越大,2013年,合作方决定撤资。王元虎不得不再次东借西凑,花300多万元回购股份。为帮王元虎凑钱,高淑贞又拿出房产证,为他抵押贷款。

一路磕磕绊绊走来,王元虎越做越大。从最初的生态养殖场,到济南源虎食品有限公司,集生态养殖、种植、产品直销于一体。后来又在三涧溪村、文祖街道山区、湖南湘西州泸溪县宋家寨村建成3个养殖基地,后2个都是扶贫基地,通过产业带动,帮助2个贫困村各增收18.3万元和60万元,100多家贫困户靠养猪脱贫。源虎公司总占地2000多亩,员工50多人,年出栏黑猪5000余头,年销售收入2000余万元,成为济南市农业龙头企业,被列为济南市大学生村官创业实践基地、消费者最喜爱的农产品基地,央视2套、7套等媒体也介绍其养殖经验。

王元虎的荣誉伴随而来:济南市十六、十七届人大代表,山东省十三届人大代表,山东省青年联合会委员,山东省乡村之星,山东省乡村好青年,2015年度全国农村青年致富带头人。

在王元虎带动下,三涧溪村30多名青年返乡创业。村党总支成立青年创业党支部,由王元虎任党支部书记。他组织村里120多名青年党员、回乡大学生、复退军人,成立"绿涧生态农业专业合作社",打造"绿涧农创园"田园综合体。

2013年7月18日,时任中共中央政治局委员、国务院副总理汪洋,来到源虎食品公司旗下的章丘绿涧生态产业园,调研食品药品安全工作,高度评价源虎有氧黑猪的饲养模式。他说:"我在这里看到了3点希望,一个是农业发展的希望,一个是食品安全的希望,还有一个是大学生创业的希望。"

四 荣誉贷

最让高淑贞振奋的,是2018年的春天。

这年的1号文件,主题是决胜全面建成小康社会,实施乡村振兴战略。3月8日,习近平总书记参加十三届全国人大一次会议山东代表团审议时,又对实施乡村振兴战略发表重要讲话,提出推动乡村产业、人才、文化、生态、组织"五个振兴"。

"一年之计在于春,一天之计在于晨。我们也要抓住机遇,围绕'五个振兴',顺势而上!"在村民代表大会上,高淑贞兴奋地说。

王元虎猪场旁边,有100亩耕地,已经流转到村集体,村两委打算对外招商,搞农业规模经营。办事处很支持,说可以列入乡村振兴规划。种啥好呢?有人说种甜瓜,有人说种西瓜,谈了几个项目,都不理想。高淑贞说,要种,就要种出品牌效应,具有示范作用。

这天,高淑贞来到源虎食品公司,打算让他一起想想办法。王元虎正同一个年轻人热烈交谈,见高淑贞来,赶紧介绍:"这是薯立方的创始人宋章峰。"

"水立方?"高淑贞没听清。

"哈哈!是薯立方,烤地瓜的。"王元虎赞不绝口,"他有230多名员工,总部在济南,是一家集绿色生态农业、加盟连锁、直营连锁、电子商务为一体的综合性公司,在全国有20400多家品牌连锁店,几乎覆盖所有省份呢!"

"哇!不是烤地瓜吗?烤出这么大产业?"高淑贞肃然起敬。

王元虎滔滔不绝介绍:宋章峰是菏泽成武人,2011年大学毕业时,就在济南开了第一家地瓜坊,是"山东十大创业青年"。

王元虎继续介绍:"为了确保地瓜品质,章峰在种植基地同乡农们一起吃、一起住、一起栽种、一起收获,带动文祖、官庄、宁家埠等街道的贫困村,发展了数百亩地瓜种植。"

高淑贞眼睛一亮,急切地问:"我们村有100亩地,正在招商,你愿不愿来投资?"

"太好了!"宋章峰高兴地说,"我们正需要扩大种植面积呢!"

高淑贞说:"单纯租赁土地,一年租金才3万元,村集体收益太低。咱们能不能合作,实现双赢?"

"三涧溪村远近闻名,我很愿意合作!"宋章峰满口答应。

宋章峰回济南后,拟定一份合作方案:他出200万元,村里出300万元,双方合资建育苗基地。他每年付给村里两笔钱:一是15

万元土地使用费;二是在产生效益前,按300万元的4%返还给村里,产生效益后再按6%至8%返还,如果有两季产量,可以协商增加返还额。

高淑贞一算,村里每年至少获利27万元,是单纯租地的9倍,还可以带动5000亩地瓜种植,由宋章峰包销。她觉得这个方案好,立刻向街道党工委汇报,党工委书记李屹东表态支持。于是,双方很快签订协议。

协议签订之后,才发觉尴尬了:300万元到不了账。

高淑贞原指望,搭乡村振兴顺风车,获得政府部门的补助。她拿着协议书,跑了好几个部门,答复都是:你们只有干成功后,才能以奖代补。

"对了,"高淑贞一拍脑袋,"要不,再用一次土地征用补偿款?"

村里的这笔款,多达5000多万元,存在章丘区财政指定账户上。每年7月底、12月底,区里用其利息,按每年每亩1200元标准,给被征用土地的村民发放。

高淑贞在两委会上一说,大家已经尝过一次甜头,纷纷说:"这是好主意。钱越存越贬值,靠吃利息太不划算,不如盘活它!"

高淑贞兴冲冲跑到区国土局。此时,聂朝阳已经退休。国土局答复,这笔款只能专款专用,不能挪作他用,这是制度。

"制度"二字,兜头一瓢冷水,浇灭高淑贞的希望。

解除合同?不行!这意味着违约,会影响三涧溪的对外形象。再说,这是个好项目,不能轻易放弃。

高淑贞不甘心,跑到章丘农村信用社双山分社,找到副主任郭元军,打听有没有向农村倾斜的优惠政策。

郭元军说:"有是有。问题是,以谁名义贷?由谁担保呢?"

高淑贞问:"村委会名义,或者村经济合作社名义,行吗?"

"都不行。"郭元军摇摇头,想了想,忽然眉头一挑,"对了,现在刚推出一个新产品,对你是最合适的。"

高淑贞一喜:"太好了!什么产品?"

"荣誉贷。"郭元军说,"你是老先进了,获得哪些荣誉?"

高淑贞扳着手指:全国优秀党务工作者、全国三八红旗手标兵、全国三八红旗手、全国基层优秀理论宣讲先进个人、第七届全国道德模范提名奖、山东省担当作为好书记并荣立一等功、山东省优秀共产党员、山东省优秀女村官、山东省道德模范、山东省脱贫攻坚先进个人、第六届齐鲁巾帼十杰、山东省三八红旗手标兵……

"够了,够了!"郭元军笑了,"光是一个'全国优秀党务工作者',就足够了!"

"你的意思是,以我个人名义贷?"高淑贞问。

"是的。"郭元军说,"需要押上你家的房产证,还需要你老公一起签字。"

高淑贞沉吟良久。这个荣誉贷,是把双刃剑,押的是个人信誉,搞砸了名誉受损。何况,300万元不是小数目,万一出了偏差,家庭难以承担。她说:"这么大一笔款,我不能一个人做主,要同家里人商量一下。"

高淑贞大女儿在北大读医学博士。小女儿大学毕业后,在《济南日报》当记者,平时住在济南,双休日时回村陪母亲。赵云昌平时住章丘城里,双休日也回村里,给母女俩做饭。这个双休日,小女儿有事没回来,赵云昌下班到家后,却见妻子在厨房忙着,桌上摆着好几个菜,还摆着酒和酒杯。

赵云昌奇怪:"今晚女儿不回来,还这么丰盛?"

高淑贞从厨房探出头说:"我陪你喝几盅。"

赵云昌看了看墙上挂历,有点奇怪:"不年不节的,咋喝起来了？你不是好久没沾了吗？"

高淑贞解下围裙，步出厨房："我好久没喝了，今天有点空，想喝点。"

坐下后，高淑贞一边殷勤倒酒，一边说些高兴的事。几杯酒落肚后，赵云昌脸色泛红，有说有笑。

高淑贞见时机已到，装作很随意的样子："云昌，有件事，要同你商量一下。"

"啥事？"赵云昌放下酒杯，警觉起来，"有啥好事？有事也都是你做主。同我商量，别又是缺钱吧？"

高淑贞有点难为情："嘿，还真让你说着了。"

"怪不得！"赵云昌恍然大悟，轻轻一拍桌子，"我说呢，今天这么殷勤，原来是黄鼠狼给……给啥拜年——没安好心哪！我差点上当了。"

"喊！看把你嘚瑟的。"高淑贞白了他一眼，嘴巴不饶人，"我同你商量，是尊重你是一家之主。要不，我自己就拍板了。"

"那好吧——"赵云昌拉长声调，"有什么事，就向一家之主汇报吧。"

高淑贞一五一十，把荣誉贷的事说了一遍。

赵云昌一边听，一边锁紧眉头："我真服了你，这么喜欢折腾！把房产证当提款机了？押了一次又一次。为村里做事，我不反对，但也得量力而行。这个项目虽然好，也不是非做不可。不做，别人能怎么着你？做成了，村民未必领情，说不定又写举报信，说你谋私利了。万一搞砸了，我们就要砸锅卖铁、倾家荡产，有谁会帮我们？我呢，从来不指望沾你的光。你呢，也别老是连累家里，把我搞得心神不宁。"

高淑贞静静听着，过了良久，看着丈夫，柔声说道："你说得在理。这事儿,可做可不做,退一步海阔天空,进一步吉凶未卜。可我是一村之主啊,总得为村里的长远发展考虑,不能因为一些人瞎叨叨就不做事。你别生气,你是我最亲的亲人,我遇到难处时,不靠着你,还能指望谁呢?"

听妻子这么说,赵云昌消了气,脸色缓和下来。

高淑贞剥了一只虾,放在丈夫碗里,继续说:"虽然有些人误解我、中伤我,我相信,绝大多数老百姓,是理解我、支持我的,上级领导也是理解我、支持我的。今天我理了一下,发现有这么多的荣誉。这些荣誉,既是组织上对我的肯定,也是老百姓对我的信任。这是无价之宝,花多少钱也买不来。就冲着这一大摞红本本,我也要好好工作。荣誉贷,也不是每个人都能享受的,这本身就是一份荣誉。我能用这份荣誉为村里做点贡献,也是取之于民、用之于民,是一件很荣幸的事。"

响鼓不用重槌敲。妻子一番话,说到赵云昌心坎上。作为一名教师,他焉能不懂这些道理?他为刚才的态度羞愧,赶紧给妻子剥了两只虾:"你这么操心,辛苦了,多吃点。你说的,我都理解。哪怕是上刀山、下火海,我也陪你走一趟!"

丈夫的举动,让高淑贞心里暖暖的。她给丈夫斟了杯酒,慢声细语:"其实,我也不是一味蛮干。我打听过了,章丘有13个乡村振兴示范村,济南和章丘按四六配套比例,扶持每个村1000万元,扶持方式是以奖代补。也就是说,如果一事无成,就一分没有;只要项目做成,资金不是问题。我搞荣誉贷,只是先垫资而已,没啥风险。当然了,如果项目半途而废,还是有风险的。"

赵云昌提了个问题:"300万元不是小数目,每个月利息要1万多元呢。这笔开支,谁承担呢?"

"先扣我的工资。"高淑贞说,"宋章峰答应,先预支我5万元付利息,将来结算时再扣下,但需要让王元虎给我担保。"

赵云昌乐了:"你像老母鸡带小鸡一样,终于把元虎带大了,现在轮到他为你分忧了。"

"是啊!"高淑贞甚是欣慰,"他的翅膀已经长硬,可以为村里做贡献了。"

赵云昌给两只酒杯斟上酒,端起来:"啥时去办手续?我请好假,陪你一起去。"

"好!"

两只酒杯轻轻一碰,两颗心挨得更近了。

第九章 推心置腹

一 平医闹

西涧溪南侧有条村道,要拓宽成涧泰路,需要拆苏朝光的房屋。他在家里开了个小卖店,平时靠这个店谋生。要拆迁,自然不乐意。巧得很,工业园区征地,苏家的承包地也在征用范围。高淑贞上门做工作。

苏朝光媳妇叫姚玉花,夫妻俩五十出头。高淑贞进门时,见姚玉花捂着半边脸,病恹恹的样子,关切地问:"咋着了?"

姚玉花有气无力:"头疼。眼睛看不见。"

高淑贞问:"知道啥毛病吗?"

姚玉花说:"好像是白内障。"

高淑贞想起叶恒德老伴的眼,就说:"还是去医院看看。"

姚玉花苦着脸应道:"看啥?死了拉倒。"

"别说丧气话,"高淑贞安慰道,"有病就得治。这样吧,我陪你去。"

姚玉花没吭声,不太情愿。

高淑贞知道她心事。农民最怕看病,虽然有了医保,但交通不便、医院不熟。有了病,能熬就熬,能忍就忍,就说:"你别担心,我用车子拉你去,帮你找熟人。"

"嗯哪。"姚玉花露出感激之情。

高淑贞领着姚玉花,来到章丘市眼科医院。真是无巧不成书,跟叶恒德老伴一样,医生检查后说,不是白内障,她脑里长了颗脑瘤,压迫视神经,建议上章丘市人民医院。

高淑贞拉着她,赶到章丘市人民医院。正巧,高淑贞有个学生邢新,是这里的医生,检查后说要住院做手术。打开脑腔,才发现瘤长在主动脉上,手术风险极大,只好重新缝上。

苏朝光两口子不干了,说把脑壳打开了,还是看不见。医生说,你这个瘤不能切,手术风险太大,不收你们的医疗费了。两口子说,脑壳不是白挨一刀了?不行,得赔钱!拿着被子、褥子,就睡在院长门外。

医院协调几次,两口子横竖不答应,只好向高淑贞求助,请她协调。高淑贞好说歹说,双方才达成协议,医院除免医疗费外,另外赔偿3万元。

钱拿到了,病还得治。高淑贞找到邢新说:"都是本村人,该帮忙还得帮忙。"

苏家这一闹,让邢新很没面子,但他不计前嫌,仍联系自己的老师,是济南一家医院的专家,请他帮忙。

姚玉花住院后,瘤被顺利切除,开始时状况不错;但只过了一天,突然七窍流血,不治而亡。

亲人猝然去世,苏家父子悲痛万分,当场发飙。儿子苏顺明揍了医生,被保安摁住,警察将其拘留。放出来后,他俩决定大闹一场,赶回村里搬救兵,让村民一起去医院闹。高淑贞坚决制止,向大家解释事情经过,认为要协商处理,聚众闹事不妥,村民都觉得有理,无人鲁莽行事。

苏顺明气呼呼赶到村部,冲着高淑贞,劈头就是一句:"书记,你咋向着医院哩？"

高淑贞冷静地说："人没了，我也很难过，但我不同意去医院闹。我不是向着医院，是向着理儿。手术前，你们是签了字的，有风险你们是知道的，出了事应该按程序处理。"

苏顺明悻悻离开，又去舅家搬救兵。舅家人带着花圈、白横幅，开着大卡车，到医院闹事，但被驱散。他们没想到，这招儿在章丘灵，在济南却不灵了，心有不甘，一不做，二不休，干脆尸体也不要了，扔在太平间，打起官司来。然而，因证据不足，法院不予立案，拖了一年半，毫无进展，医院也不理不睬。

父子俩骑虎难下，想把姚玉花运回家。管太平间的人一算账，尸体保管费4.8万元，不付钱，不让拉走尸体。父子俩一筹莫展，心力交瘁。

再说修路的事。碍于苏家遭遇不幸，高淑贞不便谈拆迁，只好先搁着。润泰路其他路段均已竣工，只在苏家这段留了个尾巴。车子开到这里时，只得刹车绕行。

眼见苏家父子浑浑噩噩，顾不上逝去的亲人，高淑贞于心不忍，对苏顺明说："你这做儿子的，该讲点孝心，尽快让娘入土为安。"

苏顺明咧咧嘴："我有啥办法？我付不起钱。"为打这场无谓的官司，父子俩无心生产，坐吃山空。苏顺明已届而立，还是孑然一身。

"难道让你娘一直躺在冰柜里？简直是个混蛋！"高淑贞恨铁不成钢，思忖良久，"还是我来想办法吧。"

这回，高淑贞用上人大代表的身份，频频往济南市人大和民政、卫生部门跑，反映苏家的困难。因太平间归民政部门管辖，在济南市民政局长协调下，最终免除了保管费。

从太平间到殡仪馆,如果雇人抬尸,需要运输费500元。这笔钱,苏家仍舍不得出。高淑贞想了想,找副书记李东刚商量:"咱俩搭把手,帮他们抬了吧?"

"你?"李东刚吃一惊,"哪有女的干这活?要不,我另外找人吧。"

高淑贞摇摇头:"这活儿,大家都忌讳,别难为别人了。"

"是啊,谁不忌讳呢?我也忌讳。"李东刚苦笑了一下,"也只有你能做。"

"其实,我……心里也打鼓。"高淑贞据实说,"可是,谁让咱是党员、干部呢?咱不上,谁上?"

李东刚连忙说:"我明白。你都能上,我一个大老爷们,还能躲?"

高淑贞叫上苏顺明,让杨威开车拉着,赶到医院。院里车子多,杨威去找车位,顾不上帮忙。高淑贞和李东刚、苏顺明进入太平间。

置身太平间,高淑贞心绷得紧紧的,血液仿佛也凝固了,恐惧感像无数小虫子,直往汗毛孔里钻,禁不住缩起脖子,身子也收拢起来,双脚像是绑着绳,迈不开步子,呼吸都有点困难。她悄悄张开嘴,深深吸口气,再使劲往外呼,还不敢发出声音。反复几次,心里才放松了些。

拉开抽屉,几个人傻了眼:姚玉花还穿着手术衣,里面空无一物,冰冻一年半,已是硬邦邦,像块冰坨,手术衣已与身子冻成一体。目睹此惨景,高淑贞顿时潸然泪下:"老姚啊,我来晚了,让你受苦了。"一听这话,苏顺明号啕大哭。

姚玉花本来就胖,体重一百五六十斤,经这一冻,更加沉重。高淑贞见苏顺明瘦小,就让李东刚一头,她和苏顺明一头,三人合力将姚玉花抬上运尸车。这样的活儿,哪有女人干的?旁边人见了,无不惊讶。

运尸车是雇来的,司机一看这场面,十分诧异:"咋让女的抬?咋不找个男的?"

苏顺明抹了把泪,指着他俩说:"这是俺村书记,这是副书记。"

"啊?"司机一听,眼睛瞪得溜圆,"现在还有这样的干部?真不错,佩服,佩服!"

高淑贞跑前跑后,帮着免掉保管费,已经让苏家父子感激不尽。这会儿竟然还帮着抬尸体,苏家父子更是感激涕零,心里疙瘩解开了,丧事料理后,爽快地在拆迁和征地协议上签了字。

高淑贞长吁一口气:一块石头被焐热了。

涧泰路顺利通车。这意味着,三涧溪的环村路全部打通。

二 接皮球

尝到新农村建设的甜头后,高淑贞抓住机遇,大力实施旧村改造,相继开建18幢楼房,根据旧房面积,折算成新房面积,可以安置四成家庭。一些头脑活络的人,便开始盘算如何占便宜。李建设就是其中之一。

李建设是西涧溪人,年轻时离开村,后来在章丘市区安家,已经退休多年,在村里只剩一座老屋,久不住人,坍塌多年,已经废弃。2014年上半年,听说西涧溪要拆迁,他赶紧弄些旧木料,打算重新翻建,向村里多要些补偿。开始,他找本村施工队,因村委会已完成旧房测量,并下了冻结通知,禁止翻建改造,加上活儿少,施工队没有接。他就在集市上找了个中介,是文祖街道黑峪村人,把活儿包给他。那人又转包给同村的3人。

3人忙乎半天,拆了一半屋,买来快餐和啤酒,就地吃午餐。其间,一人尿急,走到一堵墙下。正尿着,墙哗啦一下倒塌,将他拍在里面。同伴手忙脚乱扒出,已砸得面目全非,赶紧拨打120。120将其拉到医院,已经不治身亡。

　　过了几天,街道办事处给高淑贞打电话,说有人上访,把办事处大门堵了,让她赶紧去处理。高淑贞忙问啥事,对方说,你来就知道了。

　　高淑贞火速赶到办事处,只见楼前人头攒动,尽是些披麻戴孝的,齐刷刷地跪在地上,办事处两个工作人员呆立着,不知所措。

　　高淑贞刚一现身,就有人说了句:"好了,好了,来领导了。"

　　跪着的人顿时哭声震天,有人上前扯着高淑贞衣裳:"领导啊,你可得给我们做主哇!"

　　高淑贞脑袋嗡一下,一问才知,都是3天前被砸人的亲属,便问旁边的工作人员:"这事同村里没关系啊,咋叫我来了?办事处领导呢?咋一个也不出面?"

　　工作人员支支吾吾说,是领导说的,让她来处理。

　　高淑贞赶紧拉跪者起来,细问详情。原来出事后,李建设推给承包人,说同承包人有协议,自己溜了。承包人听说要出钱,家门一锁,也开上汽车跑了。死者的遗体搁在医院太平间,已经3天没人管。亲属傻眼了。其实,他们也知道,这事儿同三涧溪村没关系,但两个当事人不知其踪,手机也关着。亲属找到李建设单位,单位说他已退休多年,这是他个人行为,单位管不了。走投无路下,亲属只好向政府求助。他们先到文祖街道办事处,办事处说,人死在双山,你们找双山街道去。而双山街道办事处领导觉得,这事儿出在三涧溪,便让高淑贞来处理。皮球一路踢过来,最终落到高淑贞脚下。

高淑贞问:"还没出丧吗?"

亲属泪水涟涟:"还没,一分钱也没给。"

高淑贞一听,心情沉重,立即说:"你们别急,我认识你们的书记,马上给他打电话。"

黑峪村书记姓李,电话里说,孙子误食安眠药,他正在医院照顾呢。

高淑贞不信:"你作为共产党员,可别骗人!"

李书记赌咒发誓,没骗人。

高淑贞认定他说瞎话,钉住他说:"你在哪个医院?我现在就来!"

李书记说了以后,高淑贞劝亲属先回家,立刻赶过去,一看果然在医院。但是,任高淑贞磨破嘴,李书记就是不管不顾,气得她摔门而去。

第二天,章丘信访局又给高淑贞打电话,说亲属找上门来了,双山街道和文祖街道都来人了,就等她了,让她赶紧去。

十多个亲属,都等在信访局调解室,一见高淑贞,齐齐跪下磕头,吓得她赶紧扶起。她四下环顾:"咦,文祖的人呢?双山的人呢?不是说等我吗?"接访的工作人员说,马上到,马上到。

人总算来了。除了信访局的副局长,其他都是普通办事员。亲属还算通情达理,说这事儿不怨村里,但总得有人处理、有人出钱吧?

高淑贞说:"谁承包谁出钱,你们应该走法律程序。眼下,最要紧的是,尽快把后事办了,别再让人躺在太平间里。咱们先商量一下,办后事需要多少钱?"

几个回合后,双方商定3万元。

副局长示意,高淑贞等人起身,到另一间屋里商量。副局长说:"我上去问问局长。"

过了会儿,副局长下来,说局长同意了。那么,这个钱谁出呢?大家你看我,我看你,没人吱声。文祖和双山的人听说要出钱,头摇得像拨浪鼓:"我们做不了主,我们得回去汇报。"

"你们都不管?那好吧,我来管!"高淑贞一看僵持着,来了气,一拍桌子,"我的工资卡里还有3万多元,我现在就去银行,取出来先垫上,把问题解决了再说。但是,这是我个人的钱,希望将来能退还给我。"

副局长上楼请示后,下楼说:"局长同意了,等我们协调好后,再把钱给你。"

高淑贞去银行取出钱,将钱交给死者的儿子。对方写了收条,文祖和双山的人签了字,众人这才离开。

事情平息后,信访局却没了下文。过了几个月,高淑贞窝了一肚火,接连往信访局跑,先是找副局长,后又找局长。

高淑贞说:"你不是答应的吗?怎么能说话不算数?"

局长两手一摊:"分管领导不同意,我也没办法,你得理解我。"

高淑贞没好气地说:"本来不关我们村的事,非要我处理,成了我的事。现在我成了上访户,谁能理解我?"

高淑贞越想越气,七八个月的工资呢,难道就这么打了水漂?一怒之下,直接找到分管市领导反映。在分管市领导协调下,双山街道办事处先将钱还给高淑贞。此时,距她垫钱已是一年以后。经办事处申请,李建设养老金账户被冻结,直到还清3万元后才解封。

死者亲属无奈,将承包人和李建设告上法庭。经过长达4年的诉讼,直到2018年才了结,法院判处赔偿20余万元。

三　姐妹花

2006年,胶济铁路实施改造。此次改造,有一个大背景:迎接2008年北京奥运会,其中帆船比赛项目将在青岛举行,而胶济铁路是通往青岛的必经线。

改造就要征地。铁路穿过三涧溪,地也在被征范围。于是,有人欢喜有人愁。欢喜的,是可以拿到补偿;愁的,是怕拿不到补偿。韩荷香是愁者之一。为啥愁呢?因为她的地,有些不是她的。

韩荷香丈夫叫马家琦,夫妻俩一心想要个儿子,生了俩闺女后,为逃避计划生育,带着孩子躲到东北,一气又生了仨闺女。拖家带口回到村里后,马家琦去东营打工,长年不回来,靠韩荷香一人拉扯孩子。她开垦的一块荒地,这次被征用了,没拿到补偿,心里有气,施工开始后,唆使几个妇女,天天来找碴儿,挡在挖掘机前,索要赔偿。

工程指挥部无奈,给高淑贞打电话:"高书记,求求你把她弄走吧。"

开始,高淑贞去劝,她还能听。但高淑贞一走,她又领着人来,挡住挖掘机。三番五次后,韩荷香就皮了,高淑贞再来劝时,她仍赖着不走,两人夹枪带棒,火药味越来越浓。

这天,韩荷香又挡在挖掘机前,高淑贞生气了:"开奥运会是国家大事,你耽误得起吗?铁路改造不是你说了算,该不该补给你,也不是你说了算,由村里定。"

"我被村里那些人坑怕了,谁的话我也不信。"韩荷香两手抱胸,斜视着高淑贞,"你来了也白搭,你脸没这么大。我就不走了,你能把我咋地?"

几个老娘们袖手旁观,冷眼看热闹。挖掘机轰隆隆响着,令人焦躁不安。

高淑贞明白,此时不强硬,就没法收场。于是,拽住她的胳膊往外面拉:"我就不信,我还治不了你?走!"

韩荷香一甩胳膊,朝高淑贞就是一拳,嘴里反咬一口:"书记还打人吗?"

"你还动手了?我就打你了!"高淑贞一个趔趄,几天来憋在心里的怒气,被彻底激发,回手推了她一把。

韩荷香站立不稳,身子后仰,连退几步。身后,是一道刚挖掘出的沟,她一步踏空,倒了下去。高淑贞受惯性作用,刹不住脚,也直往前冲。两人骨碌碌滚到沟底,众人一片惊呼。好在沟不太深,又是松软的泥土,没有受伤。

"书记打人啦!书记打人啦!"受此惊吓,韩荷香呼天抢地,撒起泼来。

高淑贞站起身来,掸掸身上的泥,没好气地说:"咋地,你还要起赖来了?"伸出手拉韩荷香。

不料,韩荷香一把推开她,越哭越伤心,边哭边诉苦:"我的命好苦啊,男人不要我,村里人欺侮我,书记也打我,呜呜呜……"

高淑贞一听,觉得诧异,也不拦她,听她哭诉。渐渐地,听出了个大概。

马家琦在东营打工时,勾搭上一女子,生活在一起,还生了个女儿,长期对她和孩子不管不顾。她一直蒙在鼓里,女儿告诉她后,她赶到东营,辗转找到他们住处时,已是夜里。她砸开门,果然见他俩睡在一起,怒不可遏,卷起女的衣裳,塞进马桶。丈夫将她揍得鼻青脸肿,给撵出门去。半夜三更,她在路上摸黑走着,险些掉进河里,若不是可怜5个孩子,真想一头扎进河里。因严重违反计生政策,仨闺女一直没落下户口。1997年,第二轮土地承包时,仨闺女因没户口,没有分到地,家里粮食不够吃。凑巧,承包地旁边,有块荒地无人耕种,她便开垦了,这次被征用后,她指望能补点钱,但村民小组不肯给她,她只好向施工队要。

没想到,这个外表强悍的女子,竟有一肚子苦水。高淑贞顿生同情之心,坐在她身边,边劝慰她,边用衣襟帮她抹泪。韩荷香更觉得委屈,趴在高淑贞肩上号啕大哭。高淑贞被她感染,搂着她,陪她落泪。最后,两人哭作一团。

几个旁观的老娘们,开始以为她俩要打成一团,没想到竟哭成一团,自认没趣,悄悄溜走了。

高淑贞柔声劝道:"你别难过了。我想想办法,尽量帮你拿点补偿。但有一点,你不要再来闹了。耽误施工,可是大事。"

"真的?"韩荷香抬起头,泪眼婆娑看着高淑贞。

"真的。相信我。"高淑贞承诺,心里打定主意,尽量帮她争取,实在不行,就自己掏腰包,一两千元不是大数,却可以安抚韩荷香。

"嗯。"韩荷香爬起来,抹净眼泪,乖乖地走了。

高淑贞先找到村民小组,小组长说,这是集体的土地,补偿当然该归集体,不能给她,否则别人怎么办?难道她超生有功?高淑贞觉得有理,这是法律,不能给她开这个口。

高淑贞又来到工程指挥部,详细说明韩荷香的困难,希望能特事特办。

为了铁路改造,高淑贞白天黑夜忙碌,出了很大力,工程指挥部负责人很感激,多次想请她吃饭,都被她婉拒了,听罢,当即说:"我们正好有一笔专项资金,用于协调各种突发情况,可以灵活掌握。行,我答应你,单独给她点补偿,作为困难补助,就算是对你的谢意吧!"

补偿款不足2000元,高淑贞交给韩荷香时,她十分惊讶:"我闹了7天,还不如你一句话,我服了!以后,我听你的!"

韩荷香年轻时性格开朗,爱唱吕剧,当过生产队妇女队长;结婚后,为躲避计划生育,长期颠沛流离,肩负生活重担,加上丈夫不忠、受人歧视,被压得喘不过气,失去活泼风趣的天性,整日愁眉苦脸、尖酸刻薄。在她眼里,这笔补偿款,不只为她挽回损失,更为她换来尊严,让她在村里很有面子。

紧接着,高淑贞办的一件事,更让韩荷香感激涕零:排除重重阻力,为她仨闺女落下户口。高淑贞说:"违反计生政策,责任在父母,孩子是无辜的,不能让孩子背一辈子黑户,要让她们享受到村民的同等待遇。"

按过去的村规民约,有2个女儿的,如果都嫁给外村人,本村只允许保留一个女儿户口。韩荷香的大女儿嫁到外村,老三婚后没迁走户口;老二和老五先后同现役军人恋爱,婚后户口仍在村里,两个女婿是外地人,退伍后都来到三涧溪安家,遭到村民小组抵制。高淑贞又反复做村民的工作,让两个女婿落了户口。她说:"法律高于一切,村规民约也要服从法律,不能因迁就民意而违反法律,男女是平等的,男村民能享受的权利,女村民为什么不能享受?"

韩荷香没了后顾之忧,对生活重新燃起热爱,一下年轻许多,经常哼唱吕剧。村里有支老年歌舞队,高淑贞拉她进来,她很快成为骨干,高淑贞便让她当队长。每年大年初一,她和高淑贞一道,领着歌舞队,载歌载舞,挨家挨户拜年。村里有啥公益活动,她都踊跃带头。上头要求改厕,她先带头。村里修下水道,她先带头。旧村改造时,有些村民不愿意拆迁。她第一个报名,第一个交购房定金。她说:"一个破草窝,有啥舍不得的?我早住腻了,先拆我的!"

大家都说:"韩荷香变了,像换了一个人哩!"

高淑贞呵呵直乐:"她不是换了一个人,她是变回自己了。"

高淑贞明白,韩荷香之所以事事抢在前头,一半是个人的转变,一半是为了报答她。论年纪,韩荷香大她20岁。这对忘年交,成了好姐妹。两人生日相差一天,韩荷香正月初九,高淑贞正月初十。两人相约,同一天庆生。

2015年正月初九,高淑贞带上酒菜,邀请十多位妇女骨干,都是村里有头有面的,一起来到韩荷香家,给她庆生。这么多贵客上门,韩荷香脸上放光,搬出自酿的葡萄酒,豪气干云:"今天不醉不休!"姐妹们开怀畅饮,一个个东倒西歪,手舞足蹈。

喝得兴起,高淑贞提议:"你来段《王汉喜借年》!"

《王汉喜借年》是著名吕剧,剧情大意是,书生王汉喜家境贫寒,大年除夕,奉母命到准岳父家借年货,走进岳父家院内,看到全家在上房欢度新年,深感自己寒酸,自惭形秽,徘徊不前,突闻有人走来,无处可躲,慌忙中,误入未婚妻爱姐闺房。恰巧,来人正是爱姐和嫂子。爱姐思念未婚夫,闷闷不乐。嫂子深表同情,答应成全小姑婚事。送走嫂子后,爱姐面对孤灯,无限幽怨袭上心头,独自哭诉心事。汉喜听了,深深打动,从暗中走出。爱姐大吃一惊,问明来意,慷慨赠送年货和银子。汉喜心满意足,见天色已晚,便要告辞,爱姐执意要他喝辞岁酒。一对小情侣一边喝酒,一边谈论终身大事。不想,窗外的嫂子看得一清二楚。嫂子有意戏弄,便在窗外喊爱姐,起来下饺子。二人惊作一团,手足无措,汉喜只好藏进衣橱。嫂子进屋后,爱姐故作镇定,死不承认。嫂子打开衣橱,拉出汉喜。二人在嫂子戏弄之下,窘态百出。最后,在嫂子撮合下,这对有情人结成百年之好。

"好,我来段爱姐的。"韩荷香也不推辞,借着酒劲,清了清嗓

子,翘起兰花指,有模有样,一段凄美婉转的"慢二板",在室内响起:

俺又惊又喜心发跳,
盼他来,他果然来到俺家里。
面带羞惭把话讲,
未过门的夫妻,俺可怎么把话提?
相公穿的衣单薄,
他冷疼在俺心里。
心里有话难出口,
相公你坐下烤烤足。
腊月的天气冻煞人,
相公冻得战栗栗。
找件衣裳给他暖暖体,
哎哟!我的娘哎!
俺房内哪里有男子的衣?
哎哟!人越急,越忘事,
爹爹的皮衣还在这里。
我说相公啊,你穿上吧,
穿在身上暖暖体。
这时候来到俺家里,
有什么事情对我提?
……

高淑贞嘴上叫着好,心里不由生发感慨:多好的老大姐啊,并没有过多要求,只需满足基本生活需求、获得起码人格尊严,就快乐如少女,焕发青春活力!

高淑贞想,苦尽甘来的老大姐,晚年可以好好享福了。

谁能想到,天有不测风云!

这年10月,一天上午,四姐高淑美给高淑贞打电话:"在我村子的磨坊门前,刚才有个妇女被撞了,听说是你们村的。"高淑美嫁到了邻近的普集镇池子头村,是村支委。

高淑贞心头一紧:"你咋知道是我们村的?"

高淑美说:"有人从她身上翻出手机,找出她女儿的电话,打过去问,说是三涧溪的。手机里还有你的电话呢。"她拍下被撞者的照片,用微信传给妹妹。

高淑贞仔细一看,倒吸一口冷气:"哎呀,这不是韩荷香吗?"直奔现场而去。

到了现场,韩荷香已被救护车拉走,肇事司机涉嫌酒驾,已被警察控制。目击者说,韩荷香是来磨玉米的,磨好后,将玉米粉搁在电动车上,正准备骑车走。一辆面包车直飞过来,先将她撞翻在地,又撞向磨坊。韩荷香被撞后,满嘴是血,挣扎了两次,都没能起来。

韩荷香被拉到医院时,人已经没救,被搁在太平间。照理该拉到殡仪馆,但几个孩子坚决不同意,非要拉回家。

第二天上午,高淑贞正要出门,去韩荷香家;肇事司机所在村的支书找上门,说司机的孩子正在考警察,这几天在政审,如果被判刑,恐影响孩子前途,希望她帮忙做工作,让韩荷香家人写谅解书,争取私了。

高淑贞不悦地说:"昨天刚发生的惨事,今天就提这样的要求,她家人感情上怎么能接受?让他在牢里待几天!"

高淑贞领着红白理事会的人,往韩荷香家走去。远远看到她的家,高淑贞悲从心来,禁不住失声痛哭。几年来,这条路,她不知走了多少遍,韩荷香的笑声,还在她耳边响着。如今,阴阳两隔,老大姐爽朗的笑声,她再也听不到了!她一边想,一边哭,人还没进屋,已经哭成泪人。

韩荷香的家,已被布置成灵堂,遗体躺在屋中央。高淑贞进屋一看,除了几个女儿、女婿及孩子,马家琦和弟弟、妹妹也在场。几个女儿正在数落父亲。

一见马家琦,高淑贞悲愤交加,指着他鼻子骂道:"你真是丧尽天良!你做的那些缺德事,你媳妇同我说过。这个家,是她和孩子一砖一瓦垒起来的,你没出过一分力。如今她不在了,我要替她出口气。你当着她的面,给她下跪!"

扑通一声,马家琦当众跪下,呼哧呼哧喘着粗气。此时,马家琦已70多岁,患有严重哮喘。其弟弟、妹妹默然无语。

高淑贞今天来,一是看看韩荷香,二是商量后事。得知韩荷香昨晚被拉回家,她就预感到,这件事很棘手。村里有红白理事会,村人正常死亡,有理事会操办,不必她操心,这事儿,理事会处理不了,她必须亲自出面。

安抚几个孩子后,高淑贞把肇事方的想法摆出来,征询道:"你们觉得咋办好?"

女儿、女婿们你一言、我一语:

"想都别想!要把他逮起来!"

"把他枪毙了!"

"如果处理不公,我们就去砸他的家,揍死他!"

"不处理好,就不火化,把娘抬到市政府去!"

高淑贞一听,立刻制止:"不火化坚决不行,必须尽快火化,三涧溪决不允许这样闹事!"

顿了顿,高淑贞放缓口气:"他是酒驾,自有法律制裁他。你们如果动手,你们也犯了法。目前有两条路子:一是要求依法严惩,公事公办。二是你们让一步,给他写个谅解书,别耽误他孩子前途,可以让他们多赔偿点,受益的是你们。我觉得第二个办法更合适。"

理事会几个老党员听了,都觉得高淑贞在理,也帮着说。但是,几个女儿、女婿不答应。最后商定,红白理事会帮忙,先办完丧事,3天后火化,再商量赔偿的事。

第四天上午,出丧队伍正要出发,数辆汽车鸣着喇叭,径直闯进村里。车子停在韩荷香门前,下来四五十人,说是韩荷香娘家人,气势汹汹,高声叫骂,不让出丧,非要马家琦在韩荷香面前连跪3天。马家琦的弟弟妹妹见势不妙,慌忙躲避。

高淑贞闻讯赶到时,一干人正揪住马家琦,一边推搡,一边责骂,越骂火气越大。马家琦面露惊慌。院内外围满了村民,可能是鄙视马家琦,也可能不便干预别人家事,大家袖手旁观。马家琦看到高淑贞,就像遇到救星般,露出哀求神态。

高淑贞一看不好。马家琦一把年纪,又有病在身,如果任由韩家人发泄,下手没轻没重,极有可能闹出人命。她头脑飞速运转,想出对策:此时最好的办法,就是让韩家人把气出了。

高淑贞挺身而出,冲着韩家人说:"我是三涧溪村书记高淑贞,你们先放开他,这事我来处理!"边说,边趁机隔开他们,厉声对马家琦说,"跪下,你当着韩荷香娘家人的面,向韩荷香磕头认错!"

马家琦扑通一声,顺从跪下,重重磕了3个头,痛哭流涕地说:"孩子她娘啊,我错了,我对不起你!"

高淑贞继续说:"再向她娘家人磕头认错!"

马家琦仍跪在地上,侧转过身,朝着韩家人,又重重磕了3

个头。

趁韩家人愣神之际,高淑贞高喝一声:"出丧!"一把拉起马家琦,往人群外推出去。屋里的人发一声喊,抬起尸棺,欲往外走。

韩家人反应过来,纷纷嚷道:"就这么算了?便宜他了!"

"不能让他就这样溜了!"

"把他揪回来,让他跪着!"

喧闹声中,更有人嚷嚷道:"让他来摔盆!"

摔盆是章丘的风俗。人去世后,其家人要在灵前摆只瓦盆,用来祭奠烧纸。这个盆,叫"阴阳盆""丧盆子"。出殡起杠前,要摔碎瓦盆。摔盆有讲究,要一次性摔碎,越碎越好。因为按习俗,这盆是死者的锅,摔得越碎,越方便死者携带。摔盆者,一般是死者的长子或长孙,是关系非常近的人。瓦盆一摔,杠夫起杠,正式出殡,送葬队伍随行。

此言一出,马上有人附和:"对,让他来摔盆,不然就揍死他!"有人冲上前,重新揪住马家琦。

现场一片哗然。让马家琦摔盆,是将他当作韩荷香的后代,这无疑是对他的极大羞辱。

"放开他!谁敢动试试!"高淑贞柳眉倒竖,双目圆睁,大喝一声。她深知,此时不镇住他们,事态还会失控,"他这么大年纪,当着这么多人面,放下尊严,下跪磕头,说明他已经知道错了,你们还想怎么样?难道要把他打死?三涧溪移风易俗,已经禁止摔盆,你们让他摔盆,不单是羞辱他,也是污辱韩荷香的晚辈,是诅咒韩荷香后继无人。这里是三涧溪,不是你们撒野的地方!他再犯浑,也是三涧溪的人,我们会教育他。你们敢动他,问问三涧溪的老少爷们,他们答不答应?你们能走出这个村子吗?老马家的人听着,如果有人敢动手,都给我上!"

高淑贞这番话,犹如当头棒喝,唤醒村民麻木的尊严;仿佛火上浇油,激起村民的愤怒。大家七嘴八舌:

"对啊,他已经下跪磕头了,你们还想咋地?"

"欺负我们三涧溪没人咋地?"

"太过分了!"

"再撒野就滚出去!"

"谁敢动手,我就卸了他!"

有的年轻人按捺不住,撸起胳膊,人群骚动起来,村民们往韩家人身边挤,把他们分隔开来。空气中充满火药味,只要有一点火星儿,就会引起爆炸。韩家人寡不敌众,被这阵势镇住了,没人敢再吱声,揪住马家琦的人,吓得赶紧松手。

"大伙儿先冷静,他们毕竟是客人。他们不动手,咱们别动手。"高淑贞见火候已到,双手往下一按,凌厉下令,随后环顾身边人,换了一种口气,"你们娘家人的心情,我特别理解,我和韩荷香像亲姐妹一样,她是你们的亲人,也是我的亲人,她受尽委屈,我也替她憋屈。她惨遭不幸,我特别难过……"

说到这里,高淑贞潸然泪下,有点哽咽,停顿了一下,继续说道:"不要说你们,就是我,也想狠狠扇他两个耳光,替韩荷香出口气。但是,他们夫妻的恩恩怨怨,毕竟是几十年前的事了,不要再翻老账。韩荷香的死,同他毫无关系,你们不要迁怒于他。他能够马上赶来,说明他心里还是有韩荷香的,对韩荷香还是有感情的。他一把年纪,身体不好,哮喘很严重,喘气都困难,但这几天一直陪着韩荷香,一直深深自责。假如韩荷香在天有灵,也会原谅他的。你们如果对他下手,韩荷香也会不安的。希望你们看在我的面上,看在三涧溪老少爷们的面上,原谅他吧。"

一番入情入理的话,说得韩家人低下了头,有的还抹起眼泪,现场气氛平静下来。

高淑贞声音一扬:"现在,我们大家一起,好好送韩荷香上路吧。韩荷香啊,你一路走好!"

灵车渐远,人群散去,高淑贞这才察觉,自己的后背已经湿了。

丧事办完后,女儿、女婿们商量对策,请朋友帮忙,同肇事方代表接触过,却无进展。最后,他们还是来找高淑贞。

高淑贞问:"你们商量得咋样了?能写谅解书不?"

一个女婿愤愤地说:"写谅解书,我们这口气出不来!"

高淑贞问:"如果不写谅解书,你们估计能拿多少赔偿?"

一个女儿说:"我们算过了,妈妈已经超过70岁,各项加起来,也就25万元左右。"

另一个女婿说:"一条命才值25万元?我们想不通!"

高淑贞问:"你们是想出口气,还是想多拿赔偿?"

另一个女儿说:"我们拿不定主意,信得过您,所以来请您做主。"

高淑贞启发道:"我理解你们的心情,母亲好端端被撞没了,肯定悲愤难平。不过我们也要理性考虑一下,司机醉酒驾车犯法,罪不可恕,自有法律制裁他;但他不是故意撞人,更不是故意杀人,罪不至死,不可能让他一命偿一命。你们如果去揍他、去他家打砸,你们就犯法了,两败俱伤不值得。惩罚他的最好办法,就是让他多赔些钱。而能够让他多出钱的最好理由,就是给他写谅解书。"

几个人默默点头,一个女儿问:"让他们赔多少好?"

"这个,你们自己商量。"

有个女婿试探道:"能不能提100万元……不,120万元?"

"我处理过几起赔偿,有被电死的,有被砸死的,最多获赔87万元。"

"那……我们提100万元?"

"听说他家条件不错,可以试试,谈谈看嘛。"

"嗯。那我们就写谅解书。"

最终,肇事方赔偿93万元。

第十章　冰释前嫌

一　婆媳怼

天色朦胧,大地静谧,村庄还在沉睡中,偶尔有一两声鸟叫,高淑贞在楼群间转悠。她有早起的习惯,无论是严寒的冬季,还是炎热的夏天,无论睡得多晚,都会早早醒来。有时很疲乏,想多赖一会儿,心里却不安起来,越躺越焦躁,不如起床。一年之计在于春,一天之计在于晨,早起的鸟儿有虫吃。自己打小时,父母就这样教育儿女,从不让孩子睡懒觉。他们说,家里的每分钱、每碗面、每个馒头,都是起早贪黑挣来的。

自从到三涧溪任职后,高淑贞长年养成习惯,一早就在村里转悠,既当作健身,也趁空思考,这是她享受的时刻。特别是村民搬进高楼后,她更喜欢在楼群间转悠,很有成就感。祖祖辈辈都住在低矮阴暗的平房里,村民们渴望过上城市小区生活,已经有四成村民搬进楼房。再过几年,全村人都将乔迁新居。这是她的心血,也是她的动力。

前面出现一个人影,正在缓慢移动着。大冬天,谁起得这么早?高淑贞走近一看,是个弓着背的人,背影看像是老人。"谁啊?"高淑贞问了声。

前面的人听到声音,转过身来。高淑贞这才看清,原来是八旬老人刘玉凤,手里拎着痰盂,感到纳闷,问道:"这么早,你拿痰盂做啥?"

"倒……倒垃圾。"刘玉凤支支吾吾,慌忙把痰盂移到身后。

高淑贞问:"楼房还住得习惯吧?"老人原先住平房,刚搬进来。

刘玉凤看了她一眼,默然无语。

高淑贞说:"住段时间,你就习惯了。"说罢,转个弯走了。她知道,老人白发人送黑发人,心里有苦,加上婆媳不睦,所以精神不振。

刘玉凤有一子二女,祖孙四代,本来其乐融融。几年前,一场意外,改变了家庭命运。

村旁有家热源厂,2014年秋,刘玉凤儿子到厂里打工。上班第一天,他在工地安装管道,干着干着,突然"哎哟"一声,捂着胸口倒在地上,工友们手忙脚乱,不知所措,打电话给120。等120赶到时,儿子已没了呼吸。

虽是上班第一天,毕竟倒在岗位上。在高淑贞斡旋下,企业赔了80万元,其中5万是给刘玉凤的,作为赡养费。然而,儿媳妇张娴彩领到80万元后,全部存起来,不肯给婆婆,让她耿耿于怀,常常唠叨。刘玉凤两个女儿看不过去,对嫂子说,如果这5万元不给娘,今后我们不管娘了。张娴彩说,不用你们管,我会管。为这事,婆媳、姑嫂之间,时常拌嘴,矛盾不断。老人对外人诉苦,说儿媳经常咒她。

一年后,旧村改造,邢家房屋拆掉,分到两套楼房,刘玉凤和儿媳一套,孙子三口子一套。因她同儿媳合不来,搬回以前的老屋。高淑贞听说后,便去老屋看望她。

刘玉凤见书记来了,一把鼻涕一把泪:"我命苦哇,男人走了,儿子也走了,留下我这把老骨头,让儿媳妇欺负,不如死了算了。"

高淑贞问:"她咋欺负你了?"

刘玉凤擤了把鼻涕,往衣襟上擦:"她咒我。"

高淑贞问:"你是不是也骂她了?"

"她先咒我,我才还嘴的。"老人说,"她不给我钱花。"

刘玉凤唠唠叨叨,高淑贞好言安慰,让村干部上门调解。后来,老人的老屋拆迁,村里反复做工作,张娴彩终于松口,接纳了婆婆。

自那天见到刘玉凤后,高淑贞发现,无论寒风刺骨,还是毒日当头,总见刘玉凤在村里溜达,手里常捏着火烧,边走边吃。就问她:"你咋天天买火烧?"

刘玉凤说:"她做得不好吃,我吃不习惯。"

高淑贞奇怪:"这么多年来,不都是她做的吗?咋还没习惯呢?"

刘玉凤不语。

高淑贞问:"你成天在外面溜达,是锻炼哩?"

刘玉凤可怜巴巴:"她……天一亮就把我撵出来。"

高淑贞问:"为啥撵你?"

刘玉凤絮絮叨叨,说不出个正当理由。

高淑贞问:"是不是嫌你唠叨?"

刘玉凤哼一声:"她藏着我的5万元哩!"

"噢!"高淑贞明白了,根子在这里。

有天早上,高淑贞在楼群转悠时,又碰见刘玉凤拿着痰盂,往绿化带里倒,就说:"垃圾倒在垃圾桶里,别倒绿化带里。"

刘玉凤嗯嗯应着。

转眼到了夏天,有天早上天刚亮,高淑贞再次撞见刘玉凤,正往绿化带倒痰盂,有些生气:"你咋又倒这了?"

刘玉凤愣在那里,不吭声。高淑贞走到近前,闻到一股屎尿味,奇怪地问道:"家里不是有抽水马桶吗?用不习惯?"

刘玉凤抹着泪,一副委屈的样子:"她不让我上茅房。我不如死了算了。"

"啊!"高淑贞大吃一惊,"你一直用痰盂?"

"嗯哪。"刘玉凤擤一把鼻涕。

高淑贞怒火中烧:"过会儿我上你家,同她说道说道!"

"嗯,嗯。"刘玉凤连声说,"书记,你得给我做主哇!"

这天上午,高淑贞敲开刘玉凤家门。张娴彩正同儿媳妇唠嗑,未见刘玉凤。

高淑贞问:"你婆婆为啥整天在外溜达?"

张娴彩嘴一噘:"她在家待不住。"

高淑贞问:"是她待不住,还是你不让她待?"

张娴彩辩解:"她成天叨叨,我烦透了,让她到外面去叨叨。"

高淑贞问道:"你咋不让她上茅房?"

旁边的儿媳妇抢先回答:"奶奶大便发干,老堵住,冲不下去!"

"你真不说人话!"高淑贞一拍桌子,呵斥道,"你这个孙媳妇咋当的?你就没有大便发干的时候?奶奶这么大年纪,你就这么作践她吗?我把你们的行为曝曝光,让大家看看,你们是怎么对待老人的!"

儿媳妇吓得低下头,不敢吭声。

高淑贞问:"她老是买火烧,在家里吃不饱吗?"

张娴彩一听来气了,拉着高淑贞的手,打开老人房门:"你看看她房间,尽是吃的。"

这是一个三居室,两间朝南,一大一小,大的张娴彩住,小的刘玉凤住。老人房间凌乱,桌上堆满食品,有蛋糕,有烧鸡,也有火烧,大多啃了一半搁着。

高淑贞问:"这蛋糕、烧鸡谁买的?"

张娴彩说:"是她闺女买的。"

高淑贞问:"那她为啥老买火烧?"

张娴彩说:"她是故意糟蹋钱。"

高淑贞问:"她为啥故意糟蹋钱?"

张娴彩不吭声。

高淑贞明白了,老人生活无虞,只是心里别扭,便点明要害:"是怪你把她钱捂着,不肯给她,她才心理不平衡的吧?"

张娴彩说:"我不是不给她,是帮她保管着。"

高淑贞说:"你俩都是苦命人,你没了男人,她没了儿子,都失去了依靠,应该互相体谅才是。为了一点钱,闹得像冤家对头。她是长辈,年纪大了,你该让着她点,别同她一般见识。"

张娴彩声音低下来:"其实,我每天都给她1元零花钱。"

高淑贞继续开导:"你也当婆婆了,你儿媳妇今天也在场。上梁不正下梁歪,你现在咋待婆婆的,将来等你老了,你的儿媳妇也这样待你,你咋办?"

接着,高淑贞给她俩讲了个故事:

从前,有对夫妻对父母不孝。老人因年纪大,端不住饭碗,经常摔碎。夫妻俩十分嫌弃,给老人做了两只竹碗,平时只准他们用竹碗。有一天,夫妻俩干活回来,见孩子正在削竹筒,问他做啥?孩子回答:做碗。夫妻俩很惊奇,问:做碗啥用?孩子说:将来你们老后,给你们盛饭。夫妻俩大惊,知道自己错了,从此对父母十分孝顺。

婆媳俩默然无语。过了会儿,儿媳妇抬头说:"高书记,您的话我记住了。我给您保证,会对老人好的,千万别给我们曝光。"

自那以后,高淑贞留了心眼,早上时不时到她家楼下转悠,再没看到老人拎着痰盂,偶尔看到老人时,也没再数落张娴彩不是。

虽然只是一个小变化,还是让高淑贞感到欣慰。生活中的疙瘩多着呢,不可能一下子全解开,必须耐着性子,一个一个解。

二 夫妻怨

西涧溪的乔良宝,是个养鸡大户,原本生活富裕,然而命途多舛:不到5年间,女儿、妻子相继病故,儿子又车祸身亡。

儿子原在园区企业上班,晚上下班时,骑摩托车回家,不慎撞到墙上,因没戴头盔,当场身亡。接连惨遭不幸,乔良宝萎靡不振,变得浑浑噩噩。

乔良宝为给儿子打官司,请了一名女律师。女律师叫董仙姑,外镇人,小学退休教师,有律师执业证,有过3段婚姻:首任丈夫病故,二任、三任相继离异。在打官司过程中,他俩互生好感,重组家庭。此时,两人都年过六旬。董仙姑心眼多,把乔良宝牢牢攥在手心。

对他俩的婚姻,村里人并不看好,说女方是贪图钱财,亲友苦口婆心劝:"要找,就找个老实巴交的,能够照顾你。她那么活络,整天东奔西走,咋照顾你?再说,她是当过老师的,哪会看上你?肯定是看上你钱财了。"

乔良宝听不进,像灌了迷魂汤:"她跟着我,就是我老婆!"

董仙姑不是安分人。北涧溪有片流转地,要对外招租,种花卉苗木。她同西涧溪的妇女郑小月一道,也包了一块,在地头盖间小板房。董仙姑找了个亲戚,住在小房里看护。就在这当口儿,出了件事。

与她俩同时承租的,还有另外几户。就在承租户开始整理土地时,有个章丘城区的人,气呼呼找到村干部:"租给我的那块地,别人咋去种了?"

村干部丈二和尚摸不着头脑:"你是谁啊?我们不认识你,啥时租给你了?"

那人说:"是董仙姑和郑小月转租给我的,我给了郑小月5万元。后来,她俩又向我要了1万元,说是送给书记。"

村干部一听严重了,觉得里面有名堂,找来董仙姑和郑小月。没想到,两人矢口否认。

那人急了:"我有证人,那天我是在地头给郑小月的,当时看门人就在旁边。"

看门人就是董仙姑亲戚。村干部一问,看门人说是的,钱先交到董仙姑手里,董仙姑又交给郑小月。

但是,董仙姑推说不知道,郑小月死活不承认。那人一怒之下,就报了警。公安局立案后,派人来村里核实,她俩当着那人的面,仍一口否定。

正争吵着,董仙姑指着那人鼻子,忽然冒出一句:"你还告我?我还没告你强奸呢!"

那人狼狈不堪,嗫嚅道:"是你勾引我的。"

好事不出门,丑事传千里,全村人很快就知道了。乔良宝灰头土脸,却奈何不了董仙姑。

公安局经过多次侦查,掌握确凿证据,认为郑小月涉嫌经济诈骗。派出所找到高淑贞,说三涧溪名声在外,出这样的事,会损害村里的名誉,你们做做工作,让她主动配合,我们从轻处理。

高淑贞和几位村干部,上门给郑小月做工作,说你们有什么困难,村里帮助解决;如果你们拿不出这个钱,我们想办法先帮你还上,千万不要走上犯罪道路。但是,郑小月仍赌咒发誓没拿,其丈夫发狠说:"郑小月绝不是这样的人。如果她拿了,我砸断她的腿!"

见他们如此发誓,高淑贞和村干部信以为真,都觉得郑小月是冤枉的,向派出所求情。

公安局仁至义尽,遂决定逮捕郑小月。刑警队到了村里,亮出逮捕证,说要逮捕郑小月。高淑贞不死心,说我再做做工作。打通电话后,她问郑小月在哪里。

"我同侄儿一起办点事。"电话那头,语气平静。

高淑贞说:"郑小月啊,你再想想,究竟拿没拿?是不是忘记了?现在讲还来得及。"

郑小月仍是若无其事:"高书记,你放心,我确实没拿。"

高淑贞无奈,只好看着她被逮捕。移交给检察院后,高淑贞又去向检察院陈情,一位知道案情的熟人忠告她:"你太善良了。你没有同犯罪分子打过交道,犯罪分子心理你摸不到。"

这时,高淑贞才知道,逮捕那天,就在她俩通电话时,郑小月正在银行办手续,向她侄儿转移赃款。

听说郑小月要被判刑,董仙姑找到高淑贞,故作神秘:"郑小月确实拿钱了,是经过我的手。"

高淑贞问:"那你为啥不劝她坦白从宽?"

董仙姑说:"我劝她了,她说只要不承认,公安局也拿她没办法。没想到,还是要被判刑。"

高淑贞一拍桌子,呵斥道:"你也不是好东西!你们是一伙的,没有治你同谋罪,已经便宜你了。今后不要再祸害人了!"

董仙姑自讨没趣,讪讪离去。

郑小月的犯罪和抵赖,让高淑贞费尽思量:一个普通农妇,为啥竟有如此心机公然诈骗？铁证如山下，为啥还咬住牙不承认？反复咀嚼郑小月案子，高淑贞悟出几点：一是长期说瞎话，把瞎话当成真话；二是把利益看得太重；三是事情败露后怕丢人，死要面子硬扛着。

这时，村里传出风声，说郑小月是冤枉的，这笔钱给了高淑贞，她是替高淑贞背黑锅。

话传到高淑贞耳里，她又好气又好笑，心想，身正不怕影子斜，谁爱昧良心嚼舌根子，就让他们嚼吧！

这起风波后，乔良宝同董仙姑关系趋冷，日子不咸不淡地过着。几年后，乔良宝患上肺癌，董仙姑愈发冷淡，整日不着家，对他不闻不问。乔良宝亲友得知后，更加怀疑她当初的动机不纯，十分气愤，向高淑贞反映。高淑贞听了，登门了解情况。

乔良宝孤零零在家，面如土色，说话有气无力，且吞吞吐吐。高淑贞正疑惑时，乔良宝指了指桌下，又指指耳朵，然后指指门外。高淑贞会意，随他走到门外。

乔良宝悄悄告诉高淑贞，董仙姑每次外出，都会藏着录音机，有时藏桌底，有时藏床头，有时藏沙发下，偷听他同别人的说话。回家后，就偷偷拿出来听，一旦有啥不中听的，就厉声斥骂他，也不给他治病。

高淑贞找到董仙姑，质问道："你咋不给他治病呢？"

董仙姑叫冤，拿出一沓条子："咋没治哩？你瞧瞧，这些都是单子，都是我出的钱。"

高淑贞说："为啥不让他住院？"

董仙姑叫苦："没钱，住不起啊。"

高淑贞问："他的那些钱呢？"

董仙姑说："花了……治病花没了。"

董仙姑有个儿子,还未成家,原先在外镇生活,过了些日子,也住进乔良宝家。乔良宝的亲友见状,说这不是来霸占财产吗?但是,说归说,无能为力。

不久,乔良宝病故。

乔良宝一家4口,有6亩承包地,流转后,每亩每年收入1200元。乔良宝去世后,这笔钱归了董仙姑。乔良宝的弟弟、叔叔愤愤不平,向所在的第十一村民小组提出,董仙姑是非农户口,不是村集体组织成员,不能享受这笔钱。村民小组觉得有理,要把土地收回来。

董仙姑得知后,不服气,说要收就都收,不能只收我一家。

村两委会上,高淑贞沉吟半晌,摇摇头:"村民小组只有分配权,没有决定权。只有村民代表大会才有权决定。"

有人说:"那就召开村民代表大会呗。"

高淑贞说:"三涧溪有1100多户,这么多年来,全家死亡的不止一户,其承包地都没有收回,都由其侄子们继承了。既然近亲可以继承,董仙姑是乔良宝合法妻子,也可以继承。单独开会收她的,恐怕说不过去。"

有人问:"那该咋办?"

高淑贞说:"现在都在强调依法治国,可以让法律来决定。如果村民小组愿告,我们支持;如果村民小组不愿告,我们不能擅作决定。"

大家都说有理。

"不过,"高淑贞话锋一转,"大家要有思想准备,这不是个案问题,是法律问题。如果法院判决成立,以前其他被近亲继承的土地,也要依法收回,归集体所有。法律是严肃的,也是公平的。这样做,等于是从别人碗里夺食,会触及一些人的利益,要得罪人的。"

会场上沉默。这一点,大家都没想到,一下子陷入两难:如果不起诉董仙姑,村民小组通不过;如果要起诉,会连带得罪其他继承人。

反复讨论后,最后形成共识:尊重村民小组意见,如果他们起诉,就坚决支持他们;如果他们胜诉,其他非法继承的土地都一律收回;如果他们不起诉或者败诉,就放弃对其他继承者的追诉。

第十一村民小组坚持要告,村两委给予支持,出具乔良宝家庭死亡证明。最终,法院判决:6亩土地的收入,归第十一村民小组集体所有。

法院判决后,村两委也随之做出决定:梳理全村土地归属情况,凡是被非法继承的土地,一律依法收回。

这边战火刚熄,那边烽烟又起:乔良明杠上董仙姑。

乔良明是乔良宝弟弟。乔良宝名下,有2幢住宅,一幢是自己所建,一幢是父母所建。乔良宝去世后,均被董仙姑所占。乔良明认为,既然董仙姑不是村集体成员,就没有房屋继承权,应该由他继承。

乔良明告到法院,法院判决:乔良宝所建房屋,由董仙姑继承;乔良宝父母所建房屋,由乔良明和董仙姑各继承一半。

旧村改造后,董仙姑分到3套住宅。

三 兄弟阋

东涧溪的李老汉,膝下5子,各自成家立户。照理说,儿孙满堂,尽享天伦之乐。然而风烛残年时,5个儿子各过各的,对父母却不闻不问。老两口孤苦伶仃,相依为命,蜗居在低矮破旧的老宅。

村民背后戳脊梁骨:一窝不肖子孙!

高淑贞问他们,为啥不养爹娘?理由五花八门。

老大说:"我腿摔断了,没有收入。"

老二说:"爹娘偏心,欺负我,尽让我干活,害得我一辈子没孩子。"

老三默不作声。

老四说:"我有病,负担重。"

老五说:"他4个管,我就管;他们不管,我也不管。"

旧村改造时,五兄弟坚决不让扒爹娘的旧宅,说是还没商量好怎么分。为推进改造进度,高淑贞想约五兄弟碰头,都不肯来,只好逐一征求意见:"你们把爹娘养起来,把该分配的面积分成5份,分摊给你们不就行了?"

但是,5人尿不到一个壶里。老大说,老宅是我帮着盖的,我最吃亏,我该多分;老二说,我在家下力最多,我该多分;其余几个说,凭什么他们多分?我也要多分!

"你们兄弟不嫌丢人?自己也养着儿女,简直就是混蛋!"高淑贞气得拍桌子,使出撒手锏,"我们有办法治你们!这样吧,村里来养你们爹娘,让他们进敬老院。但是,我要把你们5个告上法院,敬老院的费用,由你们5个分摊。如果你们不分摊,你们爹娘房屋的拆迁补偿,我们都扣下,一分也不给你们!"

老四当过兵,是党员。高淑贞在村两委会上说:"这样的人,还配当共产党员吗?我们就先拿他是问!"两委会决定,扒掉老两口的破屋,调配出一套新房,先安置两位老人。

高淑贞的话传出后,老四害怕了,表示愿意赡养。老五一看村里动真格的,抢先表态:"我来养爹娘,我把爹娘背上楼。"

果然,老五很快就接走爹娘。不过,他没有将爹娘安置在新房,而是接到自己待拆的住宅,自己一家则搬到爹娘的新房。

高淑贞故意问:"你把爹娘背哪去了?"

老五说:"嘿嘿,爹娘不愿上楼。"

高淑贞笑而不语,心里明镜似的:他是抢先占着爹娘的新房。

一看老五抢占了爹娘新房,4个哥哥暴跳如雷,急火火来找高淑贞:"我们爹娘的房子,咋让老五占了?"

高淑贞微微一笑:"这是给你们爹娘的房子,不是给老五的。现在你们谁管爹娘,将来会考虑你们;如果你们不管,将来甭想要房子!"

为了爹娘一点房产,五兄弟勾心斗角、恶语相向,多年没坐在一起。这回,不得不坐下来,心平气和地商量。最终决定,五兄弟轮流养爹娘,每家住1个月。

两位九旬老人,终于享受到了天伦之乐。这份天伦之乐,尽管有些勉强,但对老人来说,已经是莫大安慰,沟壑纵横的脸上,一扫往日的阴郁,出现了难得的笑意。

为轮流赡养父母,五兄弟交流多起来,互相有了往来,关系慢慢融洽。

2年后,心满意足的李老汉,寿终正寝。失去之后,方知珍贵。五兄弟幡然悔悟,对老母亲竭尽孝心。但这迟来的孝心,并没持续多久,老母亲也撒手人寰,去寻找老伴了。

旧村改造,辞旧迎新,涉及村民的切身利益。利益,就像一面照妖镜,照出人间众生相。

西涧溪的赵老汉,先天愚痴,终身未婚,生活起居全赖父母照料。父亲走在前面,10多年前,九旬老娘去世。此时,赵老汉已逾六旬,生活难以自理,全靠村里照顾。2007年,敬老院建成后,他最早被安置进来,一住就是12年,至今仍然健在。他有两个姐姐,嫁到外地,后代皆有出息,有医生、教师、干部、商人,出入小车,条件优越。然而,自母亲去世后,姐姐不管弟弟,外甥不养舅舅,把包袱扔给村里。

赵家宅院较大,如果拆迁,可以置换3套房子。村里刚把旧宅扒掉,多年不见的姐姐、外甥频频光临,声称要继承房产,不断到村里纠缠,还恫吓高淑贞。

高淑贞毫不畏惧:"村两委有明确态度,我们尊重你们的继承权,但你们必须履行扶助义务。村集体多年来照顾他的付出,包括入住敬老院以来的费用,你们必须承担起来。否则,我们不会把房产交给你们。"

对方无奈,表示愿意承担。自那以后,逢年过节时,赵老汉的姐姐、外甥、外甥女,轮番出现在敬老院。

西涧溪的蔡老汉,幼时随父母闯荡东北,50多年后,其家人将他送回家乡。此时,他已成痴疯老汉。家人将他往村里一扔,顾自走了。他祖屋早已坍塌,村里帮着修缮,让他有栖身之处。他户籍也丢了,村里费了九牛二虎之力,才将他落下户口。他的父母、一个兄长已过世,东北还有一个兄长,侄儿散居东北、北京。过去,村里联系他们时,他们爱理不理,从未现身。听说村里搞旧村改造,祖屋可置换楼房,有100多平方米,几个从未露面的侄儿,忽然冒出来,抢着把他送进精神病院,为他支付费用。

高淑贞心里明镜似的,微微一笑,还是那句话:"你们要继承房产没问题,但前提是要照顾好老人。"

……

尾声　布谷催播

2019年10月1日,北京。20余万军民欢聚一起,庆祝新中国成立70周年。阅兵仪式结束后,游行活动开始,天安门广场成为欢乐的海洋。10万群众、70组彩车,组成36个方阵,缓缓行进。每组彩车都蕴含鲜明主题,33号彩车是"从严治党"。彩车上,高淑贞作为基层党组织代表,昂首挺胸,精神焕发,挥舞着鲜花,纵情欢呼。此时此刻,她心潮澎湃,难以自已。

高淑贞深知:她很渺小,因为她只是14亿分之一;她很自豪,因为她是9000万队伍中的一员;她很光荣,因为她从田埂走向天安门。身处这样的环境,她忽然觉得,自己过往的一切委屈、烦恼、疲惫、痛苦,都如过眼烟云,微不足道;自己过往的一切追求、奋斗、勤勉、奉献,都物有所值、回馈巨大。

"滴水之恩,当涌泉相报。"高淑贞扪心自问,"为我们敬爱的党,为我们伟大的国家,为父老乡亲们,我还能做些什么呢?"

回到家乡不久,从北京传来喜讯:三涧溪被评为全国乡村治理示范村。高淑贞深知这份荣誉的分量:这是全村父老乡亲自觉改造、华丽蜕变的结果。

2020年的春天又来了,高淑贞欣喜地发现,中央1号文件再次聚焦"三农"。每年的1号文件一公布,她都要寻宝似的,逐字逐句,细细咀嚼,从中寻找机遇。这次,她又拿着1号文件,从头到尾,一

字不落,通读了一遍。第24条的几段话,让她眼睛一亮:

> 将农业种植养殖配建的保鲜冷藏、晾晒存贮、农机库房、分拣包装、废弃物处理、管理看护房等辅助设施用地纳入农用地管理,根据生产实际合理确定辅助设施用地规模上限。农业设施用地可以使用耕地。
>
> 开展乡村全域土地综合整治试点,优化农村生产、生活、生态空间布局。在符合国土空间规划前提下,通过村庄整治、土地整理等方式节余的农村集体建设用地优先用于发展乡村产业项目。

反复诵读这些话,高淑贞冒出新的想法。她把自己关在办公室,在纸上又写又算,同村两委碰头商议后,又打了无数电话,最终敲定3个项目:

搭建30套移动板房,建设"农产品不夜村"一条街,为下班族提供晚上购物便利;

与顺丰公司合作,生产中央厨房半成品食品,搞冷藏物流配送;

利用乡村振兴示范村的优势,在区农业农村局支持下,开设线上"赋能平台"。

高淑贞"坐三望五",继续酝酿下一步动作:利用旧村改造腾出的宅基地,建美食街,搞康养项目,发展民宿。

最近,新冠肺炎疫情刚出现拐点,她就召开村民代表大会,领着大家重温1号文件,畅谈新一年的打算,把大伙儿的心都扇热了。

接着,高淑贞循循善诱:"新世纪以来,这已是第17个指导'三农'的1号文件了,脱贫攻坚质量怎么样,小康成色如何,很大程度上要看'三农'成效。1号文件里,要求补上全面小康建设中的突出短板。大伙儿说说看,咱们村的短板在哪里呢?"

"现在有车有房,生活无忧,已经很知足了。"

"是呀,搁10年前,想都不敢想,该知足常乐。"

"嘿嘿,你现在知足了,过几年又嫌这嫌那,想过更好的日子了。"

高淑贞笑盈盈地说:"今天,不要你们摆好的,要找短板。"

"要说短板,脱贫攻坚的基础还不够稳固。"

"增收渠道也不够多。"

"粮食生产还离不开靠天吃饭。"

……

村民代表们你一言、我一语,讨论热烈。

"你们说的,都有道理。不过,我觉得,"高淑贞环顾四周,表情凝重,"同全面小康的标准相比,我们最突出的短板是,村民的文明素质、道德修养、思想境界还有很大差距。有的人,眼里只有自己的一亩三分地,对集体的事不闻不问,光想着占集体便宜;有的人,过于看重自己利益,为了芝麻粒大的事,锱铢必较,勾心斗角,导致亲人反目、邻里成仇;有的人,只顾着小日子过得滋润,顾着老婆孩子热炕头,对老人不关心、不孝顺,说话粗声恶语,给孩子带了很坏的头;有的人,把发家致富看成自己有本事,整天怨这怪那、牢骚满腹,端起碗来吃肉,放下筷子骂娘,对国家、对社会没有一点感恩心,也不想想,我们这些高楼、道路,还有交通、水电等基础设施的发展,哪项离得开党的好政策?哪项离得了各级政府的关心支持?离开这些,我们一事无成。我们的祖辈、父辈,吃苦受累一辈子,为什么一生贫困?难道他们不勤劳、不下力?我们应该庆幸赶上了好时代。这些问题说明,我们虽然有车有房,口袋鼓起来了,衣服光鲜了,但脑袋还是瘪的,还没富起来;我们虽然住上宽敞明亮的高楼,但脑袋还蜗居在以前的低矮平房里。当年马世昆带领大伙脱贫致富,为什么后来又人心涣散、一盘散沙?富裕村又变成贫困村?根子在于我们只注重'富口袋',不注重'富脑袋'。如果村民的文明素质跟不上新时代,今天脱贫致富了,明天还会重新返贫……"

顿了顿,高淑贞语重心长:"所以,我们还没到松劲歇气的时候,乡村振兴的路,还很长很长呢!"

一番话,说得大家一个劲儿点头。

这时,传来一阵鸟鸣声:"布谷,布谷……"

"听,布谷鸟催我们播种哩!"会场气氛顿时热烈起来。

窗外,一股沁人心脾的芳香扑面而来。那是春天的气息。

哦,春天在召唤他们……

2020年4月20日

(文中部分人物为化名)

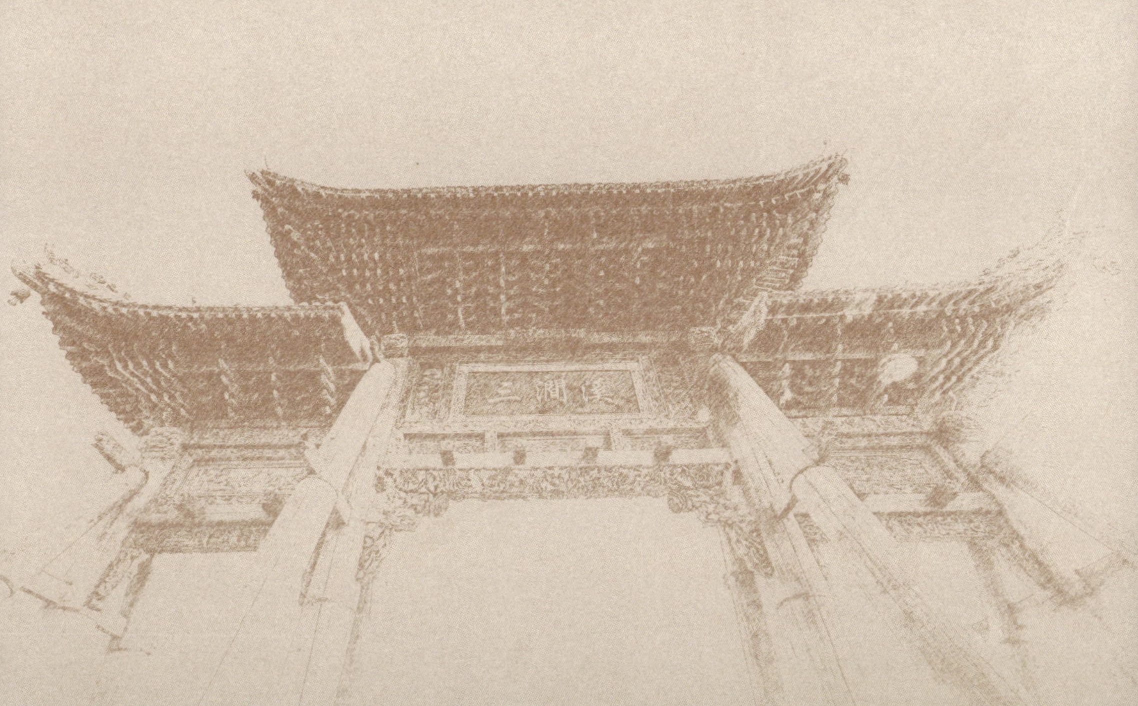